ことのは文庫

陰陽師と天狗眼

—潮騒の呼び声—

歌峰由子

MICRO MAGAZINE

目次

陰陽師と天狗眼

―潮騒の呼び声―

白太さんの家出

1．白太さんと守り石

『おれが何とかするよ。比阪《ひさか》さんが海でも山でも自由に行けるように、方法を考えるから』

サークル仲間の「引き寄せ体質」な女子学生にそう宣言した日、大学一年生だった美郷《みさと》は決意した。もう一度、自身が生まれ持った「普通ではない力」と向き合い、共に生きると。

しかしながら当時の美郷は、高校までに——正確に言えば、蛇蠱《じゃこ》を食らうまでに培《つちか》ってきた力の大半を喪失していた。視《み》る、感じるといった「受信」は変わらないが、霊的なモノを弾《はじ》く、操るための「出力」が、一般人に毛が生えた程度まで落ちていたのだ。——蛇蠱の呪詛《じゅそ》によって、美郷はまず力を回復することから始めなければならなかった。返した時、相手に投げつけたまま失われてしまった、己の霊力を。


「普通ではない力」の存在をもう一度受け入れ、取り戻したいと望むようになった日から、美郷は繰り返し同じ夢を見るようになった。

夢で、美郷は何処《いずこ》とも知れぬ靄《もや》の中にいる。足下すら定まらぬ、白い闇の中だ。

見下ろす足元どころか、己の足や手すら見えない。

（ああ、このままじゃ消えてしまう……）

夢の中の美郷は、そのことを事実として知っていた。

このままでは、——に呼んで貰《もら》えなければ、自分はこの靄の中に散り、溶け消えてしまう。

（呼んで貰わなくちゃ……はやく……呼び戻して……）

夢の中でそう願っているのは、他ならぬ美郷だ。だが意識が覚醒へ浮き上がる瞬間、「ああ、違うな」と毎回感じる。自分は、呼び掛けられている側だと確信するのだ。

（呼んでやらなくちゃ。でないと消えてしまう）

そう焦《あせ》るが、一体「何」を呼べばよいのか分からない。

——そうして、焦燥感《しょうそうかん》だけを瞼《まぶた》の裏に残して一日が始まる生活を、美郷は数日の間過ごしていた。

「多分、あの夢が鍵なんだよな」

大学の敷地内にある男子寮の一室。ルームメイトの上級生が泊まり込みの実習とやらで不在の夜を狙い、美郷はベッドの上に座禅を組んで目を閉じる。覚醒した状態のまま、「呼び戻せ」と己に語りかけてくる存在と接触するためだ。

美郷は、呼吸を深く深くしてゆく。同時に精神も、無意識の奥へ奥へと潜《もぐ》る。

（あれは、多分『おれ』だ……今ここにない、おれの一部……）

それは、すなわち美郷が今求めているもの——失われてしまった「美郷の霊力」である可能性が高い。

蛇蠱を返した時、美郷は蛇蠱を敵の支配から切り離すため、それを一度身の内に取り込んだ。蠱毒《こどく》の壺の中でその蛇が勝ち抜いた喰い合いの延長戦として、蛇蠱と生への執着心で勝負して勝ったのだ。結果、蛇蠱は美郷の支配下に降った。そして美郷は蛇を敵へ――蛇蠱を作り上げた呪術者の元へと送り返した。

その夜を境に、美郷自身の持っていた霊力、あるいは呪力と呼ぶべき力は、ほとんど失われてしまったのだ。

(蠱毒の蟲《むし》は、共食いによって相手の呪力を取り込んで強大になる。おれと蛇蠱の勝負もその延長戦だったなら……おれが叩き返したあの蛇が、おれ自身の呪力も持って行ってしまったのかもしれない……というか、「上乗せしてやる!」って思った記憶があるもんなあ……)

あの夜、美郷は明確に念じたのだ。敵に押し付けられた恨み、呪い、憎しみを、倍にして返してやると。

敵の負の情念に、己の怒りと苛立ちを上乗せして送り返し、叩きのめすビジョンを明確に脳裏に描いた。つまりその「上乗せ分」がイコール美郷の霊力であり、蛇蠱に持たせて送り返したそれが、美郷から失われてしまったのが今の状態であると推測できる。

肉体からは離れていても、美郷の力だ。現に毎夜夢に見るということは、まだ完全に切り離されてはいないのだろう。ならば、残る繋がりを手繰《たぐ》り寄せればよい。

(どこだ……戻ってこい! おれの、霊力)

心の中で呼びかけながら、閉じた瞼の裏に「力」を想念する。姿形など存在しない、己の霊力をだ。それはなかなか上手く行かなかったが、根気強く呼びかけながら脳裏に白い光の塊のようなものを思い浮かべていると、不意に、光の塊が動き始めた。

あやふやで、不定形で、ただ美郷が思い浮かべているだけの幻だったそれが、ぐにゃりと大きくたわむ。丸い塊と思っていた白い光が、紐《ひも》状に大きく伸び、とぐろを巻いた。

（ちょ、待って、これってまさか……！）

その形に刺激され、連想された生物の名と姿が頭の隅を閃《ひらめ》くと同時、瞬く間に美郷の観想する光の塊は「それ」に変わった。

（――蛇!!）

精神世界の奥深く。美郷は、白い大蛇と相対《あいたい》していた。

――呼。

白蛇の思念らしきものが、美郷の頭の中に響く。

（呼べ、って、なんて……）

――名。

（名前……？　そんなの知らないんだけど）

――否。

脳裏に響く白蛇の思念は、非常に簡素だ。言葉ですらない。ただ、単語が脳裏にぽかりと浮かぶ。

（おれが、名前を知ってる……？　そんなわけない。おれの名前……じゃないよな）

——否。

（じゃあいっそ、つけろってことか？）

——是。

名を与えろ、ということらしい。

（名前……名前……そんな、ええと…………白蛇……シロ、じゃ流石《さすが》に……犬猫じゃないんだし……うっ、と……白、しろ……）

「……白太《しろた》！　……さん!!」

どうにか絞《しぼ》り出したその「名前」を呼んだ瞬間。白蛇の形をした美郷の霊力は勢いよく美郷へ跳びかかり、胸元から体の中に潜り込む。

「——ッ、うわっ!?」

ぞりり、と体の内側を鱗《うろこ》で撫《な》でられる、えも言われぬ不快感が美郷を襲う。悲鳴と共に目を開け、座禅を解《と》いた美郷は、息も荒くベッドの上に蹲《うずくま》った——。

＊　＊　＊

「——っていう感じで、その場で慌ててつけたからさ。なんか、ほんと『白太さん』としか浮かばなかったんだよねえ」

「いや、だからなんで『サン』付けだ！」

正座で両腕を組み、感慨深く頷いた美貌の貧乏下宿人、宮澤美郷《みやざわみさと》にすかさず突っ込んだのは、その大家——築百五十年程度の古民家を所有する、金髪グラサンのチンピラ山伏《やまぶし》、狩野《かりの》怜路《りょうじ》だ。

場所は狩野家の共用リビング、時は五月初旬の連休を目前にした日曜日の昼下がりである。月曜日のみ平日で、火曜日から祝日が続くという今年のカレンダー上、美郷は明日出勤だ。一方の怜路はアルバイト先である居酒屋店主の意向により、定休日である本日から木曜日までベッタリ五連休だそうだ。曰く、「仕事帰りのジジイを食わす店を、連休中に開けておいても仕方がない」らしい。

「や～、なんか……ちょっと呼び捨ては憚《はばか》られるカンジの雰囲気……？　みたいな……」

出会った当時（再会した当時、という方が正しいかもしれないが）の白蛇は純粋な霊力の化身のようであり、その簡潔な口調（？）も相俟《あいま》って、威厳ある神秘的な存在に見えた。

ちなみにその白蛇——己の名を「白太さん」だと認識してしまった「美郷の霊力と蛇蠱の融合体《ゆうごうたい》」は現在、美郷の代わりに巨大ビーズクッションを占拠《せんきょ》して昼寝を決め込んでいる。その渦巻《うずま》くとぐろの真ん中には、紙製の小箱が抱き込まれていた。

小箱の中身は、怜路が先日、拝み屋業《ほんぎょう》の依頼主から預かって帰ってきた柘植櫛《つげぐし》だ。櫛には魔物が封じられているという。

「そんで結局、つけた名前が『白太さん』か。すっかり名が体を表しちまってンなァ」

心底呆れたように言った怜路が、空食器の置かれたローテーブルに片肘《かたひじ》を突いた体勢で、白蛇に手を伸ばす。気配を察知した白蛇が頭を持ち上げ、ぴるる、ぴるる、と舌を出した。

「名が体って……どういう意味？」

「すっかりゆるキャラっつー意味だ」

ゆるキャラ、と美郷は復唱し、改めて己のクッションを奪っている白蛇を見遣《みや》った。白蛇の姿は、真っ白なアオダイショウで固定されてしまっている。「蛇蠱」であった時には、毒の滴《したた》る牙を持った真っ黒な毒蛇であった気がするが、確かに往時《おうじ》の禍々《まがまが》しさは欠片《かけら》もない。ついでに威厳も行方不明だが、威厳を示さねばならぬ機会もないので構わないだろう。

「まあ、怖がられるよりはいいかな……」

白蛇をいたく気に入った様子だった、五歳下の弟の顔を思い出す。この春より広島《ひろしま》県内の国立大学へ進学した美郷の異母弟《いぼてい》は、顔を合わせるたびに白蛇を見たがっては「可愛い」と褒めそやすのだ。美郷と意識の繋がっている白蛇は、克樹《かつき》に連呼される「可愛い」の意味を美郷に問うて理解し、最近ではすっかり「己は可愛い存在」だと得意になっている。

蛇は美郷にとって、喰った——喰らわされた呪詛の象徴だ。白蛇の帰還により霊力の回復は果たせたが、同時に余計な物も多く背負い込むことになった。熱さや乾燥が極端に苦手になったり、背中の一部に鱗が出来たり、そして、たとえば今白蛇が抱えているような呪物が近くにあると、普段は体内で眠っている白蛇が騒いだりする。

力と同時にこの蛇を得て以降、美郷の大学生活はとびきり困難さを増した。なんと言っても、今眼前で白蛇の頬をつついているチンピラ大家と知り合うまで、白蛇のことを明かし、話題にできる相手が四年間いなかったのである。美郷は四年間、たった独りで人とは違う理《ことわり》に生きる存在――妖魔《ようま》の蛇を抱えて生きてきた。ほんの一年前まで、この白蛇を「可愛らしい」「ゆるキャラ」などと評される日が来ようとは、夢にも思っていなかったのだ。

白蛇は怜路にされるがまま、額や頬をつつかれている。ぴるる、ぴるる、と舌を出す白蛇から流れ込んでくる思念は、至極《しごく》ご機嫌なものだ。

――おやつ！　怜路、おやつ！

「おー、おやつおやつ。美味《うま》いといいなァそれ」

大切に櫛を抱えて機嫌良く「おやつ」と連呼する白蛇に、にこにこと怜路が答える。ちなみに、美郷以外の人間は、白蛇の体に触れていないと白蛇の声は聞こえないそうだ。まるっきりペットと飼い主のようなやりとりに、美郷は溜息を吐《つ》いて額を押さえた。

「あんまり沢山、そういう変な……っていうか、力の強そうなモノやらないでよ」

白蛇は、もののけの類《たぐ》いを「おやつ」にする。

おやつ、と呼ばわっているのはつまり、白蛇の存在を維持するために必須ではなく、単に白蛇自身が「美味しいから食べたい」と欲する嗜好品《しこうひん》のようなものだからだ。白蛇は普段、狩野家の荒れた裏山に出る山野の精霊を、夜な夜な狩って食べている。多少の好き嫌いがあり、殊《こと》に生きた人間の精気に近いものは好まないようだが（実に幸いなことである）、それ以外の神魔、精霊の類いは総じて「おやつ」と見えるらしく、その気配を感じると騒いで騒いで仕方がない。

「ンでェ、肥えるってのか？」

むに。白蛇のほっぺた……が蛇にあるのかは知らないが、顔の横から首辺りの皮をつまみながら、怜路が眉根を寄せる。

「わかんないけど、もし肥えたら……っていうか、巨大化し始めたら困るだろ！　今でも十分でかいのに」

今、目の前のクッションでとぐろを巻いている白蛇は、常識的なアオダイショウの大きさをしている。だがこの蛇は最大、胴回りが大人の太股サイズになるまで巨大化できる。美郷は便宜上《べんぎじょう》それを「捕食モードの最大サイズ」と呼んでいるが、最初の瞑想で相対した白蛇があの大きさだったので、あちらが本来の大きさなのだろう。

あれほどの大蛇が己の体の中に入っていると思うだけでぞっとしないし、それが他のもののけを食らって、さらに巨大化するなど想像するだに恐ろしい。

「だから、もうこれっきりにしてよね。白太さんを当て込んで仕事引き受けるのは……」

怜路はこの白蛇を全く忌《い》んだり恐れたりしない。それは彼が「自称・天狗《てんぐ》」という人物に育てられ、山野での厳しい修行に耐え抜いた人物だからでもあろうし、彼にとって白蛇が、一度は命を捨てる覚悟で背負い込んだ、狗神《いぬがみ》という特上に厄介《やっかい》な妖魔を「ごっくん」して始末してくれた――恩人ならぬ恩蛇だからでもあるだろう。そうして、白蛇を恐れず接してくれるのは大変有り難《あがた》いのだが、「あの狗神をおやつにしたのだから」と言って、更に余所《よそ》から魔物を貰って帰ってこられては困るのだ。

へーへー、と白蛇から離れ、そっぽを向きながらチンピラ拝み屋が肩を竦《すく》める。それに
「頼むよ、」と返して、美郷は食器を回収するため膝立ちになった。

「そ言やあ、その白太さん呼び戻してまで助けてやった相手とはどうなったんだ、色男」

ふと思い出したように、座り込んだままの怜路が顔を上げる。二人で食事をする場合、大抵調理が怜路の仕事、片付けが美郷の仕事だ。

「ええ……色男ってなに。いや、普通にできるだけのことはしたよ。彼女の場合、本人の『気』がもの凄くもののけを惹《ひ》き付けやすいものだったから、その気を封じる御守りと……あとは、心の防衛反応的なやつで、本来視えるはずのもののけが全然視えてなかったから、見鬼《けんき》の方法と、除《よ》け方。基礎的な呼吸法と隠形《おんぎょう》とか結界とか、あとは禹歩《うほ》みたいな。その辺を覚えてもらって、向こうの生活が安定し始めたら……なんか疎遠《そえん》になったなあ」

なんだそりゃ、と、実に残念そうな声を怜路が上げる。

「普通そこは、イイ感じにならねえか!?」

「いや、別に……。男女だったら必ずくっつくって話でもないだろ……なんと言うか、おれはあの女性《ひと》の守備範囲？　じゃなかったみたいだし」

同い年の理解者として、あるいは、未熟ながらも心霊と呪術のいろはを指導する教師と生徒として、それなりに良好な関係ではあったが――彼女、比阪恵子《けいこ》は、常に美郷とは一定距離を保っていた。美郷の方は、恵子を意識しないわけでもなかったのだが、踏み込んで来な

い相手に自分からアプローチするには、当時背負い込んだもの――まさしく、目の前で怜路に貰ったおやつを抱えている白蛇が厄介過ぎたのだ。

意識していた、と言ったところで、せいぜい「人生で初めて出来た、年頃の女性の友人」にどぎまぎしていた程度である。卒業式の日、久々に顔を合わせた比阪から、彼女の隣を歩く男性を恋人と紹介された時も、特にショックなどは受けなかった。

「まあお互い、余計な無理をせずに生きてられればいいなあと思ってるよ」

関西の一般企業に就職した比阪とは、卒業式以降会っていない。学生時代に交換した連絡先はまだスマートフォンに残っているが、やりとりをする機会はもうないだろう。否《いな》、もし今後なにか彼女の生活に霊的トラブルが発生したら、その時は頼って貰えれば嬉しいと思う。

「お人好しか」

「そうじゃなくて……なんて言うか、もう一度自分と向き合う切っ掛けをくれた人だから」

遅かれ早かれ、美郷は呪術界に戻って来ただろう。鳴神家《なるかみけ》という足場を失い、身ひとつになって自問自答した「宮澤美郷とは何者なのか」という問いの答えは結局、「この力」でしかなかった。ただ、その結論を得るまでに、この力を以て「誰かを助けたい」「誰かの役に立ちたい」と思えたこと、そして実際、努力が実を結んで感謝されたことは、美郷の大きな自信となり、大学卒業後の進路を選ぶ決め手になった。

ローテーブルに広げられた、空食器を重ねて盆の上に置く。盆を持って立ち上がった美郷は、開けられた障子の向こう、縁側越しに見える庭の畑へ視線を移した。

「連休は、夏野菜植えるんだっけ？」

「おー。明後日にでもホムセンに苗買いに行こうぜ」

つい昨年の秋まで、ただの荒れた庭だったはずの場所は、今や端正に整えられた家庭菜園である。狗神から解放され、この家に生まれ育った「狩野怜路」としての戸籍を取り戻した怜路は晩秋、突然庭に畑を作り始めた。

現在は苗で越冬する豆類や、春先に植え付けた葉物が畑の約半分を占拠している。そしてもう半分は、今から夏野菜を植えるべく綺麗に畝《うね》が立ててあった。トマトを植える予定の畝には、既にビニール屋根までついている。――トマトは乾燥気味に育てる方が甘くなり、更に果実が雨に当たると弾けてしまうため、専用の雨除けなるものが売られているのだ。

「ん。連休中はずっと晴れみたいだしね。五日は克樹がこっちに来たいって言ってたけど、どこか行楽も行きたいなあ」

美郷の白蛇は暑さを嫌う。五月の晴天を逃し、梅雨を抜けた頃には例年、暑気に負けて晴天下の外出など望めなくなる。巴《ともえ》一年目だった去年は全く余裕がなかったが、今年は気候のよい間にドライブくらいしてみたいものだ。

「おー、そうだなあ。この時期っつーたら何だ、花か？」

「藤園とかいいねえ。好きなんだ、藤」

のんびりと会話しながら食器を下げる。連休まであと一日、平日となる六日七日は年次有給休暇も申請していた。つまり、明日さえ乗り越えれば七連休である。仕事はそれなりに繁忙期だが、無事に済んでくれますように——。

そんなささやかな願いは残念ながら叶わず、巴市二年目のゴールデンウィークは波乱の幕開けとなることを、この時美郷はまだ知らなかった。


翌日。美郷が出勤した数時間後にようやく起き出した怜路は、ブランチと称して菓子パンをひとつ齧《かじ》ったのち、部屋に作り付けの戸棚から一抱えほどの大きさの紙袋を取り出した。

「コレも白太さんのオヤツにしちまおうと思ってたんだが……禁止されちまったからなァ」

怜路は現在、オンラインのスキルシェアサービスを介した依頼も多く請《う》けている。遠隔で依頼を請けるという特質上、祓《はら》う対象は人物や場所ではなく、宅配便でやりとりができる大きさの物品がメインだ。怜路は個人で依頼を請けている——いわゆる一般人相手の呪術者の中でも腕の良い方であり、コツコツと実績を積み上げた甲斐《かい》あって、怜路のアカウントは多くの高評価を得ていた。

ちなみに、個人ではなく組織の人間となれば、怜路よりもはるかに高い専門教育を受け(といって「自称・天狗」から指導された怜路の知識は、実は偏《かたよ》っているだけで少なくはないのだが)、更には血筋——持って生まれる霊力がレベル違いの連中も存在する。狩野家の家賃滞納下宿人、宮澤美郷などはその典型で、彼は先に挙げた二つ……つまり血筋と受けた教育の両方ともが、国内トップクラスというエリートだ。普段当人を見ていて、サッパリそう見えないのはご愛敬である。

その、実はエリートな貧乏下宿人殿が使役する妖魔、傍目《はため》には食いしん坊のコンパニオンアニマルにしか見えない（と、怜路は思っている）「白太さん」は、旺盛な食欲が大変にこの「宅配便サイズの物品のお祓い」に有用なのだ。それに気付いた怜路は、先頃より「白太さんのおやつ」にすることを前提とした依頼をいくつか引き受けていた。

怜路が思いついた、三者得をする——依頼主は問題を解決し、怜路は事務手続きだけで報酬を得、白蛇は美味しいおやつが食べられるという、実にＷｉｎ－Ｗｉｎ－Ｗｉｎと思われた取引は、結局五件もこなさぬうちに、白蛇の飼い主に禁じられてしまった。

「まあ、最初に美郷にお伺《うかが》い立ててなかったからな。俺が悪ィっちゃ、そうだ」

他人のペットに、勝手に餌《えさ》をやってはいけない。それも高カロリーおやつをホイホイと与えられては、愛蛇の健康管理に関わる——などと思ったわけではなさそうだが、とにかく飼い主の意向に沿わなかったのだから仕方がない。既に預かっていた荷物のうち、二つまではどうにか白蛇に処分してもらえたのだが、最後のひとつ——今、怜路が抱えている紙袋の中身は、怜路が自分で始末することになった。

起床時のまま乱れている掛け布団を足で蹴散らし、座る場所を作った。傍らのコタツテーブルの上に散らかったままの、菓子パンの袋や飲料の空きボトルを脇へ寄せる。この連休中にコタツ布団も仕舞《しま》ってしまえばよいかもしれないが、まだまだ五月初旬の巴の朝は冷える。

「けど、連休中に片付けるフリすりゃあ、美郷が掃除手伝ってくれるかもな」

フリ、などと本人の前で言えば、細い眉を吊り上げて怒るに違いないが。怜路よりも遥かに綺麗好きで几帳面《きちょうめん》で、存外世話焼きの下宿人は、この部屋に入るたびに「片付けろ」とのたまうし、言われて仕方なく物を寄せ始めれば、その場で手伝ってくれる。

「野菜苗買って、植えて、コタツ上げて、行楽に出て……へっへっへ、忙しい連休だねェ」

人との予定で日々が埋まっている。それが苦ではない、楽しみだと感じる毎日に、怜路は少々浮かれていた――もっと言えば、弛《たる》んでいたのである。

無造作に置いた紙袋。中身はたしか、霊符で封印をされた棗《なつめ》――抹茶を入れる手のひら大の漆器だ。始末を依頼されたのは棗の中身だが、中に何が入っているのかは未確認である。

ひとまず、紙袋を開けねばなるまい。そう怜路は、袋の封に手を掛けた。頑丈さだけが取り柄な風情の、分厚いクラフト紙の袋がきっちり糊《のり》で封じてある。指で開けられるかと思ったが思いのほか糊が強力で、ハサミやカッターを探そうにも部屋の中は散らかり放題だ。

「クッソ、開けっつーの!!」

ばりっ。無理に破いた紙袋は無残に縦に裂け、中から無防備な棗がコロリと転がり出た。

「げっ……!」

まさか何の緩衝材《かんしょうざい》も使わず、棗がそのまま紙袋に入っていたのか。と慌てる暇もない。紙札で封をされ、蓋《ふた》をされた棗の口が、コタツテーブルの天板の角にクリーンヒットする。

ぱかん、と間抜けな音を立てながら、あえなく紙札は破れて棗の口は開いた。中に入っていたモノが、怜路の布団にぶちまけられる。

ざわわわわっ！

棗の中から飛び出た細かな紐状の物体が、赤黒く細かく蠢《うごめ》いた。——大量のヤスデだ。

「ギャ————!!」

身も世もなく悲鳴を上げて怜路は飛び退《の》く。これでも山野で寝泊まりしながら修行をした身だ、今更害虫の一匹や二匹で騒ぐほど怜路もヤワではないが、どうにも細かな節足動物の集団は苦手なのだ。おそらく、そういったモノと同衾《どうきん》した時の嫌な記憶が強烈なせいだろう。

「ちくしょ、やっちまった……!!　殺虫剤……じゃねえや、アレだアレするしか無ェ!!」

妖魔らしきヤスデの大群は瞬く間に床へ散らばり、怜路が辺り一面に散らかしているゴミや衣服、通販の箱類の下へ潜ってしまった。こうなれば一匹一匹始末するのは不可能である。

「今日いちんち、家に居らんねーけどしょうが無ェな。封じ符は……先月美郷の作ったヤツがまだ……よしよし、これだけありゃァどうにかなる」

戸棚の上段から、家賃延滞料代わりに美郷から巻き上げている霊符を取り出す。更に、棚の奥に手を突っ込んだ怜路は、目的の「アレ」を取り出した。

「よっしゃ——モノノケ把妻散《バルサン》！　まだ使用期限内!!」

モノノケ把妻散。グレーなネーミングをしているそれは、拝み屋プロユースの会員制通販サイトで販売されている、もののけ専用の燻煙剤《くんえんざい》である。焚《た》いている間は人間も立ち入れないし、燻煙する建物を外側から封じておく必要もあるが、敷地浄化用の最終兵器だった。

——無論、通用するのは小物限定なので、間違って美郷の白蛇が煙を吸ったところで多少喉が痛くなる程度だろう。

「あーちくしょう、これで全部片付けンの決定だわ……」

一般の燻煙殺虫剤同様、この把妻散の煙を浴びた衣類や布団、食器類は必ず綺麗に洗浄しろと注意書きがある。無論食品類を煙の当たる場所に出しておくこともできない。大急ぎで辺りの煙に当てたくない物品を棚に仕舞った怜路は、まず棚を封じ、外出の身支度と家の戸締まりを行って把妻散をセッティングした。煙が充満し始める前に家を出て、外側から家の戸に封じ符を貼る。

外は晴天。見上げる荒れ放題の裏山には、辺り一面にはびこった山藤が、今が盛りとポンポンのように房の短い花を咲かせている。その奥では、人間、猪《いのしし》、鹿のいずれにも見つからず背を伸ばすことに成功した筍《たけのこ》が、なかば竹になって青々とした肌を見せ始めていた。

「あーー……ドコ行って時間潰すかなァ……あ、美郷にも連絡しとかねえと……」

田舎街の巴市に、丸一日怜路が時間を潰せるような遊び場はない。いっそ、広島市方面へ出ようか……などと思案しながら、怜路は車の鍵片手にスマホをポケットから取り出した。


五月二日・月曜日、夕刻——本来平日であるその日、比阪恵子は大阪《おおさか》にある己の職場ではなく、他県の観光地にいた。会社カレンダーは今日も休日であり、四月二十九日の金曜日から始まった七連休のちょうど中日である。これがほんの、ただの観光旅行の最中であれば、きっと羽を伸ばしきって自由を満喫していたであろう。だが、現在の恵子はセミロングの髪を丁寧に巻いてスプレーで固め、普段よりも値札のゼロがひとつ多いワンピースに身を包み、ヒールがいつもより二センチほども高いパンプスの中で足の指をもぞもぞとさせていた。

恵子と同伴者――大学卒業の際に告白をされ、交際を始めた男性を乗せたタクシーが、結構な勾配《こうばい》の石畳の道を上っている。男性の名は笠原浩一《かさはらこういち》。恵子とは同学部の同期生で、互いのゼミの教授同士の仲が良かったため、在学中、ゼミの飲み会を共にしたのが知り合ったきっかけだ。

今、恵子と浩一が居るのは、広島県尾道市《おのみち》である。天然の良港として古代より海上交易で栄え、また、奇岩のそそりたつ山肌がいにしえの仏道修行の地として尊ばれた、交易と信仰の街だ。古刹《こさつ》を擁《よう》する三つの山に囲まれ、瀬戸内海《せとないかい》の真ん中どころに位置する海峡部《かいきょうぶ》、尾道水道を眼前にした狭隘《きょうあい》で傾斜《けいしゃ》の急な尾道市街地には、家屋、商店、そして多くの神社仏閣《じんじゃぶっかく》がひしめき合っている。その様子は坂の街、寺社の街として独特の景観を醸《かも》し、中四国屈指《ちゅうしこくくっし》の観光名所になっていた。

(尾道……ほんとにお寺と坂の街ね。――そういえば、宮澤君が就職したのも広島県だって聞いた気がするけど、なんて所だったっけ……)

日中はもう少し歩きやすい格好で、尾道随一の観光名所である千光寺《せんこうじ》公園と、麓《ふもと》の商店街を浩一と共に歩いた。千光寺の本堂では蝋燭《ろうそく》を供《そな》え、正面に掲げてある千手観世音菩薩《せんじゅかんぜおんぼさつ》の真言を唱えて手を合わせたのだが、久しぶりに目にした真言に、ふと大学時代に出会った恩人を思い出したのだ。

　恵子は生まれつき、いわゆる「もののけ」と呼ばれる類のモノに好かれやすい体質をしている。もののけと呼ばれるモノたちにも良し悪しあるのかもしれないが、恵子の人生において、この特殊体質がプラスに作用した記憶はない。体質の改善や制御もままならず、相談相手も見付からないまま、息を潜めるように生きていた恵子が大学で出会い、救ってもらった相手が彼――宮澤美郷だった。

　無闇《むやみ》やたらにもののけを引き付けてしまい、しかも自分ではそれに対処できなかった恵子に、宮澤はそれらが一体「何」なのか、どう捉《とら》え、どう心の中で処理すれば良いのか教えてくれた。精神を守るため、それらへの感受性を遮断していた恵子に、彼は「感知しながら距離を置き、やりすごす方法」を教えてくれたのだ。

　宮澤から貰った「お守り」と知識を手に、恵子はこれまでどうにか己の体質と折り合いをつけてきた。大学も三年になった頃には、宮澤に連絡することもなくなっていたが、大学の卒業式で久々に顔を合わせた時の、真っ直ぐな黒髪を背の半ばまで伸ばし、綺麗に梳《くしけず》ってひとつに括《くく》った姿が印象に残っている。「貸衣装だ」と苦笑いしていた紋付袴《もんつきはかま》姿にその長い髪は何の違和感もなく、恵子はぼんやりと「これが彼の本来の姿だ」と納得したものだ。

（これに、ずっと守って貰ってる。こういう古い街で外したくはなかったんだけど……）

　そう、こっそりとハンドバッグから取り出して握ったのは、親指の頭ほどもある大ぶりな勾玉《まがだま》のペンダントだ。黒曜石で出来た勾玉には、蝋引きされた五色の細い麻紐が通されている。緑・赤・黄・白・黒の五色の紐は勾玉を搦《から》め取るように装飾的に編まれ、最後には縒《よ》り合わさってペンダントのチェーンとなっていた。

石も大きく、麻紐も派手でいかにもエスニックな雰囲気は、年配の目上と会うつもりで小綺麗にまとめた、今の服装とは絶望的に合わない。デコルテの大きく開いたワンピースではペンダントを隠すこともできないため外しているのだが、宮澤から貰って以降、それこそ肌身離さず身につけてきたこのお守りのありがたみもよくよく知っているだけに、外していると不安で仕方がなかった。

（でもなあ……浩一さんの前でずっと着けてて、理由を訊かれると説明し辛いし……）

恵子はまだ、浩一に己の体質について説明できていない。

ペンダントさえあれば浩一に何か悟られるような異変が起きることもなく、異変がなければ説明も難しく——どんな状況でどう説明すれば、こんな胡散臭《うさんくさ》い話を本気で聞いて貰えるのか、恵子には分からずにいるのだ。

（浩一さんを信頼できてないってことになるのかな……でも……）

恵子は宮澤と出会うまで、理解者に恵まれず生きてきた。家族、友人、学校の教師など周囲の大人、誰ひとり恵子の言うことをまともに聞いてくれたことはない。宮澤は彼自身が「視える」人物だったからこそ、当然そこに在るモノとして恵子を苛《さいな》むもののけたちを肯定し、対処法を教えてくれたのだ。

（浩一さんは、全然霊感がないんだから。視えないモノのことは多分、伝わらない。それに

今夜は浩一さんだけじゃなくて──)

彼の両親と、今から一緒に食事をするのだ。予約時間は午後六時。恵子は緊張に、ペンダントをぎゅっと握り締めた。

恵子らを乗せたタクシーの目的地は、尾道三山のひとつ、愛宕山《あたごやま》に建つ西國寺《さいこくじ》の仁王門《におうもん》前だ。五時五十分頃、予定通りの時刻にタクシーは、仁王門前の広場に繋がる参道の石段前で停まった。精算をし、タクシーを降りる。恵子は握っていたペンダントを、慌てて小さなハンドバッグへ押し込んだ。

日没にはまだ早いため見上げる空は綺麗な青だが、西側にそそり立つ山の影が夕日を遮《さえぎ》っている。連休中といっても平日だからか、あるいは、既に時間帯が遅いのか、恵子と浩一の他に辺りに観光客らしき人影はない。

トランクから降ろした荷物をそれぞれ抱えて石段を上がる。数十メートルの参道を歩いて辿り着いた広場の正面には立派な仁王門が建ち、左右の仁王像を覆うように、大きな藁《わら》の塊《かたまり》が掲げられていた。送り届けてくれたタクシーの運転手が、道すがら教えてくれた大わら草履だ。古びた風情のそれに気圧《けお》されながら、更に数段の石段を上って仁王門前の広場に立つ。辺りは静かな住宅街といった雰囲気で、公園や展望台を擁する千光寺の賑々《にぎにぎ》しさはない。

「この左手の階段を奥に……ああ、看板がある。こっちだよ」

スマホに表示させた地図と現在地を確認しながら、広場の左端へ歩いた浩一が恵子を振り返った。彼の指す先には、タクシーが上ってきた坂道の比ではない急傾斜をした細い路地に、段差の大きなコンクリート階段が設《しつら》えられている。ヒールとスカートで上るのは躊躇《ためら》われるレベルのそれに内心悲鳴を洩らしながら、恵子は硬く頷《うなず》いて浩一の方へ向かった。浩一も恵子の方へ引き返し、恵子の荷物を引き受けてくれる。

「絶景ポイントにある、隠れ家的古民家ホテル……とは言ってたけど、ちょっと隠れ家過ぎるな。大丈夫かい？　少しこの階段を上るようだけど……」

浩一も、呆れと恵子への心配が入り交じった苦笑いで小首を傾《かし》げた。「大丈夫、平気！」とは即答できない急階段に、恵子も力ない笑いを返すことしかできない。

「無理そうなら言って。僕が背負うから」

「そんな！　大丈夫!!」

恵子の表情を見るや、すぐにでも恵子を背負おうと背中を差し出しかけた浩一に、恵子は慌てて首を振る。浩一は教育学部のスポーツ系学科卒、大学の部活は空手道部だ。春用ジャケット越しでも隆起の分かる逞《たくま》しい筋肉は身を預けるのに不安などないが、さすがに二人分の旅行荷物と恵子を一緒には運べないだろう。そして、ここですぐさま甘えられるような性格を恵子はしていなかった。

浩一が見つけた看板は、紺地に白で装飾的な英字ロゴが書かれただけの、シンプルなものだ。よく見れば店名らしき英字の下に、Hotel & Restaurant と小さく書かれている。古民家を改装して昨年オープンした飲食店兼宿泊施設で、オーナーは浩一の従兄《いとこ》だそうだ。

浩一の実家は尾道市の、観光地となっている市街地からは離れた山間部だという。

二人とも関西の企業に就職し、互いの家まで電車で三十分の距離で交際を始めて、丸一年と数か月。旅行に誘われた恵子は、喜んでそれを了承した。日程は三泊四日、小豆島《しょうどしま》や尾道など、瀬戸内《せとうち》の観光地をぐるりと回る予定だ。

その二泊目の夜、浩一の従兄が経営する古民家ホテルで一泊し──「甥《おい》の店を見に来た」という名目の、浩一の両親と食事をするのが今夜のメインイベントだった。つまり実質、先方の家族との顔合わせである。めかし込んで慣れない格好をしているのはそのためだ。

「もし動けなくなったら、その時はお願い」

己が背負われる様子を想像して、気恥ずかしさに頬を赤らめながら恵子は小さく言った。

「まかせて」と微笑んでくれる浩一に、恵子も笑み返す。

(浩一さん、素敵だなあ……)

ああ大好きだ、と心から思う。恵子が浩一と出会って初めて知った幸福な感覚だった。

(ちゃんと言わなきゃ……こうやって、ご両親を紹介してもらえるんだもの。『これから先』があるってことなんだから、そろそろきちんと向き合わないと……)

期待と、不安と、恐怖と、幸福感と。様々なものに胸を高鳴らせながら、地に足の着かない足取りで歩き始めた恵子は気付かなかった。

小さなバッグの浅いポケットに押し込んだ黒曜石の勾玉ペンダント。その麻紐でできたチェーンがバッグからはみ出し、ひらひらとそよいでいることに。そして、狭い狭い階段を、浩一と手を繋ぎ、肩を窄《すぼ》めながら上がっている最中、そのチェーンが路地横の空き家の敷地から突き出た小枝に引っかかったことに。

——かつ、かつん。

小石がコンクリートにぶつかる、軽い音がわずかに響いたことに。

西國寺の仁王門前に、小さな音を立ててペンダントが転がり落ちたのは、千光寺の六時の鐘が鳴る少し前だった。

人気《ひとけ》のない広場の石畳を、小石の打つ音が響く。

『——ありゃりゃぁ』

その、かすかな音に気付いたモノが小さく声を漏らした。

常人には聞こえぬ——聞こえたとして、低い風の唸《うな》りのようにしか聞き取れぬその声は、仁王門にかかる大わら草履を内側から震わせた。

『落としてしもうたか……』

『こりゃいけんのう……』

阿形《あぎょう》と吽形《うんぎょう》の仁王像が、それぞれに呟く。彼等は、厳重に鳥除けの金網を張られた仁王門の中から、掛けられた大わら草履越しにいつも通行人や拝観者を眺めていた。今時は、声を掛けても気付いて貰えぬことの方が多いため「文化財」に徹しているが、かつては夜な夜な二体で門を抜け出し、月下の尾道を散歩――もとい、見回りしたという逸話の残る、力のある仁王像たちである。

『あの娘、早《はよ》う落としたんに気付きゃアええが』

『ように舞《すっかり》い上がっとたけぇ、今晩は無理じゃろうのォ』

どうこう言ったところで、現在の仁王像たちはしっかりと金網の中に籠《と》められている。

――厳重な金網は、仁王像たちが出歩かぬように設置されたものでもあるのだ。

『明日ん朝まで、何も無ァとエエがのう』

阿形の呟きに、吽形も重々しく同意の吐息を漏らした。


同じ頃、巴市の南端にて。既に市役所の定時は回っているにもかかわらず、美郷は山中へ分け入る道に公用車を走らせていた。平成の大合併の折、一市四町三村が合併した巴市の面積は広い。その南端ともなれば、市役所本庁から車で小一時間はかかる――つまり、ここから回れ右をして帰っても、一時間は残業になる場所だ。

――いやー！

「何、白太さん……あともう二箇所、それだけ終わらせたら明日から休みだから…………もうちょい大人しくしててくれよ……」

途中、腹の中で騒ぎ始めた白蛇を、美郷は疲労にヨレた声で宥《なだ》めすかす。ざらり、と腸《はらわた》を内側から撫でられるような、奇妙な感覚もお馴染《なじ》みのものだ。

巴で働き始めて、大学時代よりも格段に蛇が騒ぐ機会は増えた。白蛇が騒ぐのは、大抵はなにかおいしそうなもののけを見つけた時か、美郷に危険を知らせる時だ。だが、今回はどうも様子が違う。

今日行っているのは、市内各所で霊的結界の機能を果たしている祠堂《しどう》等の見回りだ。夏至に向けてどんどん日が長くなる時分のため、外はまだ明るい。新緑を眩《まぶ》しく照らしていた太陽は山の陰に隠れたが、まだヘッドライトを点けるほどではないだろう。

これを乗り切れば連休の始まりである。長期休暇の前に、積み残しの仕事をどうにか片付けておきたい――そう気力を奮い立たせての行軍だった。ただ、朝から外勤出ずっぱりの美郷は、実は昼飯にすらありついておらず、精神的にも肉体的にも限界は近い。

「ホント、持田《もちだ》さんもなぁ……もうちょっとちゃんと指示してくれれば……」

言っても仕方のない愚痴《ぐち》が漏れる。

せめて、元よりその覚悟を決めて残業をしているなら気分も違うだろう。しかし、今美郷が昼も抜きのまま、定時を回っても公用車を転がしているのは、当初の予定では全くなかったことだった。本日美郷に割り振られた担当箇所は、午後三時くらいには全て終わっていたはずなのだ。休み前の繁忙期もいよいよ最終日、頑張れば早く切り上げられると思ったから、昼食を後回しにして仕事を詰めた。それなのに。

「あと二箇所、あと二箇所だから……場所、遠いけど………」

現在の場所からひとつ目の目的地である石塔まで、あと十分程度は山道を分け入る必要がある。二箇所目は、更に遠い。

――いや！　白太さん帰る！

ぐずぐずと駄々をこねるように、腹の中の白蛇が暴れる。たまらず公用車を路肩に寄せて、美郷はハザードランプを点灯させた。開けた窓から吹き込んでいた風が止まり、丸一日晴天に焦がされた車体の熱がじんわりと室内に籠る。

「我慢しろって言ってるだろ！　そりゃおれだって、こんなの投げ出して帰りたいけど！」

悲鳴半ばに蛇を叱りつける。今回組んでいる先輩職員の持田は、一番好意的に見て寡黙《かもく》、控《ひか》えめに表現して口下手、正直に言えば意思疎通の難しい人物だ。自分が言ったことの何割が伝わっているのかも分からないし、油断して、言葉足らずの指示を自己解釈すれば、こんな事態に見舞われる――己の担当分だと思っていなかった仕事が、定時直前に発覚することになる。

べつに、生返事で指示を聞いた気はない。復唱だってした。確認は、取れたと思っていた。はあぁ、と深々溜息を吐く。持田と組んでこういった目に遭《あ》うのも、べつにこれが初めてではない。シャカイジンとやらをやっていれば、幾らでも出くわす類の理不尽のひとつだ――だがそんなことは、妖魔である白蛇の知ったことではないらしい。

――白太さん、帰る!!

『もう嫌だ』という強い拒絶の意志と共に、蛇が美郷から飛び出した。まるで空を滑《すべ》るような素早さで、その白い蛇体は上部を細く開けたパワーウインドウの外へ飛び出す。

「えっ!?　あっ、ちょッ……!」

待て、と止める暇もない。場所は巴市南端の町の、美郷には全く土地勘のない地域の県道脇。唖然《あぜん》とする美郷を置いて、白蛇は盛りの山藤が雑木を覆う山の中へと消えていった。


白蛇は腹が減っていた。

白蛇は疲れており、安心できるねぐらでゆっくり眠りたかった。

白蛇はもう、動きたくなかった。

それでも、宿主である美郷が「望む」のであれば、仕方がないだろう。

白蛇と美郷は同じ存在だ。

一度は分かたれ、別々の形に変質してしまった。それゆえに白蛇は白蛇としての「自我」のようなものを持っているが、白蛇を形作る九割九分は「美郷」そのものである。

よって、「美郷が望むこと」が、白蛇と食い違うことはない筈《はず》なのである。……本来ならば。もし多少の食い違いが起きたとしても、本当にそれが「美郷の望むこと」ならば、白蛇は従う。なぜなら、白蛇は美郷と同じ存在だからだ。

だが今日の美郷は、自分が望んでもいない嫌なことに白蛇を付き合わせようとした。

白蛇は、それがとても嫌だった。

美郷はしばしば、白蛇の訴えに耳を貸さない。白蛇は今、心底それが嫌になっていた。

――帰りたい。帰って、安心できる場所で腹を満たして眠りたい。

抑《おさ》え難い衝動のまま飛び出して、地を這《は》う。

おのれの気配が染み付いた「ねぐら」を目指して。

ぴるる、と舌でその方向を探った白蛇は、異界の道へと身を滑らせた。

ただ、白蛇にも全く計算外だったことがある。白蛇が目指した、安らげる「ねぐら」――狩野の家は、燻煙中により霊符で封鎖されていた。そして昼食を抜いて駆け回っていた美郷は、怜路から入っていたその連絡を確認していなかったのである。


――かくて白蛇は、再び迷子になった。


異界の道――美郷が「縄目《なまめ》」と呼んでいるもののけの通り道を抜けると、白蛇は見知らぬ山中にいた。すっかり己のねぐらである狩野の家に着いたとばかり思っていた白蛇は、戸惑《とまど》って辺りを見回す。ここはどこだろう、と不思議に思いながら舌で周囲の匂いをかき集めてみると、なんと潮の匂いがした。どうやら全く知らない場所に出てしまったようだ。

だが近くに、己の気配が染み付いたモノの存在を感じる。きっと白蛇は、これをねぐらの気配と勘違いしたのだろう。

山を下りてみると、まず広い空き地のような場所が二段程度あり、塀に囲まれ綺麗に砂利《じゃり》を敷き詰められた場所に出た。周囲には見慣れぬ建物と、大きな気配がひしめき合っている。普段白蛇が「おやつ」としているモノより少し質が違い、白蛇があまり好きではない煙の香を濃密に纏《まと》っているそれは、たしか「お寺」と呼ばれる場所に坐《いま》すモノの気配だ。

どうして、こんな場所に出てしまったのだろう。

あまり居心地のよろしくない敷地を抜けるため、大急ぎで階段を滑り下りる。幸い周囲に人影はないが、背後から大きな視線を感じた。「お寺」に「祀《まつ》られて」いるモノの視線だ。それから逃げるように石段を下りた白蛇は、広場の石畳を這い、さらに少々の石段を下りて大きな木造の門から外へ飛び出した。その先に、己の気配が染み付いたモノの存在を感じたからだ。

——あった！

白蛇の気配が染みついたモノ、それは黒い小石だった。白蛇も覚えている。美郷が作った「お守り」だ。

白蛇は、このつやつや光る真っ黒な石ころに力を込めるため、美郷に呼ばれたのだ。

——なんで？　白太さん、どこ？

この石は、もう美郷のものではないはずだ。なのになぜ、白蛇はこの石に引っ張られてしまったのか。事態を把握《はあく》しきれぬまま、白蛇は小石に近づき、石を検分しに首を伸ばす。

——と、

『『こりゃ!!』』

地響きのような怒声が背後から響き渡った。

驚いた白蛇は文字通り飛び上がる。

——!?

『それを構《かも》うちゃいけんで！』

『それに触《さば》りんさんな!!』

雷鳴のような声が口々に白蛇を制止する。が、完全に逆効果だった。驚いて混乱した白蛇は、声から離れようと進行方向——小石の方へ猛ダッシュしたのだ。

白蛇と小石、つまりは恵子の守り石ペンダントが接触する。瞬間。

——きゃー！

白蛇は、小石に吸い込まれてしまったのである。

小石は微動だにしないまま、跡形もなく白蛇を吸い込んでしまった。しん、とその場に沈黙が落ちる。小石は何事も起きなかったかのように、そこに転がったままだ。

『やれやれ、しもうた！』

『何が起きたんじゃ。あの大蛇、石に吸われてしもうたぞ』

一瞬の後。思わぬ事態に慌てた仁王像たちの嘆きが響き渡った。

日が沈み、ライトアップされた西國寺の伽藍《がらん》が宵闇《よいやみ》に浮かび上がる頃。今は夜桜の時季も過ぎ、酔客の声も遠い静かな山門前に、ひとつの小さな影が現れた。山の方から現れたそれは四つ足でフンフンと地面の匂いを嗅ぎながら、仁王門を照らす投光器の辺りに辿り着く。

「ふん、ふん、エエ匂いじゃや。エエ匂いじゃのォ。美味そうじゃ、美味そうじゃ」

言いながら、恵子の守り石ペンダントの前に現れたのは、痩《や》せて貧相《ひんそう》な狸《たぬき》であった。

『おおい、おおい、そこな狸よ』

狸の背後から、少し控えめな――それでもどろどろと遠雷の轟《とどろ》くような声がかかる。先ほど白蛇を相手に失敗し、いたく反省した阿形の仁王像だった。

「むっ、なんじゃい。金網籠めの仁王ども」

声に振り返った狸は、柄悪《がらわる》く口元を歪《ゆが》めて答えた。

『そりゃあ、夕方に通った人間が落としたもんじゃや。大事なもんじゃろうけ、置いといちゃんさい《てあげなさい》』

促す仁王像に、ほおぉ、と後ろ足で立ち上がった狸が嬉しそうな声を上げる。

「あんたら、コレを落とした人間を見たんか！　どがな《どんな》人間じゃった!?　男か、女か。若いか、年寄りか。えぇのう、若い女ならええのう」

『それを知って、どが《どう》ァするんじゃ』

「決まっとる、喰うんよ！　したら儂《わし》ゃあ、ようよう『化けの皮』を取り戻せるけんなあ！」

言って狸は、見せつけるように己の胸の毛を引っ掻《か》いた。その毛並は、季節に反して随分と薄い。山の獣はまだ、ようやく冬毛が抜け始めている頃のはずだが、その狸は完全な夏毛なのだ。その様子に、今まで黙っていた吽形の仁王像が、もしかして、と言った。

『あんたァ、杭《くい》に化けて悪さァしよった狸か』

「ほうよ！　街の若い衆に化けの皮ァひっぺがされてからに、何《なん》にもよう化けんようになっとったが、こがァな《こんな》美味げな人間なら、腕《うで》よう一本貰《もろ》やあ化けの皮ぐらいなこたァ、みぃ易《やす》うに戻せらァ」

　杭に化けて悪さをした狸——その狸は元々、尾道の街からすこし離れた場所に暮らしていた。古狸となって力をつけ、「化けの皮」を得てからというもの、様々な物に化けては近くの村の人間を困らせて遊んでいたのだが、あらかたの物に化け飽きたある時、舟着き場で舟を繋ぐ「杭」に化けることを思いついた。

　村人たちが尾道の街へ繰り出す時は舟を出していたのだが、狸は街の舟着き場に先回りして、街に着いた村人たちが舟を繋ぐ杭に化け、まんまと己に舟を繋がせては盗んで逃げるようになったのである。この悪戯《いたずら》は大変に面白く、狸は夢中になって同じ悪戯を繰り返したのだが、これに困ったのが——舟を盗まれる村人は当然として——それが原因で村人が出控えるようになり、客が減ってしまった尾道の街の人間だった。

　街の若い衆は狸を懲《こ》らしめようと一計を案じた。狸に気付かれぬよう早い時刻に沖に舟で出ておき、宵の頃になってから、さも街にやってきた村人のような風情で港に入ったのである。当時、村人が出控えてしまいなかなか悪戯ができず退屈していた狸は、その舟を見て大いに喜んだ。早速杭に化け、まんまと村人の舟を捕えたと思ったが――実際に捕えられたのは、狸のほうだったのである。

舫《もや》い綱《づな》できつく縛られ、街の若い衆によって陸へ引っ張り上げられ、散々に叩きのめされた狸は、化けの皮を引っ剥がされて山へ逃げ帰った。その後、化けの皮を再び得ることはできず、今まで山で細々と暮らしてきたのである。

「へェじゃが、はァそがな惨《みじ》めったらしい暮らしも今日で終わりじゃ！」

『止《や》めェ、止めェ。お前が街の衆にぶち回されたんは、気の毒なことたァ思うが、元はお前があんまりに悪さをしよったけん、あがァな目に遭わされたんよ。化けの皮を取り上げられてしもうたんも、お前が反省して暮らしぶりを改めるエエ機会になるじゃろう思うとったが……』

ひとしきり、己が不幸な身の上を嘆いた狸が気を吐く。それを諌《いさ》め、宥めるように阿形の仁王像が言葉を掛けるが、狸は一顧《いっこ》だにしない。

「匂いを辿って捜すんもエエし、持って待ち伏せとりゃア、捜しに来るかもしれんのォ」

うきうきと言って、狸は口でペンダントを拾おうとする。阿形よりも無口な吽形が、それを止めようと言葉を発した。

『触りんさんな。その石にゃア、随分大《おお》けな白蛇が夕方入ったばっかりじゃ。お前も吸い込まれるかもしれん。触りんさんな』

触れれば吸い込まれると言われ、一瞬、狸の動きが止まる。だが、狸はきっと仁王像を睨《にら》み付けた。

「そがァな大ボラで儂を騙《だま》そう思うても無駄で！　騙されんけんな!!」

恐怖を払うように大きく叫ぶと、狸は勢いよくペンダントの紐を銜《くわ》えて駆け去ってしまう。

『駄目じゃったか……どがァすりゃァええかのう……』

植え込みに消えた狸を視線で追っていた阿形が嘆く。

『儂らァだけじゃあ、どねえしようも無ァのう……。如来《にょらい》様へ拝んでみるか……』

叶形も困った様子で思案を巡らせた。

『ほうじゃのォ、薬師《やくし》如来様なら何ぞお救いくださるかもしれん』

頷き合った仁王像たちは、普段は背に守っている方角――金堂を見上げて祈る。すると、常人の目には映らぬほどわずかに、金堂がふんわりと瑠璃《るり》色に光った。

――大事ない。あの守り石には、良い縁が見えます。

西國寺の本尊である薬師如来像の柔らかい言葉が、仁王像たちの周囲の空気全体を密《ひそ》やかに震わせた。

――あなた方は、ここで見守り導いてあげなさい。ここを訪れる、あの守り石に絡んだ縁を持つ者たちが、正しくそれを手繰れるように。

薬師如来像の言葉に仁王像たちはほっと安堵《あんど》の息を吐き、おのおの深く頷いた。

その日の夜。どうにか残りの業務をこなし、青息吐息で家に帰り着いた美郷は、玄関の土間から板張りの廊下に上がり込んで開口一番、怜路にこう訊ねた。

「怜路！　白太さん帰ってない!?」

珍しくも部屋の中を片付けていたらしい怜路が「はァ？」と気の抜けた返事を寄越《よこ》してくる。全開だった引戸から茶の間を覗き込んだ美郷に、怪訝《けげん》な表情をしたままの怜路が「いや」と首を横に振った。何故か野良着《のらぎ》姿である。

「白太さんだけ先に帰って来るってなァ、どういう状況だ？　何かあったのか」

問われて、美郷はウッ、と言葉に詰まった。起きたことをそのまま述べれば、呆れられた上に美郷が説教されるに違いない。怜路は白蛇にばかり甘いのだ。

「いや、その……まあ」

「俺ァ七時過ぎに帰って来たが、白太さんは見てねーぞ。俺が帰るまで白太さんもウチん中にゃ入れなかったろうし、一旦帰って、山に遊びに出てりゃ知らねえが」

口ごもる美郷を問い詰めるでもなく、怜路は状況を教えてくれた。しかし、

「つかお前、俺の入れてたメッセージ見たか？　いつまで経っても既読付かねえから、何やってんのかと思ったぜ」

そう言われ、今までスマホの通知をゆっくり確認していなかった美郷は「しまった」と内心天を仰いだ。言い逃れは不可能そうだ。慌ててスマートフォンを取り出し、画面を点ける。

「……把妻散……？」

なんだそれは、と、今度はメッセージを読んだ美郷が首を傾げ、怜路に事の次第を聞かせて貰う。思わず「なんだよそれ」と大きく呆れ声が出かけたが、言えばおそらく、自分の側の事情を説明した時、倍以上になって返って来る。そう気付いてぐっと我慢した。ちなみに怜路が野良着姿なのは、燻煙剤に触れたゴミを片付ける時の注意事項として「肌を露出するな」とあるかららしい。

「ンな訳だから、俺ァ夕方まで出てたし、家封じてたから白太さんも入れやしなかっただろ。お前ら何かテレパシーみてーなのなかったか？　直接呼べねェのかよ」

巴市指定のプラごみ袋を手首に引っかけた怜路が、片付けの手を止め腰を伸ばしながら首を傾げる。たしかに、ある程度ならば距離があっても美郷は白蛇と呼び合える。だがそれが可能になったのは存外最近――去年の終わり頃だ。それまでは、美郷が活動する間の白蛇は微睡《まどろ》んでおり、もののけの気配などに反応した時だけ起きて騒ぐ状態だった。

「それが……呼んでみても応答がなくてさ」

白蛇と積極的に意思疎通を始めたこと自体が最近であるため、どの程度の距離までならば遠隔交信できるのかも分かっていない。サッサと家に帰って不貞寝《ふてね》していてくれたら、という甘い期待は打ち砕かれてしまった。がっくりと肩を落とす美郷に、いまだ飲み込めない顔のまま怜路が返す。

「……また迷子か？」

去年の夏にも、白蛇は迷子になった。だが、美郷は力なく首を振る。

「ううん、もしかしたら、いや、多分……迷子っていうより………家出」

「はァ!?　家出ッ……!?」

怜路の頓狂《とんきょう》な声が、宵闇に沈む土間まで響き渡る。ケココ、と、裏の池から蛙がそれに返事をした。

「――いや、そら無ェだろ」

一拍の間を置いて、呆れた声音で怜路が言う。

「家出っつーて、一体どこへだよ」

「わかんないけど……でも、なんか今回はホント、愛想尽かされた感じでさ……」

車を飛び出す白蛇が残して行ったのは、「もう嫌だ」という強い念だ。無理矢理仕事に付き合わせた美郷に、心底辟易《へきえき》した様子だった。呼び掛けて応答がないのも、白蛇側が意図的にシャットアウトしているのかもしれない。

「愛想尽かしたっつーて、一体それでドコ行くってんだ。つかオメーら、そんな離れてて大丈夫なのかよ」

「分からない……前に白太さんが迷子になった時は、炎天下を迷っちゃっておれもキツかったけど……白太さんが安全な場所にいるならダメージは来ないだろうし、長期間離れることで何が起きるのかまでは正直……」

初めて白蛇を呼び出した時、恐らく白蛇――の形を取った美郷の霊力の塊は、今にも霧散《むさん》しそうな状態であった。美郷という本体を離れ、名も姿も与えられないまま、ただの霊力の塊のままでは長期間存在を保つことが出来なかったのであろう。

では名と姿を持ち、自分で「おやつ」を獲って食べる今の白蛇はどうなのか。それは美郷にも分からない。

——そんな話を、美郷が最初に白蛇を呼び出した時の経緯まで含めて怜路に説明する。ゴミ袋を放り出し、途中で煙草を銜えながら一通り話を聞いた怜路は、で、と腕を組んで難しい顔をした。

「てこたァお前、白太さんが中にいねーと術もマトモに使えねぇんじゃねーのか」

いまだ足下は可燃ゴミだらけの室内で煙をくゆらす様に若干不安を覚えながら、美郷はいいや、と首を振る。

「今のところ、それは無い……と思う。今日も、あの後問題なく仕事はできたし……」

普段も、白蛇はよく夜の散歩に出ているし、意図的に別行動をしたこともある。その際、美郷側に変調があった記憶はない。ただし、長期間となれば話は別かもしれないが。

「とりあえず……家出先になりそうな場所に連絡してみるよ」

「家出先？　どっかあンのか」

「ああ、うん。克樹のとこ」

言った瞬間、美郷の活発な異母弟とは反《そ》りが合わないらしいチンピラ大家が、あからさまに苦い顔をした。

「前にも一回あったんだ。入学祝いに行った時、白太さんが克樹のコートのポケットにコッソリ潜り込んじゃってさ」

　まだ克樹は運転免許を取得していないため、兄弟が顔を合わせる時は、美郷が克樹の暮らす街まで出掛けている。何不自由ない額の仕送りを貰っている弟と違って兄は貧乏人なので、ショッピングセンターの敷地にあるファミレスで奢《おご》るのが精一杯だ。迎えも送りも美郷の小さく薄っぺらい中古軽自動車で、背丈がニョキニョキと伸びているらしい弟はいささか窮屈《きゅうくつ》そうであった。しかし彼くらいに上流階級のお育ちだとファミレスも軽自動車も物珍しいらしく、非常に喜んでくれた。

　そんな慎《つつ》ましい祝宴の後、マンションの前まで送り届けた時のことだった。白蛇は克樹が着ていたスプリングコートのポケットに潜み、克樹について行こうとしたのだ。どうやら克樹は助手席を立った瞬間に気付いたらしいのだが、白蛇可愛さ余ってオートロック付の玄関まで白蛇を連れ込み――物凄い勢いで回れ右をして、白蛇を美郷に返しに来た。

　どんどん大人になっていく背中を感慨深く見守っていた美郷は、思い詰めた顔で引き返してきた克樹に驚いた。昨年会った時よりもかなり長くなった柔らかい癖毛《くせげ》が、荒い息と共に揺れていた。

『申し訳ありません！　兄上!!　私は白太さんを……！』

　連れ去ろうとしました。深刻な表情で罪を懺悔《ざんげ》した克樹を当然笑顔で宥め、美郷は返された白蛇をしこたま叱ったのである。よほど、可愛がってくれる克樹と離れ難かったらしい。

　――克樹の側には「実家との連絡係」という名目で、付き人のような人物が新たに配置されているが、幸いにして若竹《わかたけ》の後釜《あとがま》たるその人物は、克樹の意向を尊重しているようだ。克樹が鳴神の人間と美郷の対面に反対しているため、まだ直接会話をしたことはない。克樹が美郷と会う時は、「迦倶良山《かぐらやま》で世話になった巴の呪術者に会う」という名目で押し通しているようで、鳴神家側がそれをどの程度鵜呑《うの》みにしているのか――はたまた、克樹には言わないまま裏を取りつつ、見て見ぬ振りをしているのかは、美郷にも分からなかった。

「とにかく、じゃあまず克樹に電話してみるよ。掃除、がんばって」

言い置いて、怜路の部屋を離れる。おー、と気のない返事が美郷の背中に投げられた。

美郷は通勤鞄《かばん》を探ってスマートフォンを取り出しながら、白熱灯を点した廊下を奥へ歩く。怜路の巣である茶の間の傍らには、二階へと続く急な階段があった。怜路がこの家を預かった時には既に、二階の部屋は使われなくなって随分経つ様子だったという。美郷はまだ上ったことがない。

すぐ突き当たりにさしかかった板張りの廊下を、左へ折れる。

母屋の北側を走る廊下の右手は、古びた木枠のガラス戸に雨戸が掛けてある。その向こうは荒れ放題の裏庭で、廊下の中程には別棟になっている風呂・トイレの入口があった。左手は小さな納戸《なんど》や、本来は家主、家人の寝室となる部屋がいくつか連なっているが、現在は南側の客間同様に閉め切られている。廊下の一番奥は、内蔵《うちぐら》への扉だ。そのひとつ手前の引戸を入れれば、美郷が寝起きしている離れの和室だった。

昼間は上着の要らない気温だが、夜になればまだファンヒーターが欲しい季節だ。北側で、背後は狭い藪《やぶ》のような裏庭、さらにその向こうは裏山と、家のなかでも一等日当たりが悪い廊下は寒い。ソックス越しでも指先を冷やす床板を静かに踏みながら、美郷は薄暗い廊下では目を射るような、スマートフォンの液晶画面に視線を落とした。電話帳から弟の名を呼び出し通話ボタンをタップする。

コール音は二回半。すぐに元気な声が『兄上！』と美郷を呼ぶ。時刻は午後九時にさしかかる頃合いで、アルバイトや部活などを楽しんでいれば外出中の可能性もあった。しかし幸い、電話の向こうに克樹の声以外は聞こえない。自室にいるのだろう。

「ゴメン、急に。ちょっと慌てて……」

(べつに電話じゃなくてもメッセージ入れれば良かったんだよな)

相手が弟だからと油断している。否、それ以上に、美郷は自覚するよりも慌てているのだ。

『いえ！　どうかなさいましたか？』

対する弟は、突然の電話にもかかわらず朗《ほが》らかな声音で返してくれる。その屈託《くったく》のなさがむしろ、白蛇の不在を端的に表していた。

「うん、ちょっと確認してみるんだけど……白太さん、お前の所に行ってないかな？」

いいえ？　と返ってくる、心底不思議そうな声。続く、心配そうで気遣《きづか》わしげな問いに、美郷は力なく笑いを返した。自室へ繋がる引戸を開ける。大の白蛇党になってしまっている弟をどう誤魔化《ごまか》すか、美郷は疲れた頭をフル回転させ始めた。

2. 恋人たちの試練

『白、しろ……白太！　……さん!!』

美郷に呼ばれたその瞬間に、ソレは「白太さん」になったのだ。

——白太さん、帰る。

微睡みの中、白蛇は想いを馳《は》せる。思う存分身体を伸ばして眠り、何に怯《おび》えることもなく庭を散策できる、白蛇の「ねぐら」に。


ソレは白蛇の姿になって、美郷の元へと戻った。以降、ソレはずっと白蛇として美郷の中で過ごしていたが、長らく一人と一匹の生活はとても窮屈なものだった。

『白太さん、駄目だ。今はいいい、駄目だ』

白蛇が外に出て、美味しそうな気配の在処《ありか》を探したい時。美郷はそう言って止めた。

『こら、白太さん。いい子にしてろ……ここじゃいいい、駄目だ』

白蛇が外に出て、涼しそうな清流に身を浸したい時も、美郷はそう言って止めた。

好きに出歩いてよい時間も、自由に身体を伸ばしてよい場所もずっと白蛇にはなく、美郷は白蛇が動くたびに制止して厳しく叱った。

白蛇は辛かった。だが、美郷を恨むことはなかった。なぜなら、白蛇の辛さはイコール美郷の辛さであり、白蛇の苦しさもイコール美郷の苦しさだったからだ。辛さと苦しさは白蛇のものであると同時に、美郷自身のものだった。

それがガラリと変わったのは、美郷が巴に――狩野の家に引っ越して、しばらく経ってからだ。

狩野の家はそれまで暮らしていた場所と違い、美郷と白蛇の他には、家主の怜路しか人間の気配がしなかった。美郷は少しだけ、白蛇が夜出歩くことへの警戒心を緩《ゆる》めた。白蛇が出歩いてもそれを見る人間は、同業者でものの けにも大らかそうな怜路しか居ないからだ。

そして、怜路は出くわした白蛇を受け入れた。

『変なモン喰って腹壊すな、だってさ』

苦笑い気味の伝言は、柔らかな安堵感と共に届いた。白蛇が真夏に迷子になった時も、怜路は白蛇が帰って来るのを見守っていた。それ以降――徐々に徐々に美郷は、狩野の家で白蛇が出歩くこと自体を禁じなくなった。

まず、毎夜白蛇を美郷に封じ込めていた符がなくなり、次に部屋に張られていた結界が消えた。それまで全て無視されていた白蛇の「行きたい」も聞き届けられ、ずっと気になっていた怜路を呼ぶ気配――怜路を案じる護り人形たちを発見できた。そのことと、人形が案内した先の「おやつ」を食べたことが白蛇の功績《こうせき》として称えられ、以降白蛇は、完全に自由な夜を得たのだ。

白蛇は、辛くも苦しくもなくなった。無論、昼間の仕事中は騒げば怒られる。だが美郷はそれまでと違い、白蛇の主張に耳を貸すようになった。夜は「おやつ」の気配に満ちた山野を散策できる。怜路は白蛇を見掛ければ声をかけ、たまにおやつまでくれるようになった。

白蛇は幸せだった。白蛇は狩野の家が大好きだ。そこは白蛇にとって、生まれて初めて得られた安心できる居場所――帰る場所だった。

――白太さん、帰る……。

帰りたい。帰って、縁側にのびのび身体を伸ばしたり、裏庭のおやつを追いかけたり、怜路に会って撫でられたりしたい。


――帰りたい。

悲しくて寂しい、締め付けるような想いが美郷の胸を満たしていた。

肌に触れるのは、慣れた布団の感触。耳に届くのは昨日までと変わらず賑やかな、初夏の朝の小鳥たちの囀《さえず》りだ。つ、と目尻からこめかみを温い液体が濡らす。

徐々に覚醒を始めた意識で理解する。美郷は夢を見ていた。美郷の夢ではなく、白蛇の見ている夢を。

「帰りたい……かぁ」

どうやら家出ではなく、今回も迷子らしい。まだ目覚め切っていない喉で呟いた声は、力なく擦《かす》れている。のろりと体を起こし、美郷は鳩尾《みぞおち》に手を当てた。寝乱れた髪が肩を流れる。

「うん、なんかちょっと、疲れが抜けないな……」

捜しに行ってやらなければ。

まだ冬仕様の布団から這い出し、美郷はひとつ伸びをした。

他方、一睡もできずに夜を明かし、障子の向こうが明るくなるや否や、物音を立てぬようひっそりと身支度を始めた者もいた。尾道の古民家ホテルでひと晩を過ごした恵子である。

古民家ホテルは大変に洒落《しゃれ》た内装だった。古く上質な木材を磨《みが》き上げた飴《あめ》色の美しさと、シンプルでモダンな調度品の無機質な白が、極上の非日常を作り出している。元は和室であろう欄間《らんま》や組子《くみこ》障子の美しい客室に据《す》えられた、大きなダブルベッドが恵子と浩一の褥《しとね》だった。

この最上質なお洒落空間を、何の憂《うれ》いもなく楽しめたらどんなに幸せだっただろう。恵子はそう、己の不用意さを心底呪う。

恵子が守り石ペンダントの紛失に気付いたのは、ホテルに入ってすぐ、荷物をフロントに預ける時だった。二階建ての古民家ホテルは一階がレストラン、二階が客室となっている。

チェックインと同時にフロントに荷物を預けて、そのままレストランのテーブルへ……という流れの途中、もう会食相手、つまり、浩一の両親は到着しテーブルに着いている状態での発覚だ。無論、騒ぐことなどできなかった。

恵子は必死に動揺《どうよう》を押し殺し、どうにかつつがなく会食を終えた。

浩一の両親は、浩一の纏う雰囲気同様、おおらかで品があり、明るい人たちだった。おそらく恵子も、穏《おだ》やかで可愛げのある、ごくごく一般的な家庭の子女を演じられたと思う。

（――そう、私は『演じた』だけ……）

それが実態ではないということは、この一夜で嫌になるほど思い知らされた。

会食はホテル経営者夫妻も交えてゆっくりと行われ、お開きになった頃には時計の短針が文字盤の9に近付いていた。家に帰るという浩一の両親を見送りホテルの周囲を見回せば、辺りは閑静《かんせい》な住宅街である。すぐ傍らの大きな寺院はライトアップされているが、人気《ひとけ》はなかった。到底、ひとりで捜し物をしに出歩けるような足下でも雰囲気でもない。

そこで思い切って浩一に事情を打ち明け、一緒に石を捜してもらう――などという度胸がなかった恵子は、どうにか心を落ち着けて一晩耐え忍ぶ決意をした。何が見えようが、何に構われようが、己が冷静に上手く立ち回ればよいのだと、そういう決意だった。

ところが蓋を開けてみれば、恵子の決意は全く的外《まとはず》れなものであった。被害に遭ったのは、恵子ではなく、隣に眠る何も知らない浩一だったのだ。

ペンダント紛失に内心真っ青のまま、どうにか客室に引き揚げ風呂を済ませた恵子は、疲れたからと言って早めの就寝を提案した。浩一は「歩き疲れたし、最後は気疲れもしたよね」と恵子に気遣いと労《ねぎら》いの言葉をかけながら頷き、二人は早々に就寝して部屋の灯りを落とした。

翌日、つまり今日は、朝はホテルで八時に摂り、ゆっくりと身支度をして昼食時間頃に次の目的地へ行く予定だった。そして恵子は、早起きして石の捜索をする心積もりだったのだが。

——灯りを落としてしばらく経った客室内に、ソレは次々と入り込んできた。

青白く熱のない、宙を浮遊する丸い炎の塊だ。鬼火《おにび》や狐火《きつねび》と呼ばれる怪異——あるいは、人魂《ひとだま》か。

（まさかアレが、浩一さんを襲うなんて……！）

引き寄せ体質なのは恵子の方だ。しかし昨夜、縁側と繋がる欄間から部屋に入り込んできた熱のない火の玉は、なぜか恵子ではなく、隣に眠る浩一へと群がった。顔へ、特に口元へ寄ろうとする——もしかしたら、浩一の体を乗っ取るため中へ入り込もうとしたのかもしれないそれらを、恵子は決死の覚悟で追い払った。

怪異を前にやってはいけないこと、やるべきこと。宮澤に、多少の知識は与えてもらっていた。だがそれらは「いかに怪異を避けるか、やりすごすか」の方法論であり、怪異に対抗する、あるいは怪異を駆逐《くちく》するための術は教えてもらっていない。人間相手の防犯・護身術と同じで、まず被害に遭う状況を作らないこと、いざという時は逃げることが最優先だと教えられていた。よって恵子は、浩一を襲う火の玉を追い払う術《すべ》を知らないのだ。――今までは、それで良かった。恵子一人の問題だった時には。

闇雲《やみくも》に手で打ち払おうとしても、ひらりひらりと避けられるだけだった。だが、浩一の体に入り込まれることは回避できたのだと思う。そして浩一は、恵子が顔の前でどれだけブンブンと腕を振り回していても目覚めず、しかし火の玉の影響なのか酷《ひど》く魘《うな》されていた。

浩一を起こそうと試みもした。だが夜中魘されている間、浩一はどれだけ恵子が揺すっても目覚めない。――結局、浩一の寝息がようやく穏やかになったのは、障子の向こうが薄青い光に満たされ始め、不気味な火の玉が消えた後だった。つまり、つい先程である。恵子は浩一が安らかに眠っていることをしばらく確かめてから、そっと布団を抜け出したのだ。

昨晩とは違う動きやすい服装に着替え、最低限身なりを整えた恵子は、そっとベッドに乗り上げ浩一の顔を覗き込んだ。魘されていた間は十分に休養できていなかったのか、浩一の眠りは深そうだ。恵子の「持病」にも似たトラブルに巻き込んでしまったことが申し訳なく、恵子はそっと、眠る浩一の髪を撫でた。

(ごめんなさい……浩一さん。私のせいで……)

申し訳なさ、情けなさが胸の底を浸す。恵子などに関わらなければ、怪異に憑《つ》かれかけ、魘されるような目にも遭わずに済んだ。

――このことを知れば、浩一はどう思うのだろうか。

不意に、かつて常に胸の奥を蝕《むしば》んでいた恐怖が再び芽吹《めぶ》く。怪異を呼び寄せる体質を「分かって貰えない」恐怖と表裏一体の、「知られ、忌避《きひ》される」恐怖だ。

（あっ、マズい……今わたし、すっごいネガティブだ……）

逃げてしまおうか。不意にそう思ってしまった。——やはり無理なのだ。己には人並みの幸せ、誰かと共に人生を歩む幸福など得られないのでは、と。一晩中恐怖に耐え、必死で正体の分からぬ火の玉を追い払って、疲弊《ひへい》した恵子の心はそんな弱音を紡《つむ》ぐ。

体質を打ち明けて、信じて貰えず笑い飛ばされたら。逆に、信じて貰えても薄気味悪がられたり、トラブルメーカーとして嫌われたら。恵子は浩一のことがとても好きだ。その頼り甲斐のある容姿も、紳士的で穏やかな振る舞いや前向きで温和な性格も、とても愛おしく、ずっと傍で見ていたいと願っている。彼の視界の真ん中に立つ女性が自分であることは、幸せで誇らしい。

だからこそ、その浩一の目に映る「恵子」が真実の姿でないことが今更、とても恐ろしかった。

浩一の髪に触れていた手を引っ込め、体を起こす。絶妙な柔らかさと弾力を持つマットレスが、恵子の重心移動に揺れた。

「——けいこ、さん？」

すっかり寝惚《ねぼ》けた、萎《な》えて舌っ足らずな声が恵子を呼ばわった。恵子の心臓がドキリと跳ねる。

「ごめんなさい浩一さん。起こしちゃった？　まだ全然早いんだけど」

部屋は薄暗い。それでも、外出着姿が少しでも見えないように、恵子は再びベッドの上に身を伏せた。

「お手洗いに立っただけなの。もう少し寝ましょう?」

そっと眠りに誘うように囁《ささや》く。まだ夢うつつな様子の浩一は、素直に「ん」と頷いた。

「……けいこさんも、ねむい?」

「うん、あんまり眠れなかったから」

「じゃ、ねぼうしよっか……ふたりで、ずっと。ひるまで……」

「うん………」

とろりと微笑む甘やかな浩一の表情に、胸を掴《つか》まれる思いがした。この旅の行程は、ほとんど浩一が決めてくれた。恵子の希望も聞きながら過不足ないプランを組み、エスコートしてくれている。その準備には当然、結構な労力を費《つい》やしたことだろう。にもかかわらず、浩一はアッサリとプランを手放すような言葉も口にする。これまでもそうだった。恵子の体調や気持ちを最優先にして、「二人なら何でも楽しいよ」と言ってくれるのだ。

今も、まだ半分夢の中ゆえか言葉は出てこないが、その目元が、表情が雄弁に語っている。きっと二人でならば、旅先のベッドでダラダラと寝坊するのも幸せだ、と。

(馬鹿、私。逃げたりなんかできない……。私の臆病さでこの男性《ひと》を傷付けるのなんて、絶対に駄目)

嘲《あざけ》られるかもしれない、誹《そし》られるかもしれない、怯えられるかもしれない。それは、恵子、が傷付くことへの恐怖、恵子の臆病心だ。

(この人を、傷付けたくない)

恵子が何も言わずに逃げてしまえば、きっと傷付くのは浩一だ。それよりは、結果何を浴びせられて恵子が傷付くことになろうとも、全て晒《さら》け出す方がマシだった。受け入れてもらえなくとも、誠実でありたい。――心から、そう思えた。

まだまだ休眠の足りていないらしい浩一が、再び睡魔の手に落ちる。その健《すこ》やかな寝息を確かめて、恵子はもう一度、静かに体を起こした。

(でも、あのペンダントは一刻も早く捜さないと……！)

タクシーを降りた場所からホテルまでは、急階段ではあったが距離はあまりない。夜に人が歩く場所でもないため、早朝に捜せば落ちた場所にあるはずだ。恵子の体質はこの後必ず告白するとして、まずはペンダントの確保が先決だった。そして、今の浩一をもう一度たたき起こして、捜索に付き合わせるのは余りに忍びない。

(ごめん、浩一さん。すぐ戻るから)

心の中だけでそう声を掛け、恵子はそっと部屋を出た。


「ない……」

数十分後。古民家ホテルと、仁王門前の広場、タクシーを降りた場所までの参道を数往復した恵子は、足腰の疲労と失意にしゃがみ込んだ。

捜索範囲は、距離にしてせいぜい五十メートル程度。落とした可能性の高い路地は狭い一本道で、滞在している古民家ホテルと仁王門広場の間にあるのは、門を閉ざした空き家ばかりだ。夜の間に誰かに拾われるとも思えず、大ぶりな勾玉型の天然石のペンダントが、そうそう突飛《とっぴ》な場所へ転がったとも思えない。それより下の石畳の参道は、大変広く見通しもよいためすぐに捜す場所がなくなった。

恵子は細い路地を重点的に捜した。最初は路上を、次には両脇の側溝や家の敷地、庭木や塀の上などを、目を凝《こ》らして捜した。しかし、見つからない。両脇をキョロキョロするのが良くないのかと思い、次は右手側だけをじっくり捜しながら急階段を一段ずつ下り、広場で引き返して同様に一段ずつ上がった。それでも見つからない。

もしかしたら、ホテルの敷地やレストランの中かもしれない。そう思い、もう今日の仕事を始めていたホテル経営者夫妻に挨拶して、敷地と一階を捜索する。しかし見つからず、今度は仁王門前広場と参道を改めて捜索し——影も形も見当たらぬ現実を前に、とうとう気持ちが折れた。

「どうしよう……なんで………」

スニーカーを履いた足下に弱音をこぼす。白い麻のクロップドパンツに覆われた膝の上に、ぽたりぽたりと水滴が落ちた。疲労と情けなさと悲しさがごった煮になって、とうとう目から溢《あふ》れたのだ。しばらくの間、ぐすぐすとしゃがみ込んだまま洟《はな》をすする。立ち上がるだけの気力が湧《わ》いてこなかった。

「――のう、そこなん《そこの》。のう」

　不意に、どこからか声が掛かった。キーは高いが音量は控えめで、嗄《しわが》れ具合と口調はまるで中年男性のような、不思議な声だった。顔を上げて、周囲を見回す。広場は通路に敷かれた石畳の他は土が剥《む》き出しながら、綺麗に整地され雑草の一本も見当たらない見通しの良い場所だ。周囲は土塀や石垣に囲まれ、所々に案内板や植込みなどが配置されている。

「のう、そこなァ、娘の子。あんたァ、石《いし》ゅぅ捜しとるんじゃなァか？」

　その、植込みの下から声がした。

「はっ、はい！　そうです!!」

　人間が入れる隙間のなさそうな場所から、人語がする。その違和感への恐怖よりも、捜し物の手掛かりへの期待が上回った。勢いよく答えた恵子に応えるように、植込みがガサガサと鳴って何かが姿を現す。それは――貧相な狸だった。

　ぽとり、と狸の両前足の間に、狸が銜えていたペンダントが落ちる。

「捜しとるんは、この石か？」

　狸が人語で、恵子に問うた。人語ではあるが、間違いなく人間のものではない声質だ。

「そう……です……」

　ワンテンポ遅れて恐怖心がやってくる。あまりにも迂闊《うかつ》に、返事をしたかもしれない。

「ほうかほうか！　そいなら、あんたァこの石ゅぅ返して欲しかろう」

嬉しそうに、楽しそうに狸が言う。人間ならば、満面の笑みで手を叩いていそうな声色だった。恐る恐る恵子は頷く。狸の足元にあるのは、間違いなく宮澤からもらった守り石のペンダントだ。

「ヘェじゃが、こりゃあ儂が拾うた物《もん》じゃけぇ、はァ儂ンじゃ。あんたァこれが欲しいんなら、何ぞお代を払《はろ》うて貰わんにゃのォ」

「お代、ですか？」

元はと言えば恵子のもの——という抗弁が通じそうな雰囲気ではない。一方でその口調は、悪意もなさそうなカラリとしたものだ。払える程度のものならば払う心積もりで、いまだしゃがんだままの恵子は問い返した。

「おうよ。そん腕《うで》よう片へらほど、代わりにくれえや。したら返しちゃるけん。腕が不便なら脚でも構《かも》わん。のう？」

のそり、と狸が一歩前に出た。腕。脚。と、恵子は脳内で狸の要求を反芻《はんすう》する。一瞬、意味が取れなかった。

（腕を取るって？　脚を一本……？　そんなことしたら——）

四肢を獣の牙に引き千切られる己が、ぶわりと脳内に浮かんだ。ひっ、と悲鳴を漏らして恵子は立ち上がり、後ずさる。ほんの、「お前のポケットに入っている菓子が欲しい」程度のノリで、腕か脚を要求されてしまった。相手は人間の理屈が通じない。そのことへの恐怖が腹の底からわき上がる。

「む、むっ、無理です……！　腕とか、脚とか、取られちゃったら私、死んじゃいます」

こんな人目のない場所で乱暴に引き毟《むし》られたら、失血死する未来しか想像できない。たとえ生き残れるとしても、対価としてはあまりにも重い。

「ほいなら、片目はどうじゃ」

「や、ちょ、そういう……体の一部は…………」

不機嫌そうな沈黙が落ちた。次にどう動くべきか、恵子は必死に頭を巡らせる。

（逃げる、しかない……！）

石の代わりは、きっとどうにかなる。宮澤の連絡先は、今ポケットに突っ込んであるスマートフォンにも入っていた。最悪代わりがなくとも、石が無ければ日常生活全てが困難というわけではない。だが、腕や脚、目の再生は現代の医療では無理だ。

「ほォ～ん。そんなら、こがなん《こういうの》はどうじゃ？　儂と鬼ごっこしようや。儂《わし》ゃあこの石を銜えて、巣穴まで帰る。あんたァ儂を追いかけて、儂が巣穴ん中へ戻るまでに儂を捕まえられりゃあ、あんたの勝ちじゃ。したら、何も無《の》うても石を返しちゃろう。どうよ？」

怪しい提案だった。提案に乗って、もし捕まえるのに失敗した場合は恵子の丸損、という予感がする。

「もし、私があなたを捕まえられなかったら？」

「そん時ゃあ、石を諦《あきら》めんさい」

――予想に反し、実にあっさりと狸が答えた。

「石を諦めて、帰ればいいだけ？」

「ほうよ」

それならば、最悪の場合途中で引き返せばよい。恵子はそう、判断に迷った。チャンスに乗って損はないのでは、と。

このまま石を諦めてホテルに帰った場合、引き寄せ体質を制御できない状態で浩一に全てを告白することになる。そうなれば、どう転んでも旅行はここで終わりだ。たとえ浩一が理解を示してくれたとして、彼の前で宮澤に連絡を取ることになる。

実は、いつも鷹揚《おうよう》で恵子に甘い浩一が唯一、恵子が名を口にするだけで顔を強張《こわば》らせる存在——それが宮澤だった。

事情を説明していないせいで「過去に親密だった」ということだけ認識されているせいだろう。態度に丸出ししない程度には、浩一は紳士的で大人だ。だが、逆に言えば日頃とても紳士的な浩一が、それでも不快感、否、不安感を誤魔化しきれないのだ。

(もし上手く狸を捕まえられたら、そういう事態は避けられる……)

上手くやり過ごしたい、という欲が恵子の理性を炙《あぶ》った。浩一に嫌われる要素を、ひとつでも潰したい。

「……わかった。それなら、試してみましょう。もしあなたが巣穴に戻るまでに追い付けなかったら、私は石を諦めて帰る。それでいいのね？」

胸元で拳を握りながら、恐る恐る恵子は言った。それに狸が「よっしゃ決まりじゃ！」と歓喜の声を上げる。

「そがに《そんなに》、すぐすぐ諦めんさんなよ。儂ゃあ足が遅いんじゃけえ。せっかく勝負するんじゃ、本気でやらんにゃ面白うない。――へェじゃあ、行くで！」

言って、ペンダントを銜え直した狸が身を翻《ひるがえ》す。

狸が駆け出す先は、麓側――寺院からは離れるように、石畳の参道を街の方へ駆け下り始めた。恵子もそれを追いかけようとする。しかし、

――バサバサバサッ!!

「きゃあっ!?」

突然、後ろから鳥が襲いかかってきた。脈絡《みゃくらく》もなにもあったものではない。鳩《はと》の両足が、後頭部の髪を引っ掴んだ。たまらず恵子は頭を庇《かば》い、悲鳴を上げてしゃがみ込む。当然、狸の姿はアッサリと見失った。

「えっ、ちょ、何……!?」

ただ混乱する恵子に、背後からどろどろと重く、轟くような声がかかった。

『待ちんさい』

恵子は後ろを振り返る。人影はない。ただ、早朝の静けさに包まれて仁王門があるだけだ。

『本気になって追うちゃあいけん《だめ》よ。できるだけ時間を稼ぎんさい』

遠雷のようにも、風の唸りのようにも聞こえる低音が人語を紡いでいる。これもまた、間違いなく人外の声だった。その出所は――仁王門を覆う、大わら草履の奥だ。

「え……」

あそこに在る、否、居るのは、この寺院を守護している一対の仁王像のはずだった。

『あの狸は、どうでも《どうしても》あんたの体を食いたい思うとるんじゃ。どうにかして、あんたを自分の巣穴に連れ込んじゃろう思うとる。巣穴まで連れ込まれたら、逃げられんけんな』

本当に、喋《しゃべ》っているのは仁王像か、確かめるべきか。迷いながら、恵子はふらふらと仁王門の前まで歩を進めた。頭が対応しきれていない。今まで、恵子は怪異から逃げてきた。こうして言葉を交わし、向き合ったことなどない。何にならば耳を貸してもよくて、何を信じてはいけないのかも分からない。

(でも、仁王様だし。お寺の関係者？　だもの、人間の味方をしてくれる……よね？)

「じゃあ、追いかけずに諦めた方が……いいですか……？」

こわごわと恵子は問うた。恵子が諦める場合には、石の紛失以上のことは起こらない。その言質《げんち》だけはどうにか取ってある。それとも、全く捜すそぶりもせずにゲームを降りたら、何かペナルティが生じるのだろうか。

『ほうじゃのォ……あの狸を恐ろしい思うんなら、止めときんさい。あんたが恐ろしいと思やあ思うほど、あの狸の力も増すじゃろう。せぇじゃが《それだが》、あの石がどうしても惜《ほ》しい思うんなら、わざとゆっくりゆっくり追い掛けてみんさい。狸はあんたが欲しいんじゃ。あんたが遅う行きゃあ、引き返してでも顔を出して、巣穴まであんたを案内するじゃろう。できるだけ、できるだけ時間を稼いでみんさい。これ以上は無理じゃ思うところまで、粘ってみんさい。――必ず、救《たす》けは来るけん』

　語ってくれているのは、阿形の仁王像だった。優しい声音だ。遠雷のようにも風の唸りのようにも聞こえる人外の声を、恵子はそれでも優しいと、慈愛《じあい》深いと感じた。

「――はい！」

　決意を込めて頷く。手足や目を代償《だいしょう》にはできなくとも、あの石は恵子にとって、大切な大切なものだ。逃げ回るだけでない人生をくれた。誰かに愛され、愛することを知るための勇気をくれた。

『そいなら、ポケットの……携帯言うんじゃったかの、それをここへ置いて行きんさい』

　静かに言ったのは、吽形の仁王像だった。

「スマホですか……？」

『そう。それを持って行っても、狸があんたを呼び込む先じゃあ通じんじゃろうけえな。ここへ置いて行きんさい。標《しるべ》になるけえ』

『そう言やあ、連れにはちゃんと言うて出て来たんか？　もしまだなら、一言送っときんさい』

　吽形よりは喋り好きな印象の阿形が口を挟む。まるで、近所の親切なおじさんたちだ。ふと、心の奥が安堵に緩むのを恵子は感じた。

（信じてみよう……）

　頷いて、スマートフォンをポケットから取り出す。時刻はいつのまにか、もう少しで午前七時になる頃だった。七時になれば、浩一のスマートフォンの夜間マナーモードが終了するのだが、今ならまだ、通知音で浩一を起こす心配はない。

(『昨日、落とし物をしたので捜してきます。すぐ戻ります』と。よし、これで)

メッセージアプリの送信ボタンをタップした。スマートフォンは、仁王門の柱に立てかけておく。

「それじゃあ、行ってきます！」

『牛歩作戦で。忘れんさんな』

「はい!!」

仁王像たちに見送られ、恵子はそれでも早足に参道を下って行った。


浩一が目を覚ました時、彼は広いダブルベッドに一人で埋まっていた。

外は既に明るく、小鳥たちの声が響いている。爽やかで静かな朝だった。旅先特有の、見知らぬ寝床で目覚める新鮮な感触は心地よいが——あまりに静か過ぎる。隣に眠っているはずの大切な女性《ひと》はおらず、その気配すら室内にない。

手洗いか、あるいは一足先に起きて身支度か、と最初思ったが、ふたつ寝返りを打つ間も全くその気配を見付けられず、浩一はとうとう起き上がった。サイドテーブルに置いたスマートフォンを確認すると、時刻は午前七時を少し回ったところである。そして、未読メッセージを示す通知が画面中央に表示されていた。メッセージの送り主は恵子だ。浩一は慌ててスマートフォンのロックを解除する。

メッセージは、簡潔なものだった。落とし物を捜してくる。それだけだ。

（でも、こんな朝早くから……？　僕に何も言わず一人で？）

胸の辺りが不安に曇るのを浩一は感じた。慣れない寝床では熟睡できなかったのか――頑丈さが自慢の浩一がそんな経験をすることは今までなかったのだが、酷くまだ疲れが残っていて頭も重い。浩一は霊感など全くないし、直感やら第六感が鋭い方でもない。「嫌な予感」を信じて騒いだ経験もこれまでなかったが、今回は酷く胸騒ぎがする。

心身に残る重怠《おもだる》さを振り払うように、勢いよくベッドから降りて着替える。最低限身なりを整えて、財布とスマートフォンだけをポケットに突っ込み一階へと下りた。まずは、朝食の支度をしてくれているホテルのオーナー夫人（つまりは浩一の従兄の妻である）に挨拶をする。次いで、恵子を見なかったか問うてみれば、こう返ってきた。

「なんか、黒い勾玉のペンダントを落とした言うて、捜しよったよ。ホテルの前と、レストランの中と捜して見つからんくて、また道の方捜してみます言うて……はあれから、三十分ども経っとるかねぇ……」

心配そうに首を捻《ひね》るオーナー夫人に頭を下げて、浩一はホテルを飛び出す。

（黒い勾玉のペンダント……）

その存在は、浩一も知っていた。恵子が大切に、肌身離さず持っているものだ。以前、チラリと尋ねた時は「厄除けの御守り」だと説明された。

厄除けや御守りといった、スピリチュアルなものを大切にする人間は男女問わず居るものだ。浩一は子供の頃より空手道を修めてきたが、試合や勝負事の近くに身を置けば、験担《げんかつ》ぎや厄払いなどの俗信も身近になる。恵子の他にも、天然石のブレスレットを常に身につけている先輩などを見てきたので、当初それほど不自然には思っていなかった。

だが、恵子にとってそのペンダントは、浩一がそれまで見知っていた「御守り」よりもずっと重要な——シリアスなものだと、彼女との親交が深まるにつれ気付いた。

(そう、多分あれは『彼』から貰ったものだ)

ホテルの前庭は小さい。ぐるりと見回して人影がないことを確認した浩一は、急いで階段を下りた。段差が大きく、くねくねと折れ曲がった急階段の見通しは悪いが、仁王門前の広場からホテルまでに分かれ道もなく、道の両脇に入り込むような場所もない。何軒か空き家の前を通りはするが、門扉《もんぴ》を閉ざすそれらに彼女が入るとは考えづらかった。

結果、あっという間に浩一は仁王門前まで辿り着いてしまう。そこから先は緩やかに下る、見通しのよい大きな参道だ。だが、恵子の姿は気配すらない。

「いない……」

浩一は嫌な感触の胸騒ぎに、顔をしかめて地面を睨む。

——ある日突然、世界に溶けて消えてしまいそうな女性。

彼女の魅力を問われてそう返し、笑われたことが何度かあった。浩一の属してきたコミュニティにおいて、浩一はあまり多数派扱いしてもらえない。大抵、夢見がち過ぎるだとか、ロマンチスト過ぎるだとか笑われ、悪くすれば、女々《めめ》しいことを言うなと理不尽に諫められることもあった。だが浩一にとって、恵子の印象はそれで間違いない。

彼は恵子のそういった神秘性《ミステリアスさ》に、彼女と知り合ってどうしようもなく惹かれたのだ。彼女の視線は、たまに浩一の世界には存在しないモノを撫でる。何が見えているのか、問うたことはない。無理に踏み込めば逃げられてしまいそうな予感がしていた。いつか彼女が浩一に心を許してくれたら、教えて貰えると信じていた。

（どうしたら——そうだ、携帯！）

焦りすぎていて忘れていた。仁王門前広場の端で、浩一は慌ててスマートフォンをポケットから取り出す。電話を掛ければよかったのだ。己の慌てぶりを自嘲《じちょう》しながら、恵子の番号を呼び出して発信ボタンをタップする。——しかし。酷く無情なことに、聞き慣れた恵子のスマートフォンの着信メロディは、すぐ近くから聞こえてきた。

「なっ……！」

よく知るスマートフォンが、仁王門の柱にそっと立て掛けられてメロディを奏でている。浩一の「嫌な予感」は確信に変わった。これは、とても良くないことが起こっていると。

通話終了ボタンをタップし、仁王門へ駆け寄る。先程まで鳴動していたスマートフォンの、持ち主の影は見当たらない。半ば呆然と門前にしゃがみ込み、浩一は恵子のスマートフォンを拾い上げた。

恵子へ繋がる糸が、途切れてしまったような気がした。

（警察、一旦ホテルへ帰る、いやどれも違う気がする……僕は、どうすれば……）

暗証番号は、いざという時のため交換している。浩一は拾い上げたスマートフォンのロックを解除した。ホーム画面に並ぶアイコンを眺める。

――不意に、耳元で風が唸った気がした。

驚いて空を見上げる。雲ひとつない、穏やかな五月晴れの空だ。植込みの葉すら揺れぬ、朝凪《あさなぎ》の只中だった。空耳か、と不思議に思いながら、再び手元に視線を落とす。

――今度は、低い地鳴りか、あるいは遠雷が腹に響いた気がした。

再び顔を上げるが、相変わらず周囲の景色はなにひとつ変わらず穏やかだ。ぽっぽっぽ……と一羽の鳩が、首を前後に揺らしながら浩一の前を横切る。人慣れした様子の鳩の、真っ赤な目としばし見つめ合った。

「君、ここに若い女性が来なかったかい？」

思わず、鳩に尋ねていた。鳩は答えるはずもなく、飛び立ってしまう。それを視線で追い掛けて天を仰ぎ、浩一は目を閉じて眉間をほぐした。まだ観光客がやってくるには早いが、朝の散歩やジョギングをする足音や、周囲の家の住人が動き回る気配を感じる。

（――連絡を）

カラッポにした頭に、ふとそんな言葉が浮かんだ。どこへ連絡しようと思ったのか、自分でも分からず目を開ける。手元にあるのは恵子のスマートフォンだ。

（――彼に）

こんな時に、頼れそうな相手を一人だけ思い出した。といって、『彼』と浩一は、一度挨拶を交わしたことがある程度の他人だ。

『あっ、この人は宮澤君。一年の頃、入ったサークルが一緒で知り合ったの。宮澤君、この人が――私の、恋人です』

うふふ、と照れたように紹介してくれたのは、他ならぬ恵子だ。場所は大学の卒業式会場、恵子と付き合い始めて間のなかった浩一は、その紹介文句に心浮き立たせたのをよく覚えている。その時の彼――宮澤は、少し驚いたように浩一を見て、穏やかに微笑んだ。

リクルートスーツを着ていた浩一とは違い、宮澤は羽織袴姿だった。そして、背の半ばまで届く、丁寧に梳られた黒髪をひとつに括っていた。まさか、かつらではないだろう。だが彼のつるりと日本人形のように整った白い顔と、美しい黒髪、そして日本の伝統衣装は、彼が別の時代の人間だと紹介されても信じてしまいそうな調和を見せていた。

その隣に、袴姿の恵子が並ぶ。

交わされる視線や言葉に、友人以上の熱や甘さがないことを、その時の浩一は注意深く観察した。恵子が友人であると言うのなら、疑うのは失礼だ。分かってはいたが、不安だった。なぜなら宮澤は、おおよそ美的感性が一般的な人間であれば、誰もが賛美するであろう美貌の持ち主だったからだ。当然、同年代の女性受けが悪いわけがない。

それに比して浩一はと言えば、いかにも体育会系の体躯《たいく》と容姿が暑苦しいとかむさ苦しいと評されることもあったし、逆にその容姿に反して内面が女々しいと言われることもあった。無論、恵子は浩一との交際に頷いてくれた女性だ。浩一の外見や内面も、そのギャップも好ましいと微笑んでくれる。

それでも、宮澤の美々しさと清潔感が同居する様《さま》に浩一が勝てるとは思えなかったし、何よりも――彼の空《くう》を撫でる視線に、恵子が持つのと同種の神秘性を感じたのだ。

実際に浩一が宮澤の姿を見たのはその一度きりで、後々に恵子が彼を話題に出すこともほとんどなかった。説明は、ただ「ほんの友人」とだけだ。だが、決して恵子が言うほど浅い付き合いでなかったことも、時間を経るうちに確信した。恵子が浩一に隠しているモノを、彼は知っている。恋人同士という意味で深い仲ではなかったかも知れないが、彼はおそらく、浩一が知り得ぬ恵子を知っているのだ。

恵子の「秘密」を、いつか本人の口から聞きたいという思いと同じくらい、浩一は彼女の口から宮澤の名が出る日を恐れていた。

(恵子さんを疑ってるわけじゃない……僕に自信が足りないだけだ)

浩一が恵子に愛を乞うたび、彼女の魅力や共に過ごす幸福を伝えるたびに、恵子はまるで、厳冬を越えてはじめて春の花を見つけた者のように、柔らかく顔を綻《ほころ》ばせた。彼女に愛の雪解雨を降らせ、その凍えた心が解ける様子を見つめる時間は、浩一にとっても満ち足りた瞬間だ。そんな時に恵子が口にする「浩一さんが初めて」という言葉を、疑うつもりはない。

「よし……今は、僕のビビリ心にかまけてる場合じゃない」

自分に言い聞かせて、画面オフになってしまった恵子のスマートフォンを再び開く。いつも連絡に使っているSNSアプリを開いて、連絡先一覧を呼び出した。「宮澤美郷」を選択する。メッセージ履歴は開かず、音声通話ボタンをタップした。履歴を見るのは失礼に思えたし、相手がメッセージに気付くまでのタイムラグが惜しい。

アプリが呼び出し画面に変わる。コールはほんの二、三回だった。

『あっ、もしもし、宮澤です。比阪さん……？』

なぜ突然連絡が、という驚きに満ちた声音の向こうでは、ラジオらしき遠いお喋りと重低音のノイズが聞こえる。おそらくは車の中だ。

「いえ、比阪恵子さんのスマホをお借りしています。笠原浩一と申します。今、大丈夫ですか？」

運転中だったらまずいだろう。そう確認した浩一に、宮澤は「大丈夫ですよ」と返した。しかし、『はあ、笠原……さん？』という小さな呟きが漏れ聞こえた様子からして、どうやら相手は浩一の存在を忘れている。

「ありがとうございます。恵子さんの……交際相手です」

なんと名乗るのが一番格好がつくか分からないまま、浩一はそう名乗った。途端、「あぁ！」と納得と親しみの混じった、明るい声が電話向こうで上がる。直接挨拶した時もそうであったが、宮澤が浩一を特別に意識した様子はない。そのことに、ほんの少しの安堵とばつの悪さを感じる。

が!?』

『え、で、比阪さんの彼氏さんが、どう……あっ、もしかして比阪さんに何かトラブル
言いながら思い至った、という様子で、宮澤の声が途中から深刻さを帯びる。

「そうです。変な話なんですが……宮澤さんに頼るしかないと思って」

口にすれば本当に妙な話だった。浩一自身、自分の言葉が本気とは思えない。にもかかわらず、何かに急かされるように、浩一は宮澤に縋《すが》っていた。——先ほどから、そういえばまた風の唸りがうるさい気がする。

『わかりました。お伺いします。……ところで、今どちらにいらっしゃいますか?』

「尾道です。西國寺っていうお寺の前で——」

(しまった。頼るって言っても、彼が今どこにいるかも知らな——)

言いながら、悔《く》いる間もなかった。

『尾道!?』『うぇーい、ビンゴじゃねーかァ!?』

同時に二つの声が、電話口から飛び込んで来る。ひとつは宮澤の、心底驚いた声。もうひとつは、そちらも年若い男性らしき、はしゃいだ声だった。

『西國寺ですね。ちょっと待っててください……あと三十分もあれば到着しますから。あっ、すみません、このままご事情を伺っていいですか? 連れがいるんで、スピーカー通話にしたいんですけど……』

浩一は戸惑った。なんの脈絡もなく連絡した相手が、すでにこちらに向かっている。戸惑

いと同時に背筋を這《は》い上ったのは、底知れぬ恐怖だ。何か、浩一には全く理解も感知もできない力が浩一の周囲を取り巻いている。そんな気がしたのだ。

「は、はい。大丈夫です」

どうにか、恐怖を圧し殺して頷く。

この恐怖はきっと、恵子を守るために打ち勝たねばならないものだ。


早朝、平日よりも少し早めに起きた美郷は、朝食の前に水垢離《みずごり》を行い、白蛇の居場所を占った。美郷は呪術と同時に占術も学んでいる。専門の占術師には及ばずとも、失せ物や失《う》せ人を捜す手がかり程度は占えた。今回も、白蛇のいる方角とおおまかな距離、場所の特徴程度は分かると期待して占い、結果として「白蛇がいるのは尾道」という結論を得たのだ。

尾道のどこに居るのか、それはもう行ってから捜し方を考えるしかあるまい。そう結論に達して、美郷と怜路は朝食を素早く腹に詰め込み、怜路の車に乗って家を出た。美郷の中古軽自動車を出さなかった理由は、単純に怜路のセダンの方が乗り心地もよくスピードも出るからである。二人で外出する時は、大抵怜路が車を出すことになっていた。ガソリン代と高速代は出さねばなるまい、と美郷は助手席からチラリと燃料メーターを見ていた。――そんな時だった。

聞きなれない着信音で、美郷のスマートフォンが鳴動した。見れば、普段メッセージ機能しか使わないSNSアプリが音声着信を示している。相手は先日話題に出した、比阪恵子だ。不思議に思いながら、美郷は電話に出た。そして、笠原浩一と名乗る男性と会話することになったのである。

着信元が比阪であるのを見た瞬間から、予感めいたものはあった。その予感は、笠原の居場所を聞いて確信に変わる。と同時に、笠原の声の向こうで、もうひとつ遠く、何か男の声が聞こえていた。

――あんたじゃ、あんたじゃ。ここへ来んさい。あんたァ、あの白大蛇と縁のある者《もん》じゃろう。早《はよ》うここへ来んさい。

おいおいと喚《よ》ぶ、遠雷の轟きにも似た低い声だった。笠原にそれが聞こえている様子はない。常人の耳には届かぬ声――妖異の類の声だ。

（悪いモノじゃなさそうだな……お寺の前らしいし……）

そう判断した美郷は、多少騒がしいのには目を瞑《つぶ》り、そのまま電話口で笠原から事情を聞き取った。笠原自身は霊感も心霊経験もなく、恵子は己の体質についてまだ明かしていないらしい。その状態で、よくぞ美郷に連絡を入れる気になったものだと驚いたが、おそらくは背後で騒いでいる低い声が、笠原には聞こえぬまでも彼の心に作用したのであろう。

自動車専用道路、尾道松江《まつえ》線を南下して山陽《さんよう》自動車道をひと区間だけ走る。幸いにも混雑に巻き込まれることなく、八時半を回る頃には目的地――西國寺へ上る石畳敷きの坂道を、怜路のセダンはゆるゆる走っていた。

「しっかし、西國寺の仁王像ってことか、さっきのオッサン声どもは。るせェ連中だったな」

「話し好きって言ってあげなよ……。すごく心配してくれてるみたいだったし、着いたら笠原さんもだけど、彼らから聞き取れることは多そうだからね」

笠原との通話を終えたのち、美郷は西國寺やその周辺にまつわる逸話《いつわ》伝承を調べてみた。結果、どうやら西國寺の仁王像は様々な伝説のある、力の強い者たちのようだった。夜な夜な遊びに出歩いた、否、街を見回り守っていた。歩き回り過ぎて山が低くなった、健脚のご利益がある、夜に寝ずにいる子供を叱りに来る等々。敬《うやま》われ、親しまれ、街の人々と共に時代を重ねて力を蓄《たくわ》えた、街の守護神であるようだ。

「まあ、電話越しで仁王様の声が聞こえたなんて、おれも初めてだけどね」

「やっぱコッテコテの広島弁なんだな」

「威厳を出そう、って感じじゃなさそうだったねぇ」

笠原からの情報だけでは、恵子が守り石を紛失したこと、そして石を捜しに出て姿を消したことしか分からない。だが、後ろの仁王像たちが白蛇の話をしていたことから、恵子が姿を消した場所と、白蛇が辿り着いた場所は恐らく重なっている。何が起きたのかは、これから確かめねばならない。

「さて、到着だぜ」

参道脇にあった、小さな駐車場に入る。車を停めた怜路がニヤリと笑った。

「ササッと解決して、尾道観光して帰ろうや」

あの食いしん坊白蛇を連れて、こういった歴史文化の濃密な街を歩くのは、気苦労が多い気はするが。今回は美郷にも非があるのは承知している、多少、白蛇にも観光をさせてやるしかないだろう。

「そうだね、行こう」

車を出て、仁王門を目指す。目的地には、大柄な男性が一人立ってこちらを見ていた。


浩一が宮澤に連絡を入れて、三十数分。果たして、電話で聞いたとおりのセダンが石畳の参道をゆるゆると上ってきた。車は参道に上がる石段の手前で駐車場に入り、しばらくして二つの人影が現れる。

一人は細身の、襟付きシャツを着た男性。もう一人は——金髪にサングラス、そして派手な総柄のTシャツを着た男だ。長い髪を引っ詰めている様子の細身が宮澤、そして、宮澤より大柄な金髪が彼の「連れ」だろう。あらかじめ説明されていたので驚きはしないが、浩一の苦手な、腕力を崇拝《すうはい》し男性らしさを重んじるタイプに見える。

(宮澤君との組み合わせは、奇妙というか何というか……)

一方の宮澤は、浩一よりも更に柔和で控えめな性格に見える。一見真逆で反りが合いそうにないコンビであるが、彼等は親しげに会話しながら浩一の方へ歩いてきた。

どちらともなく浩一に気付き、宮澤はぺこりと会釈《えしゃく》をし、隣の金髪はひらりと親しげに手を振った。対する浩一はどちらに合わせるか一瞬悩み、半端なお辞儀を返す。歩調を速めた二人はあっという間に浩一の前に辿り着いた。

「あっ、お久しぶりです。宮澤です。ええと笠原さんですね？　あ、コッチが連れの狩野です。えー……こいつはおれの大家というか友人というか……」

「おいこら、そこは相棒って言えよ、傷付くだろうが！　どーも、宮澤君の同業者で大家の狩野でぇっす。俺ァ今回アンタの依頼を受けに来たワケじゃねーんだが、「えっそうなの？」話を聞く限りじゃ、まあ手伝うコトになるんだろうな」

狩野の自己紹介の間に、宮澤の呻《うめ》きが挟まった。それに、狩野がぐりんと音がしそうな勢いで隣を振り向く。

「たりめーだろうがお前、俺ァ白太さん回収しに来たんだわ！　拝み屋怜ちゃんをタダで雇えると思うな、見積もりも契約も支払も無ェ依頼は請けねえの、俺は！」

「あっなんだ。建前の話かヨカッタ」

「建前って言うな!!」

突然の漫才である。宮澤は随分と砕《くだ》けた態度を取っているが、果たして彼はこんな雰囲気の人間だったか。戸惑う浩一の前でひとしきりじゃれ合った二人が、姿勢を改めてこちらを見た。ふ、と一瞬だけ浩一の背後に視線を投げ上げた宮澤が、にこりと柔らかく微笑む。

「大丈夫ですよ。比阪さんは――あ、ええと……どこまでご存じですか？」

途中で単語をピックアップし損なったような、茫洋《ぼうよう》とした問い。それに浩一はただ「いいえ」と首を振った。何も本人からは聞かされていない。そうですか、と、少し困ったような笑顔になった宮澤は、ぽりりと首筋を掻いて、再び浩一の後方をチラリと見上げる。

「――比阪さんが仰《おっしゃ》ってないことを、僕が勝手にお伝えするのは良くないと思いますので……でもそうだな、どうしよう……」

首筋を掻いていた右手を今度は細い顎《あご》に添え、宮澤が目を伏せて沈思《ちんし》する。しばらくの間、一歩後ろで成り行きを見守っていた狩野が「でもさあ」とポケットに手を突っ込んだまま首を傾げた。

「アンタ、コイツに電話しただろ？　アンタ自身とコイツは大した面識もねーのに、わざわざカノジョの携帯まで使って。その理由を説明するなら、アンタはどう言う？」

問い詰める口調ではない。どちらかと言えば、浩一自身の中にあるものの言語化を促す声音だった。浩一がぼんやりと感じ、少なからず恐怖し、「信じる」と認めれば取り返しの付かない一歩を踏み出してしまうと思っている、何かの言語化を。

「どう……と言われると、そうだな……『何故かそうしなければいけない気がした』としか言いようがない。何故か……何となくとか、直感でとか、そういう感じかな」

「アンタには掴めないその『何か』は、世間一般にゃ認められて無ェし、大半の人間はハッキリ感じることも操ることもできねェが、実在する。お役所的にゃ『特殊自然災害』っつーんだとよ。なあ美郷ォ」

狩野が話し始めると同時に半歩脇に寄り、完全にこの場を狩野に任せる姿勢だった宮澤が、話を振られてウン、と頷く。それを目線だけで確認し、狩野は続けた。

「ソイツはまあ、『情報』だし『力』だ。ただし科学じゃ観測できねェ。そんで人間の体にゃ、目やら耳やらみてェな、ソイツを捉《とら》える器官は無ェ。だから捉えンのにも扱うにも才能とコツが要る。普通に暮らしてりゃ必要のねェもんだ。災害——トラブルに巻き込まれねー限りな」

で、良かったよな？　と、狩野が再び宮澤に確認を取る。頷いた宮澤が、浩一に「おれの職場……巴市役所ではそう説明しています」と付け加えた。どうやら、お役所マニュアル的な説明文句らしい。市役所に、そんなものを扱う部署があるということ自体、小説か漫画の話としか思えないが——狩野が言ったように、浩一は既にその「何か」に動かされて彼等と相対している。

軽率に信じてしまうことは危険な気がした。なぜなら、浩一自身に感知も行使もできない「力」を信じてしまえば、それを「分かる」と自称する他人を闇雲に信じるしかなくなるからだ。ただ、現状を浩一の知識や一般常識だけで説明することは不可能で、目の前の彼等は信用するに値しそうに思える。

（それに、超自然的なパワーとか『気』とかが、全く存在しないとは思わない……かな……）

勝負事には目に見えない流れがある。時に直感は理性よりも正しい。体は、単に科学的・

医学的な理屈を超えて、心に動かされることがある。浩一とて、人が勝負の前に担ぐ「験《げん》」を、全てまやかしだとは思わない。――大半が、要するに「気の持ちよう」で片付けられることだとしても、だ。

「ええと、そうですね……詳しい話はまた、比阪さんとゆっくりして頂くことにして、まずは、彼女を捜しましょう。おれや怜路は、今彼女が巻き込まれているようなトラブルの対処を仕事にしています。まずは情報収集して、捜索方法を考えないと。――というわけで、すみません。ちょっと向こうのお話を聞いて来ますね」

そう言ってへらりと笑い、宮澤が手のひらを差し向けたのは、浩一の背後に建つ仁王門だ。

「電話越しでも、ずっとお話ししてくださってたんですけど……流石に聞き取りづらくて。比阪さんのスマホがここに置いてあったとおり、彼女はこの門前にしばらく居たみたいです。『彼ら』が一部始終を見ていたと仰ってるので」

では、と会釈をした宮澤が、浩一の隣をすり抜ける。彼は仁王門の真下まで行くと、丁寧に頭を下げた。

不意に、腹の底を震わすような重低音を感じた。思わず周囲を見渡す。遠雷か、地鳴りか、風の唸り――そのどれでもない、耳には届かない「音」だ。ただ、どうしようもなく心がざわつく。びりびりと鳥肌の立った両腕を、思わず浩一はさすった。

「あー、流石にアンタも感じはするか。うっるせーよなァあのオッサンら」

それを見ていた狩野がケラケラと笑った。おっさん、と呼ばれたのが誰か分からず眉根を寄せた浩一に、狩野はひょいと指で示す。

「美郷が相手してる仁王像だよ。アンタなんか格闘技とかやってる？　目や耳より肌感覚の方がキャッチしやすそうだな。あれだけ五月蝿《うるさ》けりゃ、集中すりゃあ何か掴めると思うぜ」

言われて、浩一は改めて仁王門と、その正面に立つ宮澤の背を見た。宮澤は真っ直ぐ背筋を伸ばし、丁寧な口調で中空へと問いを投げている。その姿はまさに、目に見えない存在との語らいだ。そして、彼の問いかけに応じるように、未知の轟きが浩一の腹の底を震わす。

「んぁ、そう言や確かに人こねーな。もう観光客歩いてる時間なのに」

その轟きが、隣の狩野にはたしかに言葉として聞こえるのだろう。言われて気付いた、といった風情で金髪頭が周囲を見回す。時間を確かめて、浩一も驚いた。辺りは全くの無人だ。朝方には歩いていた地元民らしき人々の、足音すらも聞こえてこない。

「ワヤワヤ人が歩いてっと面倒臭ェからって、人払いしてるらしい。なんつーか親身だなァ、ここの連中」

のんびりと狩野が笑った。

浩一にとっては、どれもが背筋を冷やすような現象だ。不自然に人気《ひとけ》がなく静謐《せいひつ》な寺院前も、絶え間なく襲う鳥肌も。だが狩野も宮澤も、それらを当たり前のものとして受け入れている。――そしてきっと、恵子も。

しばらくして、再び深々と仁王門に頭を下げた宮澤が引き返してきて言った。

「お待たせ。比阪さんはちょっと今、守り石を取り返すために……あー、狸と追いかけっこしてるんだそうです」

狸、と口にした宮澤は、いささか申し訳なさそうな視線を浩一に向けている。狩野は待っている間に何事かスマートフォンで調べていたが、「杭に化けたアホ狸なァ」と呆れたように肩を揺らした。ホラこいつだ、と狩野から差し出されたスマートフォンには、尾道の民話を紹介したWebサイトが表示されている。

「この、民話の狸が……恵子さんを……?」

受け取った液晶画面を読みつつ、どうにか絞《しぼ》り出した問いはよほど渋く響いたのだろう。笑いとも嘆息《たんそく》ともつかない吐息が二人から漏れる。

「そうです。本当に狸が化けたり喋ったりするか、それが笠原さんに見えるかは、実際に比阪さんに追い付けば分かります。とにかく彼女を捜しましょう。狸は守り石を質にして比阪さんを巣穴に誘い込んで、彼女を喰う気でいます」

喰う、という単語が、一拍遅れて浩一の頭に意味を結ぶ。瞬間、ぞっと全身が震えた。日常の中でならば、あるいは笑い飛ばしたかもしれない。狸が人間を襲って喰うなど、常識に照らせば馬鹿げた話だ。だが浩一は今、人生で経験したことのない非日常の中に居る。

「で、どうやって追う？　お前の探索型、使えそうか」

「うん。笠原さんに頼んで、比阪さんの私物とか髪とか借りれればと思ってたけど……」

言いながら宮澤が見上げた先、仁王門の軒から、一羽の鳩が彼の差し伸べた右腕に舞い降りた。その、綿シャツの袖を掴む足に、宮澤がそっと左手を寄せる。

「手掛かりに、って。取っておいてくれたみたい」

そう、宮澤が注意深く指先でつまんだのは、女性のものらしきセミロングの髪の毛だ。

「それが、まさか……」

「比阪さんのものだそうです」

浩一は思わず低く呻いた。女性の長い髪もまた、怪異の定番アイテムだ。

「それを、どうするんです？」

「おれの作る式神《しきがみ》――使い魔のようなものに結んで、彼女の気配を辿《たど》ります」

説明される全てが非現実的に過ぎて、浩一は一旦、理解と納得を諦めた。繰り出される単語を全く知らないわけではない。だが、それはあくまでフィクションとして、絵空事として知っている単語や理屈だ。目の前でやって見せると言われておいそれと信じるのは、成人した人間のすることではないだろう。

だが、浩一はただ一言「お願いします」とだけ絞り出した。

今は彼らを――ひいては、宮澤を恃《たの》んでいた恵子を信じる他ない。

（そうだ。恵子さんを……恵子さんと、彼女に惹かれた僕自身を今は信じよう）

どうしようもなく浩一を囚《とら》えて離さない、恵子の纏う神秘性を。宙を彷徨《さまよ》う彼女の視線を傍らで追い続けた、浩一自身が重ねた時間を、浩一は信じると決めた。

3．白太さんの家出

探索型の式神——蝶《ちょう》の形に結んだ水引に、美郷は恵子の髪を括り付ける。

「祓《はら》い給《たま》い、清《きよ》め給え。守《まも》り給い、幸《さきわ》い給え。神火清明《しんかせいめい》、神水清明《しんすい》、神風清明《しんぷう》、急々如律令《きゅうきゅうにょりつりょう》！」

手のひらに置いた蝶型の水引を、ぱん、ともう一方の手で叩く。重ねた手をそっと開くと、ひらりと白い蝶が舞い立った。紋白蝶《もんしろ》よりも一回り大きく、揚羽蝶《あげは》よりは小さな純白の——自然界には存在しない蝶だ。

「追いましょう」

硬い表情の笠原を促し、美郷は目線の高さをひらひら飛んで行く蝶の後を追い掛け始めた。怜路は美郷よりも二歩ほど先で、同じく蝶の行方を確かめながら早足に進んでいる。

笠原は恵子から、未だ何も聞いていないという。彼自身は、ごく常識的で一般的な感性の持ち主であるらしく、美郷や怜路の話を簡単には呑《の》み込めていない様子だ。思えば、この春に同部署に異動してきた旧友の、広瀬《ひろせ》辺りがすんなり納得したことの方が、実は驚くべきことではないか——などと、余計なことをチラリと考える。彼は自身が全く視えないわりに、再会した美郷の語る怪異の世界をあっさりと呑み込んだ。

幸いなことに、笠原は冷静で紳士的な人物である。美郷や怜路の胡散臭い出で立ちに嫌な顔をすることも、一般常識に照らせば荒唐無稽《こうとうむけい》な説明を頭ごなしに否定することもない。ついでに、美郷が間男《まおとこ》扱いされる憂き目《うきめ》にも遭わずに済んだ。

（でも――比阪さんと再会するより前に、もう少しゆっくり話をしときたいかもな）

笠原は見るからに善良だ。そして、彼の経歴や立ち居振る舞いから察するに、社会の中でも優秀な部類に入る人物だろう。だからこそ――そんなにも「取り立てて欠点のない、善良で立派な人」の理解を得られなかった時、秘密を開示した側は深く傷付く恐れがあった。

特に比阪は、周囲の無理解に苦しんできた女性だ。そして笠原とは恋人同士、それも、両親と会食をするような間柄だという。そんな中では、笠原が見せるほんの少しの困惑や戸惑い、拒絶反応が、比阪を追い詰める――状況によっては、いま起きている事態を悪い方向へ動かす可能性があるのだ。

蝶は、西國寺参道の石畳を少し下ったところで細い路地へと入り込む。人がすれ違うにも譲り合わねばならないような、細い細い路地だ。足元は煉瓦《れんが》が敷いてあり、各所に案内板や石柱があった。道の両脇は、ほとんど住宅の壁や塀だ。道は結構な上り坂になっており、海側の家々は坂を上るにつれて、路地よりも低い土地に建つものが増えた。

しばらく怜路を先頭、笠原を殿《しんがり》にして無言で坂を上る。式神が、使役者である美郷を置いて行くことはないのだが、一分でも早く恵子を見つけたい。初夏の午前十時は爽やかな時間帯だが、早足で上り坂を歩いていれば息は上がった。

（怜路もだけど、笠原さんも運動部系ッ……！　おれだけゼエハア言ってるのダッサ……!!）

もう少し鍛《きた》えよう。そんな決意を美郷がした時だ。

「――おっ。あったぜ、縄目だ」

前を行っていた怜路が立ち止まり、サングラスを外した天狗眼《てんぐがん》で、路地脇を見下ろして言った。そこは神社の敷地の裏手らしく、社叢《しゃそう》の木々が十数メートル下から枝を伸ばし、美郷らの頭上を覆っている。

「降り口は……なさそうだね」

怜路に並び、美郷も場所を確認する。道の横には転落防止の柵が設けられ、神社へと下りられそうな階段は見当たらない。式神の蝶はといえば、怜路の示す社叢の他にも気配の流れてくる方向があるのだろう。ゆるゆると楕円《だえん》を描くように舞ってその場に留《とど》まっている。

狸は己の巣穴に恵子を誘導したという。式神が縄目を指すとはつまり、彼女は既になにがしかの異界に足を踏み入れた後ということだ。

「ちっせえ上に、木の枝から飛び込まなけりゃ無理な位置だな。他を当たるか――」

怜路が指さす中空を、美郷も凝視する。確かに、異界の妖気が流れ出ている場所がある。美郷や笠原は諦めるしかない場所だが、怜路ならばあるいは、木の枝伝いに飛び移れるかもしれない場所だった。

「怜路、お前行けそう？」

「んァ？　俺ァ余裕だぜ？」

「じゃあ、先に行って貰っていい？　おれは、笠原さんと一緒に別ルートを探してみるよ」

恵子のことを怜路に任せられれば、美郷は笠原と落ち着いて話をしながら移動できる。ちらりと笠原を流し見た視線に乗せた意図に、怜路が気付いたかは分からないが、気のいいチンピラ大家は「確かにそれが早ェな」と大きく頷いた。

「よろしく――って、何ニヤついてんの？」

「いや、お前、指摘されたコトは修正できる秀才君なんだなと」

へっへっへ。その緩んだ笑いが何を指してのものか一瞬分からず、本気で美郷は眉根を寄せた。「何を」と問いかけて、気が付く。去年の冬、克樹を探して暴走した時のことだろう。

「言ってる場合か！　とにかく、頼んだよ！」

元々の焦燥感に気恥ずかしさが上乗せされ、思わず美郷は大きな声でツッコミを入れ、粗雑に怜路を社叢へ追い払うような仕草をした。それにケラケラと笑ったチンピラ山伏が「りょーかい」と片手を上げて身を翻す。

一連のやりとりを、目を白黒させて見守っていた笠原へと美郷は振り返る。軽く咳払いをして、声を掛けた。

「比阪さんの所へは、怜路がすぐに辿り着いてくれると思います。おれたちは――少し、お話をしながら行きましょう」

狸は古いもののけではあるものの、簡単に恵子を加害できるような強力なモノではないらしい。それは仁王像たちの見立てであるし、狸の振る舞いからしても間違いないだろう。仮に狸が強大な妖力を持つもののけであれば――そもそも、化けの皮を取り戻しに恵子の四肢を欲しもしないだろうが、それは横に置いても、恵子に取引を持ちかけたり、勝負を持ちかけて巣穴まで連れ込んだりといった「工夫」をする必要がないはずなのだ。

狸が恵子に取引や勝負を持ちかけたのは、それらの持つ「約束」の呪力に頼るためだ。人間よりも力の弱いもののけが人から何かを奪おうとする時、彼等は「人間自身の持つ呪力」で人間を縛ろうとする。それが、彼等が人に何かの取引や勝負――「約束事《ルール》」のある行為に、相手を参加させることなのだ。人間は、一旦自分が呑んでしまった約束事を簡単に破れない。それも、もののけという完全な他者の前で約束してしまったルールは、当人の無意識を強く縛る。

逆にその性質を理解し、ルールの隙間をすり抜けてしまえば、狸のような小さなもののけにはどうすることもできないのだ。仁王像たちは「わざとゆっくり追え」とアドバイスをしたようだし、その法則は以前美郷も恵子に伝えていた。恵子はおそらく、仁王像たちのアドバイスの意図も正確に理解しただろう。

比阪恵子は賢い人物で、美郷のアドバイスの呑み込みも早かった。かつては自身の精神を守るため、霊的なモノへの感受性を無意識のうちにシャットアウトしていたようだが、きちんと感知できるようになった彼女は実に見事にトラブルを回避するようになった。――いくらアドバイスしても、そもそも迂闊《うかつ》で油断した人間というのは、世の中居るものなのだ。恵子が今まで浩一に、特殊自然災害《もののけトラブル》との関わりを一切気付かせずにいたならば、それは守り石だけの功績ではない。彼女自身の、努力と注意深さの賜物《たまもの》である。

彼女は、注意深くトラブルを回避する。その姿勢は、頭からもののけトラブルに突っ込む道を選んだ美郷とは、真逆のものだ。

旋回《せんかい》していた蝶を一旦捕まえ、怜路が飛び込んだ繩目からは離れた場所で再び放す。蝶はふらふらと迷いながらも、別のルートを指し示して進み始めた。美郷が「ゆっくり歩こう」と思っているのを反映し、大きく上下動しながらゆるゆると進んでいく。

笠原を促して蝶を追い始めた美郷は、何から切り出すか、数歩分思案してから口を開いた。

「――さっきは、比阪さんの秘密を僕が暴露はしない、って言いましたけど……少しだけ、笠原さんには知っておいて頂きたいことがあるんです」

大人二人が並んで歩けるほどの道幅はない。美郷は数歩後ろを歩く浩一へと、首だけ振り向けながらゆっくりと歩く。足下は舗装されているが上り坂であるし、煉瓦敷ゆえの凹凸に足を取られかねない。笠原の表情を逐一《ちくいち》観察するのは難しいが、できる限り目を合わせるように努力した。美郷と視線のぶつかった笠原が、少し緊張気味の声で「はい」と答える。

「比阪さんは生まれつきの体質として、こういうトラブルを呼び込みやすい方です。それはご本人の話をお聞きする限り、比阪さんにとっては『困ったこと』でしかなかったようですが……ああ、当たり前ですよね――笠原さんからしたら、それで当然でしょう。でも……おれや怜路みたいに、こういうトラブルの相手を生業《なりわい》にしてる人間目線だと、彼女は『才能がある』とか『生まれつき強い力を持っている』っていう話になるんです」

　美郷と笠原は、住んでいる世界が違う。

　美郷はうつし世と闇の境界にいる。笠原はうつし世のただ中、昼間の世界に暮らしている。住む世界が違えば、価値観も違う。

　蝶の行き先と、足下と、それから後ろを歩く笠原の顔と。視線を順繰りに巡らせながら、美郷は語った。恵子自身がどう捉えているかとは別に、呪術業界から見た彼女の体質は「才能」そのものだ。

「だけど比阪さんは、貴方と同じ場所を——貴方や職場の同僚と同じ世界を見て、生きることを望まれました。だから僕が彼女に教えたことのほとんどは、トラブルの『避け方』です。逃げ方とか、そもそも遭わない方法とか。戦う方法や利用する方法……『関わり方』はほとんど教えていません。あの守り石も、彼女が笠原さんたちの世界に暮らせるように、もののけトラブルを除けるものです」

　恵子は、美郷や怜路の居る世界には足を踏み入れなかった。恵子との出会いを経てもう一度、薄闇の境界を己の居場所と定めた美郷とは逆に、恵子は美郷の協力を得て「普通の生活」を手にしたいと望んだのだ。美郷はその選択に同意したし、それを応援したいと思った。

「僕は、もののけトラブルと関わって生きる人間です。貴方とは違うモノを視て、言葉を交わして、彼等と関わりを持って生きている。でも比阪さんが彼等を視るのは、彼等を避けるため……貴方や、彼女の同僚や友人や、そういう『普通の人たち』の隣に居るためです。僕は、境界側にいる者として、彼女の背中をそちら側に押すことはできる。でも——彼女の手を握って『普通の世界』に引き留めること、彼女が、もののけたちの世界に取り込まれないよう繋ぎ止めることができるのは、『普通の世界』に住んでいる人だけなんです」

今、恵子にとって最も心を許した相手であろう笠原が彼女の手を取り、繋ぎ止めれば、恵子がうつし世で生きるのはぐっと楽になるだろう。逆に、彼が何か拒絶を見せ、恵子を突き放すことがあれば、恵子の『普通の生活』はきっと脅《おびや》かされる。少なくとも恵子の、それを続けていく自信は大きく損なわれるはずだ。

だからどうか、全力で彼女の全てを受け止めて欲しい。その覚悟を持って、恵子との再会に臨《のぞ》んで欲しい。

結局は足を止め、美郷は笠原を振り返って言った。

「僕は彼女の友人として……比阪さんが望む居場所に生きて欲しい。その居場所は、貴方にしか作れないものだと思います。だから——」

結局は「他人」である美郷が、恵子と笠原の関係にどこまで踏み込んでもいいのか。迷いが邪魔をして、笠原への要求はハッキリと言葉にはならない。

だが、もう一度しっかりと目線を合わせた笠原は、決意に満ちた目をしていた。

「うん。分かった。大丈夫だよ……僕は恵子さんの、きっとそういう部分に惹かれたんだ。彼女を護りたいと思ってる。——ありがとう、宮澤君。ずっと君に、少しコンプレックスというのかな、苦手意識があったんだ。君の方が彼女と近いんじゃないか、って」

苦笑い気味に告白される。確かに、視える・視えないの差は大きいだろう。だが、重要なのは彼女自身が選んだ、彼女の生きる世界、生きる道だ。それはもう、美郷と交わることはない。緩く首を振った美郷に、笠原が頷く。

「でも、彼女が僕の隣を望んでくれるなら、僕が彼女の望む世界に必要なら、僕は全力を尽くす。どうすれば――僕は恵子さんを護るために、何て言って、彼女を迎えればいい？」

燦々《さんさん》と、初夏の若々しい陽光が、真上から笠原を照らしている。辺りの植込みも常緑の枝先に初々しい若葉を芽吹かせ、世界は蒼《あお》く眩《まぶ》しい光に満ちている。その真ん中で、太陽の真下を歩んでいそうな逞しく優しげな男性が、真剣な眼差しで美郷に問うた。

美郷は安堵感と共に微笑み、軽やかに返す。

「大丈夫！　今言ったそのまま、会ってすぐ彼女に伝えてあげてください！」

その広い懐《ふところ》が彼女を迎え入れるなら、もう心配は要らないだろう。


狸を追って恵子が飛び込んだのは、頭上に鬱蒼《うっそう》と木々の生い茂る、廃れた小路《こみち》だった。足下はコンクリート舗装で、緩やかな下り坂だ。小路は急傾斜の土地を縫《ぬ》うように走っているらしく、道の右手には苔むした石垣が、左手には小さな崖下から覗く廃屋らしき古びた屋根や伸び放題になった庭木の藪が、恵子の視界を遮っていた。石垣の上はいくつか建物がありそうだが、原野に還《かえ》りつつあるのだろう。その更に上は、背の高い木々が密生した山林だ。太い枝が長く伸びて、小路の上まで覆っている。

天辺を、若葉を纏う枝に覆われた小路は昼なお薄暗く、辺りに人の気配は全くしない。

（これ、異界ってやつかな……。お寺の麓に、こんな道はなかったはずだし）

仁王像たちに引き留められた恵子は、初手から思いきり狸を見失った。しかしそれで恵子が諦めてしまえば、困るのは狸の方である。ひとまず石畳の参道を下っていると、ご丁寧にも横合いの細い路地から尻尾が覗いていた。

だが勢いよく踏み込んだものの、そのまま突っ走ってしまえば先にあるのは狸の巣穴、今度は恵子がゲームオーバーになってしまう。飛び込んだ途端に見失った、という風を装って――実際にはひとつ向こうの曲がり角に走り込む後ろ姿が見えたのだが――小路に入った恵子はぴたりと足を止めた。

（こういう時は、とにかく相手のペースに合わせないこと。多少強引でもこじつけでも、自分に都合がいい方にルールを曲解して押し通すこと……）

それは宮澤から習った、本当に「いざという時」のための心得だった。当時の宮澤の説明が印象的だったので、よく覚えている。

『えと、そうですね……子供の頃に、通学路の白線とか横断歩道で、線の上だけ歩くゲームみたいなの、しませんでしたか？　そこから落ちると死ぬ、っていう。でもそのゲームを始めた場所で、たまたま途中で線が途切れてたり、消えかかってたりして前に進めなくなった時――「消えかかってるけど白線だからセーフ」とか「もう消えちゃってるけど白線の跡が残ってるからセーフ」とか、自分に都合がいい方向にルールの解釈を変えたりして。あれと同じだと思ってください。呑んでしまったルールを書き換えるのは難しいです。でも、解釈を都合良く変えることはできる。それだけ覚えておいてください』

そんな小学生のような発想でいいのか、と驚いた恵子に、宮澤は笑って頷いた。多くの怪異は、精神を介して人間に干渉する。だから駄洒落《だじゃれ》や語呂合《ごろあ》わせ、とんちや屁理屈《へりくつ》がまかり通るのだと。そして、最後は恐怖に呑まれない精神力だけがものを言うのだ、とも言われた。

(チラっと背中見えちゃったけど、見失ったから捜してるのよ。私は狸を見失った！　私の視界に狸が入ってなければセーフ！)

自分の中で、自分に都合のよいルールを宣言していく。できるだけ遠くは視界に入れないようにし、どうにか足下や少し先に「狸を捜せそうな場所」を探す。幸い、苔むした石垣には小さな階段がついており、狸が駆け込んだ曲がり角へ行かずに時間が稼げそうだ。階段を上った先は、草がぼうぼうに生えた廃広場だった。

「わっ、凄い草むら！　これはきっと狸が隠れてるに違いないね～」

多少馬鹿馬鹿しくても、わざとらしく宣言しながらフラフラと草むらに入る。狸のあの様子で、こちらに巣穴はないだろう。

(あったらどうしよう……とか、考えてると駄目なのよね！　ない！　こっちに巣穴はない!!　私は時間稼ぎをしてるの!!)

ここかな～？　こっちかな～？　と呟きながら、元はなにやらイベント会場だった風情の、草まみれの廃墟をうろつく。まだ五月初めのわりに随分と丈のある雑草が足に絡まり、クロップドパンツとスニーカーソックスの間の肌を引っ掻いた。雑木に埋もれ、朽ちて傾いた木製の手作り看板が、明後日の方向を指している。褪《あ》せて剥げたペンキは読み取りづらい。

「タ……ヌ、キ、美術館……？　と、タヌキ、神社……カフェ、かな？」

緑の細道に、小さな美術館やオープンカフェ、神社。旅行前に尾道を予習した際、そんな名所を目にした気がする。

（あれはでも、タヌキじゃなくて猫だったはず……）

尾道といえば猫。そう紹介されている名所のひとつで、西國寺ではなく千光寺の山にあったはずだ。

（お寺や神社の周りの森には、力が溜まりやすい……ここもきっと、そういう場所なのね）

元々存在する「異界」を、狸が拝借して上手く使っているのだろうか。なんにせよ、可能な限りの時間を、この廃墟で潰そうと恵子は決意を新たにする。

（どうするんだっけ、そう、狸を視界に入れないように、狸を見ないようにしながら狸を捜すフリを――）

考えた、次の瞬間だった。

視界の隅に小さな影が映る。がさ、と軽く、草を踏み分ける音がした。

（視界に、入れない……）

「のう、ソッチは危なァで？」

狸の声だった。咄嗟《とっさ》にそっぽを向いた恵子の背中に、真剣な声が掛かる。

「儂に腕ょう一本もくれん間に、消えてくれなや《くれるなよ》」

（ここ、何かあるの？　狸よりヤバい奴……？　全然気配は感じないけど……でも）

ざわり。廃墟の奥の闇が蠢いた気がした。

（どうしよう、逃げる？　真後ろの狸はどうすればいいんだっけ……ええと……）

冷静になれ。そう、勝手に早鐘を打ち始めた心臓を叱咤《しった》する。冷静に、相手のペースに呑まれないように。ルールは自分の都合がいいように。

（そうだ！　最初のルールは、狸から逃げることじゃない。狸を、私が捕まえること！）

胸元で右手を握りしめ、勢いよく恵子は背後を振り返った。

「ご忠告ありがとう！　石もついでに返してくれないっ!?」

言って両手を振り上げ、襲いかかる素振りをする。途端に狸は飛び上がり、一目散に廃広場から逃げ出して石階段を駆け下りて行った。それに「待って～」と声を上げながら、恵子はノロノロ後を追う。

背筋がぞわぞわする。この場所への恐怖が、すっかり恵子の中に根を張ってしまった。

（もう、この広場にはあんまり居たくない感じ……でも、小路に戻っちゃうと、もうあんまり時間は稼げない……）

迷いながらも、結局恵子の足は廃広場の端、小路へ下りる階段まで辿り着いてしまった。

果たしてこれまで、何分時間を潰せたのかもよく分からない。

（このままじゃ拙《まず》い。救けが来る、って言ってくれたけど、誰が来るのかも分からない）

やはり、諦めて引き返すべきか。だが、この場所から抜け出す方法も、恵子では咄嗟に思いつかない。

（失敗した――？　ううん、最後は精神力。弱気になったら、負ける）

気をしっかり持て、比阪恵子。そう己に言い聞かせる。ルールは、恵子自身の都合がよい方に解釈を変えるのだ。

（基本のルールは、私が狸を捕まえたら私の勝ち、私が狸の巣穴に入ったら狸の勝ち。つまり、狸の巣穴に入らず時間稼ぎさえできれば、狸を捜してなくても、捕まえなくても平気）

一歩一歩、小さな石階段を下りながら思考する。戻って来た小路の突き当たりでは、やはり曲がり角に狸の尻尾が見えていた。つまり、あの角までの十数メートルは安全地帯だ。角を曲がった向こうに何があるのかは、手前の建物が邪魔をして分からない。正面はびっしりと蔦《つた》に覆われた石垣だ。当然というべきか、狸と恵子以外に動く気配はない。

よく見ると突き当たりは丁字路で、左手の、狸の尻尾が見えている側は下り坂、右手は分かりづらいが、山の手へ上る急階段がありそうだった。

（何をして時間を稼ごう……一歩ごとに一分数えてみる？　それとも……）

「のう、儂が見えとるんじゃろう。なんで来んのんな《こないんだ》」

業を煮やしたらしい狸が、曲がり角から鼻先を出して言った。

「だって、そこがすぐ貴方の巣穴だったら嫌じゃない」

開き直って、恵子はそう声を張った。巣穴に入らなければセーフならば、お喋りは許容範囲内のはずだ。

「あなたこそ、どうしてそんなに化けの皮が欲しいの？」

そうだ、いっそ狸にお喋りをさせて時間を稼ぐのはどうだろう。思いついた恵子は、そう狸に話の水を向けてみた。ここで狸が、身の上話から武勇伝まで滔々《とうとう》と語って、自ら時間を稼いでくれたら儲《もう》けものだ。

その目論見《もくろみ》は大正解だった。狸は曲がり角からすっかり姿を現して語り始めたのである。

「そりゃあ、古狸いうたら化けるモンじゃが。化けられん狸なぞ、いくら古うてもタダの狸よ。恥ずかしゅうて、古狸じゃいうて名乗られやせん！　それをあンにゃろうども……!!」

以下、いかにして狸がだまし討ちに遭い、化けの皮を奪われたのか、狸を懲らしめた街の若衆がどれだけ残忍で非道な行いを狸にしたか、狸は熱弁する。しかし、そもそも狸が村人に迷惑をかけるような悪戯を仕掛けなければ、化けの皮を取り上げられることもなかったのではあるまいか。狸を怒らせるのは上策でないと分かっていながらも、思わず恵子はぽろりとその疑問を口にした。

「でも狸さん、どうして人間を困らせるような化け方ばかりしたの？」

それが、狸の生きる上で必要なことだったとも思えない。

途端、ぶわりと貧相な毛を逆立て、狸は唸るように言った。

「古狸いうんは、そがなモンじゃけえよの！　化けて、人間騙して馬鹿を見さして、せぇで《それで》なけらにゃあ《なければ》、古狸だなんぞ言うて名乗らりゃあせんわ!!　化けられもせん、騙しもできん狸なんぞアンタらぁも馬鹿にするじゃろうが!!　古狸いうんは、化けて騙さにゃいけん《だまさなければいけない》モンなんよの！」

いや、別に。というのが、狸の主張を聞いた恵子の感想だった。化けようが化けまいが、人語を狸が喋っているだけで十分に怪奇現象であるし、化けない狸を馬鹿にするという発想もない。さりとて、「そんなことない、化けの皮がなくたって狸さんは素敵よ」などと言うと更に怒らせそうな気配である。代わりに記憶の奥から、教育学部で習った知識を引っ張り出してきた恵子は、狸の苦悩に同意することにした。

「せっかく古狸になっても、化けて見せなきゃ馬鹿にされちゃって、認めて貰えないのね」

「ほうよ！　化けの皮を取り上げられてから、儂ゃ恥ずかしゅうて、情けのうて……」

惨めで惨めで仕方がないのだと、最後は涙声になった狸に、にわかに同情心が湧く。だからと言って、恵子の腕や足を差し出すわけには行かないが——掛ける言葉を探すうち、ふと思ったことがあった。

「——あなたにとっての『化けの皮』は、私にとっての、その守り石と同じようなものなのかもしれないね」

ぽつりと言った恵子に、俯《うつむ》いていた狸が顔を上げた。どうやってかは分からないが器用にその首に掛けられた、黒い勾玉のペンダントに恵子は目を凝らす。

「これか？」

不思議そうに首を傾げ、狸の前足が勾玉に触れた。

「そう。あなたが『ちゃんとした古狸』で居るために化けの皮が必要なように、私は『普通の女』で居るために、その石が必要なの」

言っていて苦笑いが漏れる。恵子は所詮《しょせん》、石の力を借りて普通の女に化けているだけだ。

「あんたァ、ずうっと化けて暮らしよんか《てるのか》？」

そりゃあしんどかろう。と、疑問と同情を含んだ声音で狸が続ける。更には「仲間だ」と認識してくれたのか、狸はトテトテと歩いて恵子の方へ近寄ってきた。その気の良さに、思わず笑いが零《こぼ》れる。そうね、とだけ答えて、恵子は次の言葉を探した。

「その石がないとね、私、みんなと同じで居られないの。同じものを見て、同じことを楽しんで、一緒に生きていくことができないの。あなたが立派な古狸だと認めてもらえないように、私も多分、ちゃんとした普通の女だと思ってもらえない。そうしたら——ひとりぼっちになっちゃう」

だから、石を返して欲しい。恵子はそう、しゃがみ込んで狸に懇願《こんがん》した。思いのほか人（？）が好《よ》いらしい狸が、迷う素振《そぶ》りを見せる。

「大好きな人ができたの。ずっと隣に居たいと思える人。その人まで騙し続けるのは止めると決めたけど、本当のことを受け入れられても、その石がないと多分一緒には居られない」

みんなと違っても構わない。そんなありふれた綺麗事も世の中には存在する。だが、それは恵子には当てはまらないものだ。他人と全く異なる「普通」を受け入れる道を、恵子は選ばなかった。苦しい道であることは認める。たまに後悔もする。ずっと化けの皮を被《かぶ》っているのは、すなわち本当の自分を否定することではないかと。

「でも、一緒に居たいの」

絞り出すように告げる。本当に告げるべき相手は狸ではない。ここから帰った先に、言わねばならない相手が居る。

ぽかん、と口を半開きにして聞いていた狸が、迷うようにフラフラと片方の前足を宙に浮かせた。前足が、器用に首のペンダントチェーンを引っ掛ける。

かつん、と、小石がコンクリートを打つ、小さな音が響いた。

「儂ゃあ……けど、儂ゃあ……」

前足で守り石をつつきながら、狸が迷うように呟いている。それにくすりと笑いを溢《こぼ》し、恵子はありがとう、と礼を述べた。

「狸さん、意外といい人ね。腕も足も無理だけど……髪の毛とかでよければ、バッサリ切るくらいできるのに。ああ、今あんまり長くないから意味ないかな」

肩にかかる程度のところで緩く巻いている髪に恵子は触れる。宮澤のように、きっちりと伸ばした長い髪ならばさぞ価値があるだろう。

「！　髪の毛か!!　髪の毛でもエエで！　儂ゃそれを貰う!!」

ぱっと目を見開いて、前のめりに狸が言った。どうやらこれは、交渉成立であろうか。

——そう、恵子が気を緩めた時だった。

「わーりィなあ、せっかく話が纏まりかけたトコみてえだが、ちょっと待ってくれや」

若い男の声が天から降ってくる。次の瞬間、恵子と狸の間に、空から人影が着地した。恵子から見えたのは、金髪を逆立てた後頭部と原色使いの派手な総柄Tシャツの背、そして古着風のワイドデニムという「いかにもヤバそう」な男の背中だった。


白蛇は、ゆらゆらと揺れながら微睡んでいた。

どこかに閉じ込められている気がする。振り回されたり、落とされたり、拾われたりした気がする。おやつの気配が近い気がする。遠い記憶にある女性の声がする気がする。だが、どれも白蛇の目を覚ますには至らない。

——帰って、眠りたい。体を伸ばしてゆっくりと。恋しむ場所の気配が。懐かしい声が。

不意に、白蛇の意識を揺さぶった。


怜路が社叢に出来た縄目から飛び込んだ先は、鬱蒼と生い茂る木々に天辺を覆われた小路の上だった。上——つまり、上空である。枝の間に開いた縄目は、同じく枝の間に繋がっていたようだ。咄嗟に怜路は、手元にあった太い枝の根元を掴み落下を回避する。

多少辺りの枝が鳴ったが、眼下に小さく動く狸や人影が上を見上げた様子はない。地上との距離は幸か不幸か結構あり、気付かれることもなかったが、怜路は枝を伝って木を下りる必要に迫られた。

己に隠形術を施《ほどこ》し、下へ下へ移動する。その間に、足下の狸と人影――若い女はお喋りを始めてしまった。時間稼ぎのためであろうが、狸と直接対話を始めた比阪恵子の度胸のよさに少々驚く。怪異の世界を拒んだ女性というからには、怪異への忌避感や恐怖心が強いのだろうと思っていたが、狸と対峙《たいじ》する恵子は冷静だ。

しばらく、様子を見ようか。怜路がそう思ったのは、足下の狸が随分と態度を軟化させていたからだった。万が一の時にはすぐに割って入れる場所に位置取りし、怜路は一人と一匹の会話を見守る。

「――髪の毛とかでよければ、バッサリ切るくらいできるのに。ああ、今あんまり長くないから、意味ないかな」

そんな恵子の提案が聞こえ、怜路は枝から飛び降りる体勢を整えた。狸が嬉々として頷く様子が見える。その場の一人と一匹の間に限っては、悪い取引ではないように見える。だが、(あの狸野郎がこのまま、無駄に霊力を増しちまうのもよくねえし。それに比阪恵子だったか、ありゃどんな血筋だ……身内に術者が居なかったなんざウッソだろ)

突然変異やら隔世遺伝やらとでもいうのだろうか。(かくいう怜路も身内に呪術者が居た話は知らないのだが、こちらはそもそも身内の記憶がないのでどうしようもない)とにかく恵子は、その身から溢れ出んばかりの強い霊力の持ち主だ。不用意にその髪や爪といった身体の一部をもののけに渡してしまうのは、恵子のためにも、狸のためにもならないだろう。

「わーりィなあ、せっかく話が纏まりかけたトコみてえだが、ちょっと待ってくれや」

言って、狸と恵子の間に割って入る。怜路の前後で驚きの悲鳴が上がった。

「なっ、なっ、何なお前⁉」

先に立ち直って誰何《すいか》したのは、狸の方だった。

「おうタヌ公、よくぞ訊いてくれた！　俺ァ狩野怜路、巴に住んでる拝み屋だ。オメーの足下に落ちてやがる、その石ン中で寝てる奴を回収しに尾道まで来た」

石の中……？　と、狸が前足で黒い勾玉のペンダントをつつく。サングラスを下にずらし、天狗眼で視る勾玉の中には――確かに、なにか大きな力の塊がある。黒曜石だという、艶やかに滑らかに磨かれた勾玉の表面を、淡く真珠色のさざ波が蠢いて見えた。白蛇の鱗だ。

「――ついでに、アンタ。比阪恵子サンだな？　彼氏サンが捜してるぜ、帰ってやんな」

後ろを振り返って、怜路はそう告げる。驚きと、それを上回る警戒心に強張った顔で、怜路と同年代の女性が怜路を見上げていた。狸と目線を合わせるためしゃがみ込んでいたらしい彼女が、ゆっくりと腰を上げる。――怜路は、明らかに狸よりも警戒されていた。

「浩一さん……笠原さんをご存じなんですか？　一体どういうご関係で――」

緊張した声音。身構えるように丸まった肩と、胸の前で握り込まれた右手。険しい視線を怜路に送り、比阪恵子が尋ねる。多少傷付くが、正しい判断だ。狸と怜路、恵子にとってより危険度が高いのは怜路の方だろう。

「あー……。アンタの彼氏サンっつーより、あの勾玉の製作者の知り合いだ。覚えてるかい、宮澤美郷。俺ァ、美郷の大家でね」

美郷にはノリで「相棒と呼べ」などと言ったものの、初対面の相手にそう名乗るのは流石に気恥ずかしい。

「宮澤君の？」と目を瞬《しばたた》かせた恵子が、多少警戒を緩める。それに「ああ」と頷いて、怜路は続けた。

「そ。あんたと同じ大学を卒業して巴市役所に就職して、なんだけどアパートのダブルブッキングで宿無しになっちまった、哀れな長髪美形クンの大家だよ。あの勾玉にゃ今、アイツのペットの白太さんが迷い込んじまっててな。すぐに回収して勾玉はあんたに返すから、ちょいと待っててくれねェか」

さて、こんな言葉で恵子が話を呑んでくれるだろうか。怜路の出で立ちが、善良な一般市民ウケしないのは自身で百も承知である。恵子は注意深く怜路を観察しながら話を聞いていた。美郷の名ひとつでは、まだ恵子の警戒心を解くには値しないらしい。

他に何を言って信じてもらおうか。怜路がそう思案した時だった。

「――宮澤君のペット……。貴方は、その『しろたさん』をよくご存知なんですか？」

半分は疑わしげに、もう半分は深く考え込むように。複雑な表情で恵子が尋ねた。

「……おう。アイツ、ウチの下宿人なもんでね。俺が母屋、アイツが離れに寝起きしてんのよ。なもんでまあ、下宿人のペットなんざ、一緒くたに俺も飼ってるようなモンだしなあ」

最近は、しょっちゅう母屋や庭をニョロニョロと散歩しているのだ。管理責任があるのはもちろん美郷だが、餌付けの甲斐もあってか白蛇は怜路によく懐いている。

「じゃあ、普通に姿を見たり、宮澤君が、そのしろたさんを話題にしたり？」

恵子の複雑な表情の口元に、さらに淡い笑みが刷《は》かれる。曰く言いがたいその顔に、怜路は思わずぽりりと頬を掻いた。

「お、おう。白太さんが、どうかしたのか？　アンタもコイツのこと知ってるんだな？」

美郷が、その白蛇のユルい名を明かしたのは、怜路が初めてだという。つまり恵子は美郷から、白蛇の存在を明かされたことはないはずだ。だが、美郷が隠し続けたであろう蛇精の名を聞いた恵子は、大きく息を吐いて警戒を解いた。

「いいえ。……ごめんなさい、驚いてしまって。じゃあ貴方も——拝み屋さん、って言われたけど」

姿勢を正し、真っ直ぐ怜路を見て恵子が少し首を傾げる。

「そ、アイツは市職員で、俺ァ個人営業。相手にしてる連中は、まあおんなじだな」

それに怜路は、軽い笑いを返した。そう、と恵子が目を伏せる。口元には淡い笑みが浮かんだまま、目元の険しさだけがゆるりと解けた顔だった。

「そうなんですね。——良かった。私は宮澤君から、その、しろたさん？　のことは何も聞かせて貰えなかったから」

なるほど、美郷は話題にするのを避け続けたが、間近で呪術の基礎を学んでいれば耳にするもの、気付くことは何かしらあったのだろう。美郷は恵子に相手にされなかった、と言っていたが、存外壁を作っていたのは美郷の方だったのかもしれない。あの鉄壁のアルカイックスマイルを向けられて怯《ひる》んだ人間は、広瀬以外にもいたのだろう。

そうかい、と怜路は頷き、しばらく置き去りにしていた狸の方へ向き直った。前足でペンダントチェーンを踏んだまま、狸は怜路を窺っている。

「つーワケでな、タヌ公。そいつは俺が回収する。手ェどけな」

言いながら、狸の方へ歩を進める。狸は威嚇《いかく》するように身構えて叫んだ。

「なッ……！　何じゃい急に湧いてからに！　こりゃ儂が拾うたモンじゃ、あの娘の髪と交換して、儂ゃあ化けの皮を――」

「その話なんだけどなあ、タヌ公」

狸の主張を、右手を前に出して遮り、怜路は狸と向かい合うようにしゃがみ込んだ。

「オメー、もしあの女性《ひと》の髪でパワーアップしても、もう化けの皮は得られねーぞ」

なっ！　と狸が口を開けて絶句する。狸がショックから立ち直り、反論する暇を与えず怜路は続けた。

「ちょっと前から、俺ァ上でお前さんらの話を聞いてたんだが、なあタヌ公。なんでオメー、古狸っつーモンが、人間を騙さなけりゃならねェか、考えたことあるか？」

ぽかんとしたまま、更に怪訝げに顔を歪ませ――狸の顔で、そこまで表情が作れることに怜路は感心したのだが――狸は「はあ?」と首を傾げる。

「結論から言っちまえば、古狸はどうやって暮らしてようが古狸だよ。生きてる間に山の力を身に蓄えて、本来の獣の寿命を大幅に超えて生きてる、山の精霊みてーなモンだ。けどな、狸も狐も古びりゃ化ける。そうしなけりゃ狐狸《こり》に非《あら》ず、っつー決まりでもあるみてえに、化けて人間にチョッカイを掛ける。おめーらがそうするのは……そうしなけりゃならねえと思い、うのは、人間が狸や狐は化けるモンだと思ってたからだ」

相変わらず、目の前の狸はぽかんとしている。無理からぬ話だ。狸が人里に出没していたのはおそらく近世、まだ、世の中の怪異と物理現象が、科学によって分断される前である。怪異は当然のように「実在」し、それ以上の思索は必要がなかっただろう。

「おめーら怪異は、自然の力と人間が出会う場所に生じる。……つーて、俺が何言ってんのか分かんねえだろうけどよ。まあ要するに、おめーさんが『古狸になった以上化けなきゃならん』と思い込んでるのは、当時の人間が『古狸っつーのは化けるモンだ』と思い込んでたからだ。けどな、今はもう時代が変わっちまった。おめーさんが一体何年、山に引きこもってたのかは知らねえが……人間の一般常識が『狸も狐も化けたりしねえ』に変わっちまって、もうゆうに百年は経つんだわ」

自然の霊力――人間の心に畏《おそ》れを抱かせる「何か」と人間の心が触れた時、その接点に結ばれる像こそが「怪異」あるいは「もののけ」や「妖怪」と呼ばれるモノだ。別の言い方をすると、それらの在りようは時代や地域ごとに――彼等を認識する人間側の、感覚や常識によって変わってゆく。

「おめーさんは山ン中で、もう百年以上の時を過ごしてる。その間に、おめーの力が回復しなかったなんて事ァあり得ねえ。けど、化けの皮は復活してねえだろ？　あのやかましい仁王像どもだってそうだ。お前、あのオッサンらが昔より弱ったように見えたか？　んなこたなかったろ。けど、もうほとんどの人間にゃ、あのオッサンらの声は聞こえねーんだよ。それはオッサンらが弱ェからでも、オメーが弱ェからでも無ェ。単にもう、人間の側がそんないいい事は有り得ないと思ってるからだ。だから、いくら他人から力を奪っても、おめーの化けの皮はもう再生しねーんだ」

　同じ理屈で、怪異はこの百五十年の間、変容を強いられ、大幅に数を減らしただろう。それはきっと、狸や仁王像には寂しいことではあろうが、人間にとって不幸なことではない。

「……よう、分からんが……つまり儂ゃあ、はァ化けられん言うことか……？」

「そ。あの女の人の、腕を喰おうが脚を喰おうが髪を喰おうが、力不足が原因で化けられねえワケじゃねーから無駄、ってコト」

　そんな……と、狸が項垂《うなだ》れる。頑《かたく》なに話を聞き入れないようなら、力尽くで勾玉を取り上げるしかないと思っていたが、狸はすっかり戦意を喪失したようだった。しかし、化けの皮を取り戻すことを目標にしていた狸にしてみれば、この話は狸生《じんせい》の目標の喪失であろう。悄《しょう》然《ぜん》としたその姿に、怜路はどうしたものか頭を掻く。

「あー、そのな。だから……もう誰も、『古狸のクセに化けられねえ』なんて馬鹿にする奴ァいねーんだよ。それどころか、おめーさんくらい元気に走って喋ってできる古狸なんざ、それ自体が稀少で貴重だ。言ったろ、もう下界は百年と言わず経っちまった。わざわざ化けておどかさねえでも、今やオメーの昔話聞くだけで大喜びする奴ばっかなんだよ……」

言いながら、果たしてこれがフォローになっているのか、そろそろ怜路にもよく分からない。さてどうしたものか内心悩んでいると、驚いたことに背後から援護射撃が入った。

「そうよ、狸さん。狸がお喋りするだけで、もうみんな大騒ぎする時代なの！　それも昔の……ここがまだ『村』だった頃の話が聞けるなんて言ったら、大変なことになるの！」

若い女性におだてられて、元気の出ない男と狸は居ないのだろう。途端、下を向いていた狸の丸い耳がピンと立った。現金な狸に、ぬるい笑いがこみ上げる。

「ほ、ほうか！　そいなら……」

「そうそう。まずはアレだ、とりあえず仁王像のオッサンらの話し相手でもしてやれ。あいつらも今の時代じゃ、出歩くことすらできねえんだ。お前が思い出話やら、どっか歩いて土産話やらしてやればそれだけで大喜びするぜ。んでたまに、勘の良さそうな奴が寺に来たら声でも掛けてやれ。十分名物になれらァ」

けしかけておいて、後々尾道市の特殊自然災害担当課の仕事が増えたら――まあ、その時はその時だ。やり過ぎは仁王像たちが止めてくれるだろう。無責任にそう考え、怜路は狸に「今後」を示した。しゃがんだまま狸ににじり寄り、すっかりその気になった様子の狸の前足から、そっと勾玉のペンダントを回収する。

「じゃ、そろそろ迎えも来るだろうしな。タヌ公、おめーも俺らと一緒に来い。下手に逃げっと、コイツの中で寝てる大蛇のオヤツになっちまうぞ」

立ち上がり、無事回収したペンダントを持ち上げてぷらぷらと揺らす。大蛇？　と小首を傾げた狸に、怜路は「そうそう」と大きく頷いた。

「お前みてェな山の精が大ッ好物のデケえ白蛇だ。オメーなんざひと呑みだぞ、ひと呑み」

仁王像たちが狸のことも気に掛けていたため、狸を彼等の元へ送り届けるべく思いっきり脅す。ヒィ、と狸が身震いする様に、背後でくすりと笑いが漏れた。怜路も笑って、狸の背後――小路の突き当たりにある丁字路を見遣る。右手――山側からの急な階段を、急ぎ下ってくる二つの足音があった。

突然恵子の眼前に現れた派手な格好の青年は、丁字路をちらりと見遣ってから恵子を振り返って言った。

「ところで、だ。迎えの足音が二つあるっつーことは、あんたの彼氏サンがもうすぐ到着するってこった。あんたの化けの皮はもうチョイ返してやれねェし、この状況じゃ効きもしねえだろ。覚悟はいいかい？」

サングラスに覆われた目元は見えづらい。だが、口元の笑みに嫌味さはなかった。

「はい。大丈夫です」

ひらりとペンダントを掲げての問いに、迷いなく頷く。青年が言うように、誤魔化しの利く状況ではない。それでも迎えに来てくれたのなら、恵子はどんな問いにも答える覚悟だ。

それにしても、と思う。この金髪にサングラスの青年は、宮澤の大家だと名乗った。ただの大家にしてはあまりに気安く宮澤の名を呼び、彼の「ペット」をよく知った風だ。

(ペットかあ……『しろたさん』は白蛇だったのね)

その名を宮澤が呼んでいるのを、かつて一度聞いたことがある。だが恵子には何の名であるか分からなかったし、宮澤は恵子に説明しなかった。問うた時のやんわりとした拒絶に、彼我《ひが》の立場は対等でないと再認識したことを、鮮烈に覚えている。

(この人は、宮澤君と同じ世界に生きている)

控えめで優しく、生真面目な性格だった宮澤とは正反対に見える青年だ。だが、それが存外良いのかも知れなかった。出で立ちの柄の悪さに反して、青年——狩野の口調や態度には、横柄《おうへい》さがない。呪術者として腕を磨き、職を得たと聞く宮澤と、拝み屋を名乗る狩野は同じ目線で物事を見られる仲間なのだろう。

「あーーー、ところでさあ。変なコト訊くようだが」

迷うように明後日の方向に顔を逸らし、決まり悪そうに右手を胸元や顔の周りで彷徨わせながら、狩野が口を開いた。はい、と恵子は軽く返事する。

「あの、なんだ。『美郷でいっか〜』みてーなコトは、思ったりしなかったワケ?」

非常に婉曲《えんきょく》な問いを、脳内で咀嚼《そしゃく》する。意味を察した恵子は、きっぱりと首を横に振った。

「そう思って彼に甘えてしまうと、自分も彼も駄目にしてしまうと思ったので。――自分で自分を騙さないように、気を付けてました」

恵子の中に、若い男女としての甘やかな感情はなかったが――宮澤の方もそんな意識などしていなかったと思うが、周りには「年頃の男女」として見えてしまう。周囲からそう扱われることで、恵子自身が自分を誤魔化して、宮澤に依存する言い訳に使ってしまいそうな時も、確かにあった。

だが、「普通の世界」を望んだ恵子は、宮澤の「しろたさん」が何であるか訊くことができない。彼が独りで背負うソレを、分かち合える場所を恵子は選ばなかったのだ。

そのことを思い知った時、ハッと目が覚めた心地がした。恵子が甘えれば、人の好い宮澤は応えてくれたかもしれない。だが、恵子が自分の望みを優先する限り――普通の世界を望みながら、都合良く宮澤の力を借りるため彼の傍に居る限り、宮澤と恵子の関係は対等になり得ない。恵子は、宮澤に自身の苦しみを理解して貰えるが、彼の苦しみを一緒に背負うことはできないのだ。

「――そっか。あんた凄いな」

ぽかんとした様子で恵子の答えを聞いた狩野が、結局右手を宙に浮かせたまま、つるりと言った。更には、

「なるほどな～～～!!」

と大きく伸びをしながら感嘆する。思い切り天へ伸ばされた両手がゆるゆると金髪頭に着

地し、セットしたヘアスタイルであろうツンツン頭を掻き回した。

「イヤ、ほんとマジ変なコト訊いて悪かった。ちょうどこないだ、美郷からアンタの話をチラッと聞いたとこだったモンでね。——けど、そうか。じゃあある意味、アンタのその英断のお陰で、俺ァまだ生きてンのかもしんねーなあ！」

やー、すごいすごい。命の恩人だ！　と、突然感慨に耽《ふけ》り始めた狩野に、恵子はどう反応したらよいか分からない。「命の恩人、ですか？」と、どうにかそれだけ返した。

「そ、俺ァ美郷に命拾って貰った人間なんでね。あいつが巳に来てなけりゃ、俺はもうこの世にいねーはずだ。あいつがアンタとくっついてりゃ、多分単身で巳みてーな縁もゆかりもない片田舎にゃ来なかったろうし、いくら物件ダブルブッキングしたからって、俺みてーな得体の知れねえ拝み屋んちに、下宿しようとも思わなかっただろ」

あっはっは、と笑いながら狩野が述懐する。随分な奇縁によって、宮澤とこの青年は巡り会ったらしい。狩野の言う「命の恩人」がどの程度シリアスなものなのかは分からないが、たしかに、その奇縁の糸車を回した中には、恵子も入っているのだろう。

「そうなんですね。私も——宮澤君と出会えて……それから、間違えなくてよかった。ありがとうございます、聞いてもらえてスッキリしました」

宮澤への個人的な感情は、誰に相談することもなく一人で整理し、決断してきた。初対面とはいえ——むしろ、お互いこれ以上深く関わる機会のないであろう、その決断を歓迎してくれる相手と共有できたことは、恵子の心を軽くする。

ほんの少しにも、随分長い間にも思えた間を経て、足音がいよいよ鮮明になる。狩野の後ろに座り込んでいた狸が丁字路へ振り向き、身構えた。

ひら、ひら、ひら。

狸の上を、大きな白い蝶が通り過ぎる。恵子へ近寄ってきたそれを、狩野が片手で捕えた。

「——怜路！　状況は⁉」

続いて、柔らかく涼やかな声が聞こえた。宮澤だ。丁字路の右側から駆け下りてきた細身の青年が、後ろで括った長い黒髪を弾ませながら走り寄ってくる。

「おう、一件落着。狸そこな」

言って、狩野が狸の居る足下を指差した。足を止めた宮澤がその先を確かめ、身構えていた狸を見つけて「おお、」と声を漏らす。

「落着、ってことは……」

「狸は諦めた。白太さんはココ。比阪サンはほらコッチ」

ペンダントを掲げて見せた狩野が、恵子を振り返る。道幅が狭く見通しの悪い小路であるため、恵子は狩野の背に隠れて目に入らなかったのだろう。覗き込むように体を傾けた宮澤が、恵子をみとめて目を丸くする。

「比阪さん！　良かった‼」

破顔一笑。軽やかな笑顔が恵子に向けられ、すぐさま後ろを振り返る。

（あ。なんかちょっと、感じ変わったなぁ）

ほんのひとつ向けられた笑顔でそう気付く程度には、恵子はかつての宮澤をよく見ていたのだ。笑顔が明るく、屈託や陰りがない。彼は辿り着いたのだろう。自分が望む居場所、暮らしてゆく世界へ。

「笠原さん！」

宮澤が浩一を呼ばわる声が響いた。ドキリと恵子の心臓が跳ねる。思わず、右手でぎゅっと自分の胸元を掴んだ。宮澤よりも重い足音が、急いだ様子で近付いてくる。狩野と宮澤、成人男性二人を挟んだ向こう側に、彼等よりも大きく逞しい人影が見えた。

「浩一さん――」

いざとなると、何からどう言葉にしたらよいのか分からない。お礼か、謝罪か、それすらも。浩一の表情を確かめるのが恐ろしい。それと同じくらい、彼を再び目の前にできたことが嬉しい。

立ち竦む恵子の前に、一直線に浩一が歩いてくる。落ち着いた、しかし大股で速い歩調だ。狸、宮澤、狩野、と次々に浩一に道を譲り、団子になって浩一の背後から様子を窺っている。

(ああ、本当に。間違えなくてよかった)

こんなにも込み上げる愛おしい気持ちを知ることができた。ただ一緒に居たい。目の前で眺めていられて幸せだ。そして同じくらい、目の前の男性《ひと》の幸福と笑顔を、心から願える。

――その気持ちが、恵子自身の勇気を奮い立たせてくれる。

恵子は背筋を伸ばし、真っ直ぐ目の前の浩一を見上げた。逞しい体つきに相応《ふさわ》しい男性的な容貌が、真摯な表情で恵子を見詰め返す。

「恵子さん」

真剣な声が恵子の名を呼んだ。はい。と答える。その声が己の名を紡ぐだけで、こんなにも嬉しい。

「貴女の全てを教えてください。僕は、貴女の全てが知りたい」

真剣な、真剣な声音だった。

遠く小さく、「ヒャー」と抜けた悲鳴が聞こえたが、恵子は満面の笑みでこう答えた。

「はい！　私も浩一さんに、私の全てを知って欲しい‼」

浩一の顔がほころび、その長い両腕が緩く広げられる。

開かれた、広い胸元へ。恵子は迷いなく飛び込んだ。


ふぁー、と間の抜けた声を漏らして、美郷は思わずしゃがみ込んだ。恵子と浩一の足音が、頭上へと遠のいて行く。

「なーにお前が照れ倒してンだ。ウブっ子め」

くけけ、と笑う怜路もまた、先程「ヒョア～」などと呻いていたのは、しっかりと美郷の耳に届いている。

「いやだって、眩しすぎない？」

ウブだオクテだと言われて反論の余地はないのだが、それを差し引いても十分な熱波だったであろう。そう同意を求めようと見上げた先では、怜路が煙草に火を点けるところだった。

「……やっぱお前も当てられたんじゃん」

煙を好まぬ白蛇のため、このチンピラは美郷の前では極力煙草を吸わない。それがこうしてライターを鳴らしたというのは、要するに動揺しているのだ。煙草は精神安定のためのおしゃぶりである。

「うるせー！」

紫煙を吐きながらチンピラががなった。

「どっちもウブじゃのォ……ゲホッ、ゴホッ！」

ニヤついた声音で混ぜっ返そうとした狸が、煙を吸い込んで咳き込む。ばつの悪そうな顔で怜路が、煙草を持つ手を高くした瞬間――周囲の景色が変わった。

「あー、異界から抜けちゃったね。煙草なんか点けるから」

「いや、べつにそれはよくね？」

緑に囲まれた廃小路が、住宅地の間を縫う煉瓦敷きの路地に変わる。突然太陽が真上から照りつけ、春蝉の声が周囲を満たした。連休中の観光地、季節は初夏。人の気配が五感に流れ込んでくる。

「まあいいけど。ここ、怜路が縄目に入った近くだね。比阪さんと笠原さんは、おれが固定した出入り口から出れたと思う。千光寺公園の麓だったから、ちょっと合流にはかかるかな。

先に狸を仁王門に連れて行こうか」

怜路と別れた後、美郷が見つけた二つ目の縄目が、千光寺公園の麓だったのだ。式神でその縄目を出入り口として固定し、さらに隠形を掛けて人が迷い込まないようにしてあった。

「それよっか、ホイこれ。白太さん中だぜ。どうやったら出て来ンだ？」

ほんのひと吸いしただけの煙草をサッサと携帯灰皿に押し込み、怜路が美郷に守り石を差し出す。手のひらでそれを受け取り、美郷は懐かしい勾玉をつるりと指先で撫でた。

この守り石は、恵子を特殊自然災害から守るために作ったものだ。彼女の引き寄せ体質――漏れ出てしまう彼女の霊力を封じ、その力を利用しもののけの目に留まりにくくする。

このまま恵子が伴侶《はんりょ》を持てば、そのうち恵子自身の体質は落ち着いてゆくだろう。俗世で年齢を重ね、うつし世の人々に紛れて暮らしていれば、そのうち霊力そのものが変質しもののけを引き寄せ辛くなるのだ。だが、彼女がもし家庭を持ち子供を持てば、この性質は遺伝する可能性があった。生涯の伴侶になりそうな男性もちょうど一緒であるし、今日のうちにそんな話もしておいた方がよいだろう。

「あー、寝ちゃってるねコレ。おーい、白太さん、起きて～～」

石本体は、恵子の霊力を吸収して発散を弱めつつ、吸収した霊力で煙幕……対もののけに特化した隠形術を発動させるための、バッテリーのようなものだ。術式を構成しているのは、主に周囲の五色の麻紐で編まれたネックレスチェーンだった。石に「霊力を吸い込む」という特性を持たせていたこと、そのネックレスの術式を組み上げ、発動させるために美郷自身の霊力――つまりは白蛇の力を使ったこと、ふたつ合わさって、たまたま近寄った白蛇を吸い込んでしまったのだろう。

「だめだな……なんかもうゴソゴソしてる気配はするのに……」

触れていれば、なにやら寝言のような思念が漏れ聞こえてくる。「おやつ」とか「帰る」とか「寝る」などと、子供が甘えてぐずる時のような単語ばかりだ。

「うーん……えいっ！」

ばちん！　と、美郷は右の手のひらに載せた守り石を左の手のひらで叩いた。

「ぅおい!?」

――きゃー!?

怜路の驚きの声と同時に、手の隙間からしゅるりと白い紐状のモノが飛び出す。着地と同時に巨大な白蛇となったソレに、足下にいた狸が飛び上がった。

「ギャー!!　蛇じゃぁアア！」

――おやつー!?

「うわっ、白太さん、めっ!!」

狸に飛びかかろうとした白蛇を、美郷は慌てて止める。咄嗟にしゃがんで胴を掴み、地面に押さえつけた美郷に、白蛇が不満の声を上げた。

――いやー！

シャー！　と白蛇に威嚇される。だが、仁王像が気に掛けていた狸を、ここで白蛇のおやつにすることもできない。
「待って白太さん、昨日のは謝るから！」
言いながらも、押さえ込む手は緩められない。咄嗟に狸へ、西國寺へ繋がる方向を示して
あっちへ逃げろと伝える。初夏の太陽に熱された赤い煉瓦の舗装が、白蛇の腹をじわじわ焦
がしているのが美郷にも分かった。狸は一目散に路地を駆け去る。
——美郷、きらい!!
当然と言うべきか、まだ昨日の分のお怒りも解けてはいないらしい。べしんべしんと尻尾
で地面を叩いて怒りを顕《あら》わにする白蛇を、どう宥めたものか。既にここはうつし世の只中で
ある。近隣住民や通りがかりの観光客に見られたらコトだ。困り果てながら、ようやく美郷
が拘束を解くと同時、何を思ったか怜路もしゃがみ込んで、白蛇の首辺りに触れた。
「白太さん、何ともねえか？　ビックリしたなあ、ウチ帰ろう、な？」
——怜路ー!!
ぴょん、と白蛇が跳ねる。途端、その身が縮んで、常識的なアオダイショウの大きさにな
った。白蛇は宙を舞い、怜路の首元に飛びつく。予想外の動きに、美郷は悲鳴を上げた。
「白太さん!?」
突然飛びかかり、巻き付いてきた白蛇に対して、怜路は慌てた様子もない。目を丸くした
後「おーよしよし」と言いながら、白蛇を襟巻きにしている。
——美郷、いや！

「そっかそっか〜。オメーの飼い主、厳し過ぎンだよなあ。かあいそーにな白太さん。美郷んトコ嫌んなったか？　じゃーどうすっかな〜」

何故かご機嫌のチンピラ大家が、白蛇を巻き付けたまま立ち上がる。鼻歌でも歌い出しそうな雰囲気で、ちらりと美郷を見遣った。一体どうする気だ、と思いながら、美郷は見守ることにする。厳しくし過ぎて白蛇の機嫌を損ねたことは否定できない。美郷の代わりにご機嫌を取ってくれる怜路が、この場の救世主なのもおそらく相違ない。

「なあ白太さん。そんなに美郷んトコが嫌んなったんなら――母屋《おれんち》に家出しねえ？　おやつ食べ放題だぞ〜」

――うん!!　白太さん家出、する！

ニヤッと笑った怜路の提案に、白蛇がご機嫌で頷いた。

おやつ食べ放題は聞き捨てならない。止めようとした美郷に背を向けて、白蛇を乗せたままの怜路が歩き出す。

「ちょっ……！」

「よし、決まり決まり。じゃ、俺と帰ろうな〜。ポッケに入るまで縮めるか？　おーよしよし、上手上手。ないない完了！」

すっかり怜路が蛇遣《へびつか》いである。白蛇は従順に縮んで怜路のオーバーサイズデニムのポケットに収まり、小さくなった頭だけ出してぴるる、と美郷に舌を出した。

「ちょ、え、ええーっ!?」

その白蛇は美郷のものだ。――そんな主張を誰かにする日が来るなどと、夢にも思っていなかった。チンピラ大家に攫《さら》われていく白蛇を、美郷は呆然と見詰める。

「なーにボケっとしてんだ、行くぞ。まだやるコトあんだろが」

呆れた様子で振り向いた怜路が、そう美郷を促す。たしかにまだこれから、狸と仁王像たちの様子を確認したり、恵子らと話をしたりと忙しい。狸の毛皮が、季節に反して貧相だったのも気になっている。化けの皮を取り上げられた影響かもしれないが、冬毛がないのでは、尾道がいくら穏やかな瀬戸内気候だとしても寒いだろう。

「ささっと終わらせて、観光して帰ろうぜ」

「えっ、観光？」

「せっかく尾道まで来たんだからよ。その辺歩いて、美味いモン食って帰りてえじゃん。あー、帰りの運転お前な！　俺ァ飲む!!　んで、尾道ラーメン食って、八朔《はっさく》大福食って、レモンケーキ買って帰る!!」

満喫する気満々である。力説の合間に、白蛇の「おやつー！」という合いの手が聞こえ、美郷は一気に脱力した。深く深く溜息を吐き、よっこらせ、と立ち上がる。

「――じゃあ白太さん、気が済んだら帰ってきてよね」

白蛇を外に出したまま街中を歩くのは気分が落ち着かないが、白蛇の気が済むまで怜路に任せるしかあるまい。願わくば、連休の間に帰ってきて欲しいものである。

そう諦めて、美郷も白蛇の「家出」に付き合うことにした。

間話『鳴神克樹の再訪』

五月五日。カレンダー上は三連休最終日となるその日の午後、怜路は巴駅のロータリー内側にある、平面駐車場に停めた愛車の運転席で長まっていた。待ち人の到着予定時刻は十四時二十四分。腕時計を確認した怜路はシートを起こし、車のエンジンを切る。JR芸備《げいび》線が予定通り運行しているならば、到着まではあと四分程度だ。

まさしく五月晴れといった、爽やかな青空の下。エンジンと冷房、ラジオの音が止まり、白昼の駅前駐車場に落ちるしらしらとした静寂が露《あら》わになった。JR西日本《にしにほん》、巴駅。現在乗り入れる路線は二本だけ、乗り場は三つ。一時間にほんの一、二本程度、ディーゼルエンジンの気動車がやってくる田舎のターミナル駅だ。

車社会である地方は都会と違い、休日昼間に鉄道を利用する者など限られている。怜路にはしばらく見慣れなかった架線のない線路が入り込むホームも、その手前の駅舎や駐車場も人気《ひとけ》はない。駅舎は比較的新しく、モノクロトーンのモダンなデザインだが、奥のホームは、郷愁の煮凝《にこご》りのような古めかしさを纏っていた。

「わざわざ改札でお出迎えしてやる義理も、無ェ気がすっけどなァ……」

ぼやきながらも、怜路は車をロックし駅舎へと歩き出した。やって来るのは美郷の異母弟、キャンキャンとやかましい小型犬のような、鳴神のお坊ちゃんである。自動車運転免許と自家用車は夏休みまでお預けの現役大学生が、進学先の国立大学がある東広島《ひがしひろしま》市から巴市へ、鉄道を乗り継いでやって来るのだ。

本来であれば美郷が迎えに来るところだが、午後から職場の緊急呼び出しが掛かってしまった。克樹は美郷の部屋に一泊する予定で来訪の約束をしており、結果、怜路が代打でお迎えに参上したというわけだ。なお、美郷は元々、明日以降も有給休暇を取って、週末まで連休にしていたようである。明日は美郷が自家用車で克樹を送っていくのだろう。

ちなみに、白蛇の「家出」は結局その日の夜には終了した。理由はなんとも残念なことに、「母屋が燻煙剤臭かった」からである。尾道から家に帰り着いた途端、くさい！　の一言でアッサリと怜路は振られ、白蛇は離れへ帰っていった。翌日――つまり昨日は午前に怜路の部屋の片付けと掃除、午後は夏野菜苗の購入をし、苗の植え付けは今朝済ませている。毎日どこかへ出掛けている、慌ただしい連休だった。

(狸の毛皮は心因性、尾道のカップルは多分結婚秒読み、白太さんは離れに帰って、世はなべて事も無し――)

心因性とはつまり、「化けの皮を奪われた」という思い込みが換毛《かんもう》を妨げていただけらしい。気の良い仁王像たちがあれやこれやと狸に話し掛けていたので、今後の心配はあまりないだろう。――だが、もしも近隣住民や観光客によく聞こえる者がいた場合、今後しばらくは少々うるさいかもしれない。

駐車場の無料駐車時間は二十分。客待ちのタクシーが二台ほど停まっているロータリーを渡り、外観よりもこぢんまりとした駅舎の待合へ入る。

構内放送が列車の到着を予告し、踏切の警報音が遠く鳴り始めた。しばらくして列車の車輪がレールの継ぎ目を越える規則的な重低音と、ディーゼルエンジン音、甲高いブレーキ音にホームの列車到着音楽——人のいない待合に、様々な音がなだれ込んでくる。到着した二両編成の列車の中に、人影はほとんどない。巴が終点の列車はホーム側の扉を全て開き、僅《わず》かな人影を全て吐き出した。

自動改札機の存在しない改札には、駅員が窓口から顔を出して乗客を待っている。ぱらぱらと二、三人が切符を渡しながら通り、その最後のひとり——いかにも「旅行中」という雰囲気の大荷物を抱えた青年も、緊張した面持ちで切符を駅員へ手渡した。自動改札にばかり慣れた怜路も、改札機すらない駅は戸惑うが、克樹の場合はそれ以前の問題であろう。彼の立場では鉄道を使った経験自体が、今まであったかも怪しい。

先の冬に見たより、目線一つぶんは背が伸びている。記憶の中の彼はまだ「少年」と呼ぶべき背格好と雰囲気であったが、今目の前に居るのは大学生の「青年」だ。ブラコン貧乏下宿人が、弟と会って帰るたびに「大きくなっていた。立派になっていた」と言うのは、欲目だけではなかったようだ。

随分と伸びた明るい色の癖毛は、まだ引っ詰められるほど長くはないらしい。奔放《ほんぽう》にふわふわと撥《は》ねて、若獅子のたてがみといった風情だ。カチューシャを使って額を出した髪型の軟派な雰囲気と、羽織っているボタンダウンシャツの仕立ての良さがちぐはぐで面白い。

「よぉ、長旅ご苦労さん」

改札を出てすぐ立ち止まり、狭い駅舎内に視線を泳がせた鳴神克樹へと怜路は軽く手を振った。克樹の住所地からここまでは、乗用車さえあれば整備された国道が走っているのだが、公共交通機関を使うとなれば、直通のバスも鉄道もない。広島市街地を経由する大回りをして、高速バスか鉄道を乗り継ぐしかないのだ。結果、自家用車を使うよりも一・五倍の時間がかかるという。

すぐに怜路に気付いた克樹が、安堵と不機嫌を足して二で割ったような複雑な表情を見せる。本来ここに来るはずだったのは、彼の敬愛する「兄上」だ。代わりが、その兄上にまとわりついている柄の悪い拝み屋では、ご不満なのは致し方ないだろう。それでも――兄の美郷とは別方向に整った、華やかな容貌をむっすりと曇らせながら、克樹は片手にキャリーバッグを引き摺《ず》り、もう片方の手に紙袋を複数提げた大荷物姿で怜路の前までやって来た。

「……手間を掛ける」

これ以上はなさそうな、お手本のような仏頂面《ぶっちょうづら》で絞り出されたぶっきらぼうな第一声は、それでも「謝意」を表すものだ。初対面の成り行きを思えば、十二分に彼の育ちの良さを表している言葉だと怜路は思った。なんと言っても怜路は最初に克樹と会った時、その向こう脛《ずね》を錫杖《しゃくじょう》でぶっ叩いて彼を組み伏せている。

おう、と軽く返事をし、怜路は車へと引き返す。大人しく克樹がそれに続くのを確認し、ロータリーを再び渡りながら車のロックを解除した。

「まずは八坂《やさか》神社からだったな？」

「そうだ」

運転席のドアを開けながら振り返って問えば、後部座席のドアの前で突っ立った状態の克樹が頷いた。荷物を後部に載せる気だろうか。だとして、なぜ突っ立っているのか。

「何やってんだお前、ドアくらい開けろやお坊ちゃま」

まさか、お車のドアは人に開けて貰うものだと認識しているのか。そう揶揄《やゆ》を込めながらの問いに、「当たり前だろう」と言わんばかりの怪訝げな顔で克樹が返す。

「他人《ひと》の車だろう、勝手に開けても良いのか？」

言われてみれば、それも正論だった。しかし、「それではどうぞ」と声だけ掛けても通じなさそうだ。仕方なく、怜路は後部座席のドアを開けてやる。すると、

「邪魔をする。こちらの二つは兄上にいい土産だ」

そう言って、全国チェーンを展開する煎餅店の紙袋と、『酒都・西条《さいじょう》』こと東広島市を代表する、有名酒蔵の紙袋が怜路に渡された。どちらも大きく、重い。一人前の量でないのは明らかである。口先ばかり素直でないようだ。

「キャリーは中に入れても良いのか」

問われて怜路は、「お坊ちゃまならば普通、お荷物は改札で運転手に預けてトランクに積

んでもらうモンか」と想像力をフル稼働させる。ここまで自分で引っ張ってきただけでも褒めてやるべきなのかもしれない。実家の意向に異を唱え、自分の意思で一人暮らしを始めたのだ。色々なところで、慣れる努力をしているのだろう。

「ああ。座席に乗せセンなら寝かせてくれ。キャリーが座面に付くと汚れっから」

わかった。と頷き、克樹がキャリーバッグを後部座席に積み込む。そしてそのまま、自身も後部座席に収まった。

（そっか～～、後部座席に座るよなァ!!　お坊ちゃまだもんなあ！）

てっきり助手席に乗るものだとばかり思っていた怜路は内心、彼我の感覚のギャップに頭を抱えた。美郷は、アレはアレでどうにもおっとりした所があるが、まだ同じ常識を共有できる相手なのだ。

「じゃあ、出すぞ」

巴駅から八坂神社までは、車で十分程度だ。八坂神社は現在「きりのを始め、飢饉《ききん》と疫《えき》病《びょう》で亡くなった村の先祖たち」を祀る神社として整備し直されている。今回、克樹が巴へやって来た目的のひとつ、そして「建前」は、この八坂神社への挨拶だった。

無料時間内に出庫した車は、ゲートを通ってロータリーへと出る。ルームミラー越しに覗き見た克樹は、気のない視線を窓の外へ投げていた。

「――つーか、お前。どうやって家の……連絡係？　を言いくるめて来たんだ？」

克樹には、実家との連絡係なる者が東広島市まで随伴《ずいはん》しているという。実質、若竹の後任だ。本来であれば巴にも一緒に来るものであろうし、そうであればわざわざ大回りして鉄道を乗り継がずとも送り迎えしてもらえたはずだ。克樹がそれを拒んでいるのはひとえに、「宮澤美郷」が巴に居ることを鳴神家に知られたくないからである。

「特に何も。ただ、一人で巴まで行ってくる、と言って出ただけだ」

「はァ？　それで通じンのかよ」

「通じたから来ている。泊まるのはお前の……巴で世話になった拝み屋の家だと伝えてある。何も嘘は言っていない。その酒も手土産に手配してもらったものだ。私はまだ、自分で酒は買えん」

言われて、怜路は助手席に座る、日本酒の瓶が入った紙袋をちらりと見遣った。たしかに、まだ十九歳の克樹は自分でアルコール飲料を買うことができない。

「なあそれ、ホントに誤魔化せてんのか……？」

確かに怜路の連絡先は、「若竹から依頼を請けて、克樹を捜し出した巴の呪術者」として鳴神家にも渡っていた。美郷の存在が鳴神家に伏せられている都合上、怜路が克樹を発見・説得し、山の魔に惑わされた若竹を回収し、二人を家に帰した――ひいては、克樹が進路を考え直すきっかけを与えたことになってしまっている。実際はどうあれ、鳴神家から見た狩野怜路は、鳴神克樹に信頼され慕われる人物なのかもしれないが。

「築城《つきしろ》からお前の番号に、連絡があったはずだが？」

築城という人物が、若竹の後任だ。実際に会ったことはないが、若竹と同年代の男であるらしいことは、克樹から聞いている。また、確かに今回その人物から怜路へと、克樹のことを頼む電話があった。

「そらまあ、口裏は合わせといてやったがな……。わざわざ大回りこいてまで一人で来る理由、なんも訊かれてねーのかよ」

てっきり「ひとりで列車旅をしてみたいから」辺りを理由にこじつけて来たのだろうと思っていた。それで納得して貰えたのかと勝手に心配していたのだが、何の理由も述べていないとは予想外である。

「訊かれていないな」

「お前……よっぽど信頼されてんのか、それとも裏で調べ上げられて、全部割れてんのかどっちかじゃねえか？　ソレ」

「そうかもしれん。だが――試されているのだろうと、思っている」

試される。怜路は脳内だけでその言葉を復唱した。車は市役所本庁のある通りを走り抜け、巴橋東詰《ひがしづめ》の三叉路を直進する。その先は巴市のシンボルマーク、赤く塗られた半円型のアーチが美しい、その名も「巴橋」だ。馬洗川《ばせんがわ》に架かるこの橋を渡れば巴町、そこからもののけミュージアムの前を通り過ぎ、稲生《いのう》もののけ伝説で有名な太斎《ださい》神社の前を通り過ぎてしばらく行けば目的地だ。

「試すっつーて、お前を？　築城がか？　それとも親父さんか」

「多分な。父上だ」

噛み付いて来ない克樹の口調は、堅苦しさと無愛想さばかりが目立つ。兄のような能面スマイルの常時投げ売りも頂けないが、もう少し愛想を覚えた方が世間は渡りやすいだろう。

（そー言やあ、コイツ。親父さんにクリソツんなってるって、前に美郷が爆笑してたな……）

あれは、美郷が克樹の入学祝いに出向いた翌日であったか。共用リビングにて二人で夕飯と晩酌をしていた時、そんな話題になった。

なんでも、美郷の父親はあまり大きく感情表現をする方でなく、寡黙で言葉遣いが堅苦しく、必要最低限の問答を端的な言葉でやりとりする人物なのだそうだ。――そして、かつて幼い声で必死に父親を真似ていた頃とは違い、今の克樹が喋る場合、驚くほどその父親に似ているという。

『性格もそっくりだと思うよ。曲がったことが嫌いで、顔には出づらいけど実は結構情が深くて、実直過ぎて口先だけで誤魔化したりとか器用に立ち回れないタイプ。親父も大学は理工系だったもんなあ。克樹も理系だし。何て言うか……伏せるべき情報を黙っておくことはできても、誤魔化すための嘘は吐けない、って感じ』

美郷は、その過去から他人がするであろう想像に反し、父親である鳴神家当主を深く信頼し、敬愛している。それはどうやら、美郷の母・朱美《あけみ》の教えでもある様子だし、美郷が鳴神で過ごした数年間に培われたものでもあるようだ。美郷から聞く鳴神当主は、我が子が隠し事を自ずから白状するかどうか試すような人物には思えない。

それが更に、直情径行の気がある克樹と「口調も性格もそっくり」なのであれば尚更、我が子相手にそんな回りくどい真似もしないだろう。

（まあ情報収集くらいしてても、おかしか無ェが。――ただ見守ってる、っつーのが案外正解だったりしてな）

「――独りで秘密を隠し通せるのか。秘密にしている事柄は私や鳴神家の害にならない、あるいは、秘密にしておく価値があるのか。どのくらいまで意地を張る根性が私にあるのか……色々なものを、試されている気がする」

ルームミラー越しに見る、克樹の横顔は無感動だ。

（馬ァ鹿、やっぱソイツは『見守られてる』っつーんだよ）

言えば反駁《はんばく》を招くであろう感想を飲み下し、怜路は車線変更のウインカーを出しながら右折レーンへと車を滑り込ませた。


約半年ぶりに訪れた八坂神社は、昨年十二月に見た時と変わらぬ外観をしていた。和菓子店の小さな紙袋を持って社《やしろ》へ向かう克樹の後を、怜路はノンビリと追う。民家脇としか呼べないような、細い路地の突き当たりに車を駐め、集会所の建つ広場までの急階段を上がった。この集会所が昨年十二月には、特殊自然災害係の対迦倶良山前線基地となったのだ。

克樹は更に、広場脇に設えられた数段の石段を上がり、斜面から広場を僅かに見下ろす八坂神社の正面に立った。浜縁《はまえん》や向拝《こうはい》といった参拝の場はなく、石段を上がってすぐの場所に、神明造《しんめいづくり》と呼ぶにも簡素な社が建っている。その木階《もくかい》——本殿正面の扉へ続く木製階段に、克樹は紙袋の中身を並べ始めた。

東広島市の老舗らしき和菓子店の紙袋から出てきたのは、柏餅と笹巻《ちまき》だ。柏餅はこの辺りの地元民が作る山帰来《さんきらい》の葉で包んだものではなく、柏の木の葉で包んである。笹巻は、砂糖と練った団子粉を熊笹の葉で棒状に包んでイグサで留め、茹でたものだ。本来、熊笹の新芽の時季である旧暦五月五日に食されるものだが、最近はこどもの日に合わせて売ってあった。端午の節句菓子を克樹が持って来たのは、昨冬彼がこの山で知り合い、見送った少女のためだろう。それぞれ二つずつあるのは、妹の分ということだろうか。

克樹の柏手《かしわで》が響き渡る。二拝二拍手一拝。深々と頭を垂れ、一心に手を合わせて彼が語りかけている相手は今や、孤独な鬼でも人柱でもなく、この集落を見守る山の神だ。怜路はそっとサングラスを下にずらして辺りを見回してみるが、特別なものは映らない。代わりに、遠く頭上の山の木々が、ざわざわと少しだけ音を立てる。

一口に神社仏閣と呼ばれ、地域の信仰の場であることに変わりはなくとも、尾道の寺院とこの社は、建物も纏う空気もあまりに違う。施設を支える地域住民の多さ、裕福さ、歴史の長さや知名度。それらの違いが、そこに坐す霊のありようをも異ならせている。

この山と社を拝み、神として祀る者は多くない。せっかくこうして祭神を改めたとしても、数世代で廃れてしまう可能性が高いのだ。だが怜路が憂えてみたところでその対策は、山伏やら拝み屋やらと呼ばれる人間にできる仕事ではなかった。

しばらくののち、頭を上げた克樹が再び節句菓子を紙袋にしまう。石段を下りた克樹は、怜路にその紙袋を差し出した。

「私が持って帰るのも虚しい。食べておいてくれ」

確かに、常駐で管理する神職のいない小さな社に食べ物を置いて去るのは、周囲への迷惑となるだろう。「へいよ」と頷いて受け取った怜路の前で、克樹はしばし、怜路に渡した紙袋を食い入るように見詰めている。

「――どうした？」

これで、本日の予定は終了である。後は家で、美郷の帰宅を待つしかない。美郷が同行していれば、巴案内をしてから外食をして帰るという選択肢もあったのだが、怜路と克樹の二人だけでは楽しく観光という雰囲気にもならないだろう。

「兄上は……本当に和菓子をお食べになられないのだな」

克樹の表情が翳《かげ》る。

怜路の知る「宮澤美郷」は、コーヒーは常にブラック、甘い菓子は食べられない。和菓子、特に餡子《あんこ》はもってのほかという人物だ。しかしかつて、克樹の傍にいた「兄上」は、和菓子を好む人物だったという。

「あー、そうだな……本人曰く、『派手に中《あた》っちまった』らしいからな」

その美郷の和菓子好きを利用し、彼を襲った蛇蠱は饅頭の中に仕込まれた。

（待てよ、好物ん中に毒仕込まれてそれに嵌《は》まったっつーのは、アイツが結構食い意地張ってるってコトじゃねーか……？）

食が細く、食に無頓着《むとんちゃく》なイメージが何となく怜路の中にはあったのだが、単にアレは食糧調達をするほどの精神的余力が、日々の生活で残らないのだろう。現に怜路が用意してやれば嬉々として食べる。加えて、美郷の分身とも言える白蛇は「おやつ」が大好きな食いしん坊だ。

白蛇と美郷の関係は、霊的な根幹の部分で繋がりながら、人間と妖魔の器に分かたれた分身――あるいは、胴体を同じくするキメラの頭と尾のようなものだという。白蛇の意思や好悪は美郷本人の本音の部分、無意識部分を反映する。体の意思や本能と言ってもよいものだそうだ。――つまり先日白蛇が仕事をボイコットして逃げ出したのは、要するにそれだけ美郷自身がもう家に帰りたかったということなのだが、それは一旦置くとして――白蛇が食いしん坊ということは、結局美郷自身が本来「そう」なのだろう。

などと、暢気《のんき》な考察をしていた怜路とは裏腹に、克樹の表情は深刻だ。

「……アイツが家を出た時の成り行きってのは、お前聞いてンのか」

がりり、と空いた手で頭を掻き回し、怜路は話を振った。他所《よそ》の家庭の事情だ、と知らんふりをするには、もう怜路は美郷にも克樹にも関わりすぎている。どんな話題が地雷か分からず、居心地の悪い思いをするのは御免だった。

「聞いた。――ここから帰った時、全部」

低く、絞り出すような声音だ。体の脇に下ろされた両手が、きつく拳を作る。

「そうか……まあ、」

「私のせいなんだ」

まあでも、今の美郷はそこそこ程々に機嫌良く、日々を過ごしている。そう続けようとした言葉は、克樹の思い詰めた声に遮られた。

「私が兄上を鳴神に引き留めてしまったから……兄上はそうじゃないと言ってくれたけれど、事実は変わらない。私が、奪ってしまった」

「克樹……」

どう声を掛けたものか、怜路は悩む。だが、当の克樹は怜路に慰めを求めている様子ではない。肩が震えるほどの悔恨に独り耐え、俯いていた顔を上げる。

その、兄よりは明るい色をした双眸《そうぼう》が、真っ直ぐ怜路を見た。

「狩野。教えて欲しい、兄上は今幸せ――いや、心穏やかに過ごしていらっしゃるだろうか」

己を切り裂く刃を、真正面から受け止める覚悟の表情だった。

この、兄を敬愛する若様が覚悟している刃は、「克樹や鳴神の存在しない世界で、美郷が幸福に生きていること」なのか、それとも「克樹と鳴神のために全てを失った美郷が、今なお苦しんでいること」なのか。

どちらにせよ、怜路から伝えられるのは、怜路の知る美郷の姿だけだ。

「そうだな。まあ、人並みに悩んで、人並みよりはチョイほどキツい思いもしながら、まあまあそれなりに、当たり前の社会人生活してんじゃねーの？」

紙袋を手首に引っ掛けて両手をポケットに突っ込み、怜路は軽い口調で答えた。

ひとより夏バテがキツいだとか、無理をし過ぎると半身《しろへび》が家出するといった特有の事情もあれば、職場の先輩と話が通じないといった、ごく一般的な悩みもあるようだ。だが、直属の上司をはじめ理解者もおり、本人が志した職で、特技を活かして生活の糧を得ている。二年目となる今年度からはなんと、高校時代の級友である広瀬も同じ部署に転属してきたらしい。職場環境としては、恵まれている方と言ってよいだろう。

更に口の端と顎を上げ、胸を反らせて自慢するように付け加える。

「住環境はまあ、何たって下宿先の物件がいいからな！」

仮に己が、公園で路頭に迷う美郷へ声を掛けなかったとして。おそらく美郷はそれなりに、巴で平和な生活を手に入れていただろう。彼は蠱毒の蛇を喰ってまで生き残り、その身ひとつで公務員の地位を手に入れた。それだけの図太さ、頑丈さがある男だと、怜路は美郷のことを解している。そこに加わる人の好さや誠実さが、図太さを愛嬌に見せて、彼の周囲に人を惹き寄せるはずだ。

（けどまあ！　妖魔の大蛇が飼える好物件、しかも大家からおやつが出るのはウチくれーなモンだろうからな！）

怜路は白蛇に懐かれている。餌で釣った面は大いにあるとしても、その程度の自惚《うぬぼ》れは許されるだろう。

「そうか……わかった」

後半は半ばツッコミ待ちだったのだが、克樹は静かに目を伏せた。長い睫《まつげ》が、まだ高い日差しに濃い影を落とす。拍子抜けした怜路はだらりと上半身の力を抜いて、克樹の顔を窺い見た。

「納得、したか？」

尋ね掛けた怜路の声音は、自身が意図したよりも随分優しく響いた。しかし克樹は、いいや、と静かに小さく首を振る。

「納得はしない。できない。――『仕方がなかった』で済ませるには、あまりにも理不尽だ。……失われたものは、どうやっても戻らない」

真実を――余すところのない事実を知ってから数か月、きっと目の前の青年は悩み抜いたのだろう。それが滲《にじ》む、静かで重い言葉だった。

「私の我《わ》が儘《まま》が、兄上に取り返しのつかない傷を負わせてしまったのは事実で、そうやって済ませてしまうことは……私がそう思ってしまうことは、許されないんだ。一生」

彼を責める者は誰もいない。被害者となった最愛の兄を含めて誰も、幼い子供が孤独に怯え、理解者である兄を自分の傍に引き留めたことを責めはしないだろう。無論、怜路もそうだ。悪いのは克樹ではない。だが、だからこそ――誰にも責められぬからこそ、克樹は独りで、己の背負う罪と決着を付けねばならない。

そして克樹は、決して目を背けず、逃げたり誤魔化したりもせず、周囲や美郷当人に甘えることもなく、苦悩と対峙してきたのだろう。怜路から見た克樹の第一印象は「随分と甘ったれた坊ちゃん」だったが、存外気骨のある男のようだ。

「だが——今、ここに在るあの人の生活が穏やかなものであるなら、私はそれを受け入れる。否定する権利なんてない。あの人が今、笑っているなら共に笑う。白太さんが清くて可愛らしい姿をしているなら、それを喜んで愛《め》でる」

きつく握られた両の拳、苦しげに歪む顔。絞り出すような、誓いの言葉だった。誓う相手は成り行きで怜路になったのか。あるいは、背を向けてはいるが、きりのへ向けての——兄に犠牲を強いてしまった弟として、妹の身代わりになった姉への宣誓なのかもしれない。

「そうかい」

と、ひとまず正面で聞いた怜路は頷いた。己を苛《さいな》む罪の意識を全て呑み込んで、兄が選んだ「今」を共に笑うこと。それが、克樹の辿り着いた贖罪《しょくざい》なのだろう。大したものだと思うが、怜路が褒めるのもお門違いのように感じる。

「おめーに可愛《かわ》い可愛いされて、随分白太さん得意になってってからなァ。いいんじゃねーの、それで」

結局怜路は、軽く肩を竦めてそう頷いた。そうか、と、安堵の吐息を含んだ声音が返る。若々しい美貌の眉間が緩んだのを確認し、怜路は「それじゃあ」と踵《きびす》を返した。

「ま、これからも定期的に連絡入れて、ツラ見せてやれ。美郷にも、コッチにも。ただ忘れられて無ェ、ずっと気に掛けてもらってるってだけで救われるモンもあらぁな。――もうウチ帰るだけだが、どっか寄りたい所あるか？　晩飯はめんどくせえから、美郷がテイクアウト持って帰ってくるように手配してンだけど」

言いながら確認した腕時計は、まだ十五時三十分を回る頃だ。美郷も今日は緊急出動であるため、定時までは勤務しない予定と聞いた。しかしテイクアウトの予約時刻の都合もあり、夕食を受け取った美郷が帰宅するまでは二時間半もある。

「そうだな……そういえば、ここへ来る途中にもののけミュージアムの前を通らなかったか？」

「おー、通ったけど、多分明日、美郷が連れて行きたがるぜ？」

「む……では、特にない」

あっさり引き下がった克樹に「了解」と頷き、怜路は車へ向かって歩き出す。

「――きりの、また来る」

その背中に、囁くような克樹の約束と、答える山のさざめきが届いた。

潮騒の呼び声

1．神訪う島

高校から自転車で、途中フェリーも使って神木八重香《かみきやえか》は家へ帰る。所要時間は、フェリーの待ち時間も込みで一時間と二十分程度。人口百人に満たない離島と本土を渡す小さな市営フェリーは、一日八便しかない。

広島県竹原《たけはら》市唯一の有人離島、神来《かみき》島。八重香は、この島ただ一人の高校生だ。

そもそも、島に住所のある未成年が、八重香を含めてたったの七人である。十六歳の八重香が一番上で、下級生の子供たちとは四つ以上学年が離れていた。島にある中高一貫校の生徒は中学生が二人、小学生が四人。高齢化率は七割を超える、典型的な過疎高齢化の島だ。

自転車を引いてフェリーを降りる。すっかり顔見知りのフェリー乗務員——通称「フェリーのおっちゃん」に会釈をして、自転車に跨がった。八重香の他に、二台ばかりの乗用車と数人のご老人が船から降りたが、すれ違いで乗船する客はいない。

襟足だけヘアゴムで括った癖っ毛と、白い夏服のセーラーカラーを翻し、前籠《まえかご》に積んだリュックを跳ねさせながら八重香は海沿いの細い車道を駆け抜ける。九月も半ばとは思えぬ熱の籠もった空気も、海風を切り裂いて走れば心地好い。

フェリー用桟橋《さんばし》のある港の周囲には、この島にひとつだけの小さな商店や簡易郵便局、市営の診療所、小中学校などがあった。いわば、島の中心地だ。八重香の家とは反対方向に少し行けば、十数年前に閉鎖された小さなマリンパークもある。

三分も自転車を漕げば道は海岸を離れ、急な上り坂になる。平地で勢いをつけて半ばまで一気に駆け上がり、立ち漕ぎして天辺まで凌《しの》いだ。坂を上るにつれて周囲から人家はなくなり、急傾斜地に造られた果樹園の横も過ぎると、いよいよ道の両脇は木々の生い茂る森だ。ツクツクボウシが夏の終わりを歌う中、峠を越えれば下り坂である。

下るにつれ見え始めるのは、耕作放棄され鬱蒼とした果樹園と、庭に雑草生い茂る空き家、それを過ぎると、港のある集落とは別の海岸が現れる。遠景には穏やかな海。海岸のすぐ向かいには、赤茶色をした断崖の上にこんもりと森が乗った、小さな無人島が浮かんでいた。

赤茶色味の強い砂浜の手前に、雑草を刈られ、畑や庭木も手入れをされた敷地が広がる。八重香の家、神木家の敷地だ。潮風に赤錆を浮かせたトタン壁の小屋や納屋が、浜辺や畑の脇に点在していた。

ラインなど引かれてもない、車一台分ほどの幅をしたアスファルト舗装は、漆喰《しっくい》と焼杉の壁をした、大きな日本家屋の前に辿り着く。鈍《にび》色のいぶし瓦と消炭色を纏う焼杉の壁は父の自慢であるが、八重香から見れば重苦しく華やぎに欠ける、面白味のないものだ。

母屋の向こうには、更に背の高い大きな屋根が覗いている。神来白鬚《かみきしらひげ》神社――八重香の家が社家《しゃけ》を務める、神来島最大の神社だ。神木家の庭は、白鬚神社の境内と繋がっていた。

母屋脇の車庫に自転車を停める。父親の軽トラックと、母親のスクーターが先客だ。漁師、農家、白鬚神社の宮司を掛け持ちしている父親は、車庫に車があっても外出している可能性が高い。一方母親は、本土の小売店にパートで働きに出ている。ここにスクーターがあるということは、今日は休日らしい。

「ただいまー」

リュックを右肩に担ぎ、八重香は玄関を開けた。三和土《たたき》から上がり込むフローリングの玄関ホールには、古くさい飾りがゴテゴテと置かれている。八重香には魅力を解しがたいそれらの横を過ぎて、奥の台所へと顔を出した。すると、冷蔵庫に向かってかがみ込むショートカットの後ろ頭と、ノースリーブに夏用エプロンを引っ掛けた細い背中が見えた。母親だ。

「お帰り八重香。ちょうど良かった、あんたもイチジク食べんさい。浜平《はまひら》のおばあちゃんから貰うたんよ」

貰い物のイチジクを野菜庫に仕舞おうとしていた八重香の母親、明恵《あきえ》が振り返って答えた。イチジクと柑橘類《かんきつるい》は、島のあちこちに植えられている。島の特産品とも言えるし、ここで生まれ育った八重香にしてみれば、ありきたりなおやつでもあった。

「ん、」とだけ返事をして、八重香は差し出された使い捨てポリパックを受け取る。

山と盛られたイチジクは小ぶりながら、緑色の肌に強く紅色を纏い、尻の小さな裂け目から覗く中身も鮮やかに赤い。瀬戸内の乾いた気候と照り付ける太陽が、甘味のぎゅっと詰まったとろけるような実を育てる。

「トーコちゃん、一時間半かけて塾に通いよるんて。東京の大学目指しとるんと。大変よねえ……東京出て、何を目指してんかね」

八重香の帰宅にだって、そのくらいの時間は掛かる。そう思ったが、八重香はただ「ふうん」と返事するだけに留めた。

桃子《とうこ》は、今八重香が手に持つイチジクをくれた家の孫娘で、八重香と同い年の幼なじみである。小学校に上がるタイミングで、親子揃って教育環境のよい本土に引っ越してしまった。現在、桃子の生家には彼女の祖母――イチジクの育て主が一人で暮らしている。

「八重香はどこにするん？　進学はするんじゃろ？」

その問いに、八重香は「んー」とだけ返した。面倒臭い話題だ。受け取ったイチジクを片手に、さっさと撤収を決め込む。

「イチジクどうするん、それ。みな《ぜんぶ》食べちゃあ多《お》いいよ」

八つ程度のイチジクが詰め込まれたパックを持ち去ろうとする八重香を、明恵が止めた。

「ちーちゃんと食べる」

「今から行くん？　潮大丈夫なん？」

「平気」

素っ気ない言葉を置き去りに、八重香は台所を後にする。何やら背中に母親の声が掛かったが、聞き取れなかったので、そのまま気付かぬ振りをした。どうせ、面白い話ではない。

イチジクは階段に一旦置いて、着替えるために二階の自室へ上がる。ベッドにリュックを放り出し、スカートはハンガーに吊した。ハーフパンツとTシャツ姿になり、汗臭い夏用セーラー服と、防水ケースに入れた10インチのタブレット端末、スマートフォンを掴んで階段をドタドタと下りる。

「いってきまーす！」

制服は脱衣場の洗濯籠へ。片手にイチジク、もう片手にスマートフォンとタブレット端末を持って、八重香は家を飛び出した。目指すのは浜辺——否、その先だ。

勝手口から母屋を出て裏手へ回り、白鬚神社の境内の奥、一般の参拝者はもちろん、宮司である父親も、祭祀《さいし》の時にしか立ち入れない砂浜へと抜けた。神来白鬚神社の禁足地《きんそくち》であるこの場所へ自由に出入りできるのは、現在は八重香だけである。

砂浜の端は、岩場の岬《みさき》になっている。大雑把《おおざっぱ》に言って南北に長細い楕円型をした神来島の、南端となる岬だった。白鬚神社本殿の奥に位置する砂浜と岬は、いずれも神木家の私有地であり、禁足地だ。そして砂浜の正面、二百メートルあまり先に浮かぶ小さな無人島もまた、「斎木神《いつきがみ》」を祀る禁足地だった。そこに、八重香がイチジクとタブレットを持って行く相手、「ちーちゃん」が居る。

浜から無人島——その名も斎木島《いつきしま》までは、引き潮の間ならば砂州《さす》を歩いて渡ることができた。八重香は海の只中にできた砂の道を、サンダルの足で蹴って小走りに島へと向かう。もうじき干潮時刻という頃合いなので、砂州はそのほぼ全貌が現れていた。砂州を渡れるのは、干潮時刻の前後三時間程度、つまり、島に居られる刻限はこれから一時間半ほどだ。

周囲三百メートル程度の小さく丸い無人島は海岸全てが断崖で、満潮時には浜と呼べる場所など見えない。だが、砂州が現れている時には島の周囲も砂地が取り巻き、島の周囲を歩いて一周できた。八重香は斎木島に辿り着くと、神来島とは反対側の海岸まで回り込む。

斎木島の海側には、十数メートル離れた場所にぽつんと小さな岩山があった。峻険《しゅんけん》に尖った頂《いただき》を持つ、足場の悪い小さな岩山には注連縄《しめなわ》が掛けられている。その向こうには少し遠く、大崎上島《おおさきかみじま》や大三島《おおみしま》の、一見すると対岸の陸のようにも思える大きな島影が見えた。瀬戸内海は無論「海」であるが、本州と芸予《げいよ》諸島に挟まれた立地の神来島から、その単語で一般に想像されるような水平線はなかなか拝めない。緑に覆われてなだらかな山の形をした、大小様々な島が遠く近く佇《たたず》んで、潮の流れる広い水面をぐるりと囲んでいる。

丸い斎木島の中でも、小さく突き出した岬の向こう——注連縄を掛けられた岩山の正面辺り、島の台座たる岩盤に、ぽっかりと縦長な穴の開いた場所がある。岩盤の割れ目を波が削り、大きく抉《えぐ》った海蝕洞《かいしょくどう》だ。八重香が目指すのはその洞窟の中だった。

「ちーちゃん！」

洞窟の中へ大きく声を掛けながら八重香は、洞窟の入口を阻むように砂地から突き出した、横長の岩場を越える。岩場のすぐ内側は、干潮時でも多少の水が残る潮溜まりだ。

「ちーちゃん、ただいま！　イチジク貰って来たけ、一緒に食べよ！」

潮溜まりも避けて洞窟の中に入る。八重香の声が、薄暗い洞窟の中にこだました。

あまり奥行きのない洞窟の中は礫《つぶて》の交じる砂地だが、大岩もいくつか転がっている。その最奥のひとつ、天辺が平たく滑らかな卓状の岩の上に、祠《ほこら》が祀られていた。八重香はそれを目指して歩く。紙垂《しで》も真白い注連縄を掛けられ、幣帛《みてぐら》、御神酒《おみき》、榊《さかき》などが供えられた小綺麗な祠だ。八重香は慣れた様子で岩の天辺に上がり込み、祠の前にイチジクのパックを置いた。

「おかえり、八重香ちゃん」

若い――八重香と同性同年代の、おっとりと優しげな声と共に、祠の奥の薄闇から人影が現れた。春秋用の薄手のネルシャツに、細身のジーンズ姿の少女だ。すらりと長い手足の、セミロングの髪をハーフアップにした彼女こそが「ちーちゃん」である。

「ただいま！　も～、ようやく来れたん！　来週の月曜日まで、またずっと来れるけん」

「もう、八重香ちゃんたら……日曜にも会《お》うとるじゃん」

八重香が平日ここに来られる時間帯と、干潮前後で砂州が出ている時間帯が合致するのは、半月のうち四日程度だ。先週は全く平日に来ることができず、今週も水曜日である今日になってようやく渡ることができた。

「そうじゃけど……」

土日にここへ来るのは当たり前、平日だって、八重香は毎日会いに来たいのだ。

岩に腰掛け、両足をぶらつかせながら八重香は口を尖らせる。

「ウチのこと大事にしてくれるんは嬉しいけど、八重香ちゃんも他に友達とか彼氏とか、部活とか無いん？」

岩の上に両膝をつき、苦笑い気味に訊ねてくる「ちーちゃん」の姿は、八重香が初めて彼女と会った十年前から変わっていない。彼女は八重香を巫女とする、この島の「斎木神《いっきがみ》」――八重香が生まれた年の秋の彼岸の大潮に、この島に流れ着いた漂着神なのだ。八重香が小学校に上がる年、ちょうど、唯一の幼馴染みである桃子が本土に引っ越してしまい、ひとりぼっちになってしまった時に初めて彼女と面会した。以来「ちーちゃん」は八重香にとって、唯一の友人であり、優しい姉のような存在である。

「ない！　部活しよると帰る船がなくなるし、彼氏なんて興味ないし」

早生まれの八重香は現在、高校二年生だ。周囲は部活に精を出しているか、あるいは少数ながら、桃子同様、大学受験に備えて塾通いを始めている者もいる。帰宅部で、しかも通学時間が一等長い八重香には、授業を共にする程度の友人はいるが、放課後や休日まで共に行動できる相手は居なかった。

「ふふっ、彼氏に興味ないん？」

からかい含みのツッコミに、八重香は「ない！」と、ツンと顎を上げる。

「そんなんより、ドラマの続き見よ！」

そう言って、八重香はタブレットを目の前に掲げた。八重香がここにタブレットを持ってくるのは、配信サイトの動画、あるいは電子書籍の漫画を、この歳を取らぬ「姉」と一緒に見るためだ。かつて八重香が幼い頃には、持って来た絵本や児童書を読んで貰っていた。

「そうじゃね」

頷いて、「ちーちゃん」が八重香の隣に腰を下ろす。それは、十年続く八重香の日常だ。

動画視聴アプリを起動する。イチジクは二人ではんぶんこだ。持ってきたパックの中身の半数を、八重香は膝の上に乗せた。もう半分は、祠の前に供えておく。

しばし、二人肩を寄せ合ってドラマを視聴する。ところどころで、どちらかが小さくツッコミを入れて、二人で笑い合うのが楽しい。

「続き気になる〜！」

動画再生が終わり、八重香はタブレットを傍らに置いて伸びをした。今は、数年前に放映されて話題になった、東京が舞台の警察ものを追っている。一本が大体一時間なので、平日に複数本観ることは難しい。

「——ウチは、ずっとこうやって、ちーちゃんと居りたい。彼氏欲しいとか思わんし、大学も……お父さんは、推薦で遠くの……なんか、神社の子供が行く大学に行けって言うし、お母さんもどっか大学に進学して欲しいみたいなんじゃけど……」

ドラマの中の、都会の景色に全く興味がないとは言わないが。八重香が行くものとされている学校は、どうやらそんな都会でもないらしい。

暗く湿った洞窟の天井を見上げ、八重香はぼそぼそと愚痴る。八重香に進路の選択を迫るのは母親だけではない。夏休み明け、学校では本格的な進路希望調査や、進路指導の授業が始まった。

「でも、大学は島から通われんもん。県外に出て、お父さんとかは婿《むこ》見つけてこいって言うし、お母さんはなんか『帰って来んでもいい』みたいなこと言うけど………ウチは、ちーちゃんと離れとうない」

近畿《きんき》地方――三重《みえ》県辺りにある、神職養成課程のある大学ならば、社家の一人娘である八重香は推薦枠での進学が堅いらしい。父親は八重香に、そこで神職資格を取り、なおかつ漁師になれそうな婿を見つけて来いなどと言う。島外出身の母親は逆に、どこでも良いから島の外に出て進学し、都会で好きな職業に就けと言うことが多い。

八重香は両親のことが嫌いではないし、それぞれの言わんとする「理想の人生」が分からないでもない。しかし、どちらも八重香自身の希望について、本気で聞いてくれない点は大差なかった。

「大学、行きとうないん？」

「行く意味が分からん」

八重香は、県内の専門学校に行ければよいとボンヤリ考えている。島でできそうな自営業――たとえば、カフェ・民宿経営辺りを学べる学校へ行って、さすがに島から通学は無理でも、頻繁に帰って来られる場所に暮らしたかった。

「楽しいかもしれんよ？」

「やだ！」

特に、父親が行かせたがっている神職養成の学校は嫌だ。

八重香は、和のしきたりだとか、伝統だとかに興味や魅力を感じない。古くさいと思っているし、ダサくてしち面倒臭いとしか八重香には思えない。

「どうせウチより下に子供なんてほとんど居らんし、ウチが神主なんかせんでも困る人なんか居らんもん。ちーちゃんの家はウチがずっと通ってどうにかするけど、白鬚神社なんて、そのうちお参りする人自体、居らんくなるし」

ここは、誰も彼もが去って行く場所なのだ。祖母のように年老いて去る者、桃子の家族のように子の環境を考えて去る者、今まで八重香が幾人も見送った年上の子供たちのように、就学や就職で去る者。訪《おとな》う者はほとんど居ない。

神来白鬚神社は江戸時代、瀬戸内海での製塩が盛んになった頃、島の塩田の守護神として勧請《かんじょう》されたという。「島の歴史」として、複式学級だった島の小中学校で毎年のように聞かされてきた話だが、今や塩田は全て潰され、別の産業用地に変わっていた。今でも島民たちは氏子《うじこ》として祭りを催すが、その規模は八重香の記憶にあるだけでも年々縮小している。八重香の父親が引退する頃には、神社そのものを畳んでしまっても誰も困らないであろう。

——さりとて他に、この場所を、大好きな姉の元を離れてまで学びたいと思えることがあるでもない。

「ウチも、大学のことはあんまりよう知らんけど……八重香ちゃんも島だけじゃ無《の》うて、色んな所に行って、ウチだけじゃない色んな人と出会って、やりたいこと見つける方がエエと思うんじゃけど」

斎木神《いつきがみ》は、彼岸前後の大潮に乗って斎木島に流れ着く。「ちーちゃん」がここへ来る前どういった存在だったのか、詳しいことは彼女本人にも、もちろん八重香にも分からない。ここでの彼女の役割は、まさか八重香の子守などではなく——本来、島に豊漁をもたらしたり、水が必要な時には雨を、晴天や凪《な》いだ海が必要な時には穏やかな晴れをもたらしたりと、島の暮らしを豊かにすることらしい。

彼女は自身の過去を覚えてはいないが、高校や大学、ドラマやアニメ、国内外の地理といった、一般的な知識はあった。その助言も、ごく常識的だ。よって、八重香は「ちーちゃん」に至極まっとうに諭されると返す言葉を失う。

「うん……でも………」

カフェや宿屋がやりたいのか、と問われれば、客商売にそこまで興味があるわけでもない。単純に、ここを離れたくないのだ。

八重香はただ、口を尖らせて俯いた。

市役所の終業チャイムが鳴り終えてから、約一時間後。刈田《かりた》の畦《あぜ》には彼岸花《ひがんばな》も咲く九月の半ば、黄昏時《たそがれどき》の薄闇に浸る巴市十日市の街路から、宮澤美郷は見慣れた暖簾《のれん》をくぐる。彼を迎えたのは有線放送の演歌と、焼けた鉄板の上で脂や水分が弾ける賑やかな音、そして酔客たちの喧噪だ。

「おう、みっちゃん。らっしゃい！」

すっかり顔馴染みになった居酒屋店主が、黒いバンダナを巻いた頭を上げて声を寄越す。

それに会釈して、店の奥を確認した美郷はチラリと後ろを振り返った。背後に続き、美郷が開けた引戸を閉めていた同僚――高校の同級生でもある広瀬孝之《たかゆき》と視線を交わす。

カウンター席の他はテーブル席が四つばかりの、間口が狭く奥行きのある店舗は、元々はお好み焼き屋だったものらしい。手前は店主の仕切るエリアで、カウンターに設置された冷蔵ショーケースには食材や作り置きの小鉢が、背面には酒類がずらりと並んでいる。そして、店舗の奥側はお好み焼き屋時代からの鉄板が残してあり、そちらは従業員が――ここ二年あまりは、美郷の下宿する古民家のチンピラ大家、狩野怜路がお守りをしていた。

すっかり「定位置」と化している、その鉄板前の席を目指して美郷と広瀬は店内を進む。気付いた怜路がひらりと片手を上げた。

「おーーっ」

「おつかれ」

「お邪魔～」

好き勝手に挨拶を交わしながら、具合良く二つ並んで空いていたカウンター席に座る。市役所勤めも二年目、美郷の懐にもだいぶ余裕が出来た――というワケでも実はないのだが、この居酒屋を食堂代わりにする日は着実に増えていた。今年度から同部署配属となった広瀬と共に、怜路の前に陣取ってお喋りをするのが週末のお決まりとなっている。

車通勤の美郷は烏龍茶を、徒歩でも帰れる通勤距離の広瀬はビールを頼み、今日のオススメと書かれた手書きメニューを覗き込む。そこに見慣れぬ品目を発見し、美郷は首を傾げた。

「アジの開き？　干物系って、ここあったっけ？」

「あー、ソレな。店長の知り合いが釣って帰ったヤツだと。俺が開いて干したんだぜ、結構デカいから、脂乗ってて美味いぞ」

　他の客から注文を受けた、厚切りベーコンを焼きながら怜路が自慢げに笑った。クーラーボックス一杯の三十五センチ級を、せっせと開いては調味液に漬け、野良猫を躱《かわ》しながら干したという。ここ数日は爽やかな秋晴れが続いたので、きっと気持ちよく乾いたであろう。

「怜路、お前何でもできるなマジで」

　頬杖を突いた体勢で、呆れと感心が半々、といった声音で称えたのは広瀬である。怜路はそれに、まんざらでもなさそうな表情で「まあな」と頷いた。

　実際、狩野怜路は何でもできる男である。生命の危険に晒された水難事故の後遺症か、水だけは大変に苦手と言うが、他のことは大抵が――筋力や反射神経といった運動能力、手先の器用さ、対人能力、技術・家庭科領域まで含むサバイバル知識、果ては契約書類の整備といった事務処理能力に至るまで、思いつく限りのことが人より秀でているように見える。

（あ、でも整理整頓と掃除はからっきしか……）

　その程度の欠点は可愛げのうちだろう、と思う程度には、他がハイスペックなのだ。無論、美郷が度を越して迷惑を被らないことが条件ではあるが。

「生きるための知識なら、何でもかんでも詰め込んで来やがるジジイどもに囲まれて育ったかンなァ」

「どういう育ちだ、それ。普通に事務仕事も、俺たちより詳しかったりするじゃん」

「学歴は小学校中退だけどな！」

そんなんアリか、と、メインのメニュー表に手を伸ばしていた広瀬が顔を上げる。

最初に広瀬をこの店へ連れて来たのが昨年の十二月、今年四月には広瀬が特殊自然災害係へ転属となった。同時に怜路も巴市と業務委託契約をした関係で、広瀬と怜路は市役所の事務室でもよく顔を合わせている。よって随分打ち解けてはいるが、広瀬はいまだ、怜路の特異な経歴を全て聞いたことはないのだろう。

「今なら戸籍《こせき》取れンだし、中卒認定くらい取っときゃ、履歴書作ンのに悩まず済むんだろうが……履歴書に用事もねーしなァ」

つらつら語っていた怜路が、ふと思い出したように斜め上を見上げて顎をつまんだ。

「……あ。ココに出した履歴書、生年月日違ェな……」

怜路は巴市の生まれである。しかし、一家でレジャーに出掛けた先で川に流されて遭難し、両親と姉、そして自身の記憶を失った。怜路がこの居酒屋でアルバイトを始めた当初、怜路は自分本来の生年月日を知らなかったのだ。

記憶を失ったまま、怜路は何者かに――天狗を名乗る男に連れ去られた。それにより怜路は「遭難したまま遺体の上がらない状態」となったのだ。結果、巴市に生まれた「狩野怜路」の戸籍は、九歳にて認定死亡による消除を受けたのである。

一方の怜路自身は「自称・天狗」の養父に連れられて関東に居を移し、十代の頃をそちらで過ごしている。そんななりゆきで小学校中退、としか言いようのない異色の経歴を辿った怜路だが、学歴に反して、人並みの基礎学力や社会常識も身につけていた。その辺りの教育を施したのも、怜路に言わせるところの「ジジイども」なのだろう。

「自営業だと、履歴書とか要らないもんな。実力主義の世界だろ？　よく分からんが」

「まあな～。依頼人がタワマン住まいの高学歴とかで、窓から放り出してやりてェようなコト言って来ンのもいたけどな。拝み屋稼業の知識なんざ学校で習うモンでもねーし、同業者も似たり寄ったりのヤツは多かったな」

　怜路が育った場所は、呪術者の中でもアンダーグラウンド——法を掻《か》い潜《くぐ》るために呪術を使うような輩《やから》と、近しい人々のコミュニティだったようである。他方、美郷のように大きな家門の関係者として生まれ、その一門の教育を受けて育つ者、あるいは、比阪恵子のように一般家庭に育ち、長じてから己の能力と向き合う者などもおり、同じ呪術界隈でも出自は様々だ。特殊自然災害係の先輩職員たちのように、寺社の跡取りとしての教育の延長線上で、呪術の作法を覚えた者たちもいる。それぞれ、同じような出自の人間同士でコネクションを作るため、似た境遇の者と関わり合いになることが多い。

　ただ、呪術を学ぶ公的な「学校」は存在せず、「呪術を専門に学んだ」と学歴として称することができないのは、誰しも同じだった。

「——というか、いつの間に広瀬、怜路のこと名前で呼ぶようになったの？」

　タイプは違えど、どちらも社交的な部類の人間である。親しくなるのに障害はないであろうと思っていたが、未だ美郷が「宮澤」呼びである中、知り合って一年も経っていないはずのチンピラ大家の方が下の名で呼ばれているのは、コミュニケーション能力の差を見せつけられたようで些《いささ》かショックだ。

「そんな最近じゃ無ェぞ。俺ァあんま『狩野』って呼ばれ慣れてねーからな。いつだったか名前で呼んでくれっつーて頼んだんだわ」

ヘラを繰る手を止め、他の店員が用意した飲み物を美郷と広瀬に渡しながら、事もなげに怜路が説明する。「呼ばれ慣れていない」の意味を察し損ね、美郷は烏龍茶を受け取りながら眉根を寄せた。隣の広瀬が、ビール片手に怜路の言葉に頷く。

「何だっけ、養い親の人？　の名字のが慣れてんだっけ？」

その広瀬の補足で、美郷はなるほどと得心する。

「へえ、怜路のお養父《とう》さんって……名字とかあったんだ……」

怜路のサバイバル知識や修験道系の呪術は、天狗を名乗る養い親から教わったものだという。天狗と呼ばれるもののけにも幾らか種類――異なったルーツを持つ者があるが、怜路の養父は（天狗であるというのが本当のことならば）どこかの山に祀られた修験道系の神であろう。

古来より山は人々にとって、信仰の場であった。人々は山に「霊」あるいは「神」を感じ、時には祀り、時には山中に分け入って、その霊力を得ようとしたのだ。山中での厳しい修行によって力を得ようとする修験道の行者たちの中には、生きながらにして人であることを捨て、山そのものの霊と同一化する者があった。そうして、山それ自体の神霊であった「山の神」は、異形の山岳修行僧――天狗の姿を得たのだ。

「まあ、便宜上名乗ってやがったヤツがな。自称・親子だったんで、俺もソッチ名乗ってたワケ。狩野を名乗ンのは巴に来てからだからな〜、慣れねえのよ、未だに。――で、食うだろ？　俺が作ったアジの開き」

苦労したのだから、有り難がって食え。美味いと褒めそやせ。そんな言外の圧力に失笑しつつ、美郷は「お願いします」と頷いた。横で見ていた広瀬が、呆れた様子で漏らす。

「宮澤、おまえ弟が二人居るみたいなもんだな」

予想外の言葉に、いよいよ美郷は噴き出した。

「あっはは！　こんなでっかい年上の弟かあ……！」

「ワガママ坊ちゃんと一緒にすんじゃねーよ！」

アジのオーダーを通し、注文されたホルモン炒めを作りながら、怜路がぐわりと威嚇の表情を作る。

「こっちの方が手が掛かる」

「だよなあ」

怜路の抗弁を聞かぬ振りで美郷が広瀬の冗談に乗れば、広瀬もしたり顔で頷いた。初対面では怜路の派手な格好に怯えた様子だった彼も、すっかり慣れたものである。

「宮澤の弟って、今、東広島か。頭良いんだな……まあ、宮澤も頭良かったもんなあ」

アジ以外の注文を決めるためメニュー表を眺めながら、しみじみと広瀬が言った。

「おれは大したことないけど、克樹はホント頭良いよ」

「出たぞブラコン」

「けどお前も、家から通える国立大学、たしかA判定だったろ。家出たかったにしても、何だって私立に志望校変えたんだ？　学費大変だったんじゃないか？」

「まあ、ほぼ全部奨学金でどうにかしたからね……今が苦しいよ。でも、覚えてる？　寺内《てらうち》先生。ほとんど親に無断で志望校変えるのに、色々面倒見てくれたんだけど……先生が、その大学に行くなら全部後見《こうけん》してやるって言ってくれてさ」

蠱毒の蛇を喰らうまで、美郷は松江《まつえ》市内にある国立大学が第一志望だった。元々は神道関連の知識や技術は実家で覚える気でいたため、家から通える範囲の大学を志望していたのだ。

家を出る決意をした時、恩師の助言で三重の私立大学を志願先にした。三重のその大学には神職養成課程と、公的な学部学科ではないが、呪術の指導をする組織がある。鳴神家とも関係があり美郷の力を知っていた恩師は、鳴神との関係を断った美郷が、それでも呪術の世界で生きてゆくための道を示してくれたのだ。入学の際の引越しや新生活を始めるための契約手続きなどを支援してくれたのも、その恩師であった。

そして恩師の指導の正しさを、入学三か月で白蛇を得た美郷は心底理解したのである。

「おれは結局、得意教科だけで受験できたからね。その点克樹は――」

「なあ怜路、宮澤のブラコンってほんとガチだな」

「だろ〜〜？」

油断すると弟自慢が始まる、などと評され、美郷は不本意ながら口を噤《つぐ》んだ。年末から志望校のランクを上げて、余裕で受かったのだから実際凄いだろう、とこぼせば、その話はもう五回は聞いたと容赦なく切り返される。

「まあでも、兄弟仲いいのは羨ましいよ。ウチなんか顔合わせりゃ戦争だからなあ……。あ、キャベツの浅漬けとイカのバター醤油。あと、俺もアジの開きと冷酒一合で」

あっという間にビールの中ジョッキを空にした広瀬が、ようやく食べ物を注文する。美郷も便乗で枝豆を頼み、広瀬の家庭事情を思い返した。

「広瀬んとこは、妹さんだっけ？」

「そう、年子のな。旦那をマスオさんにして実家に居座ってやがるから、俺は帰るに帰れん……。宮澤んとこみたいに歳が離れてりゃ、可愛いと思うこともあったのかもなあ」

広瀬が第一子、仲が悪いという妹が第二子のふたり兄妹である。広瀬の実家は巴の隣市、安芸鷹田《あきたかた》市だが、広瀬は地元市役所ではなく巴に就職し、巴市内にアパートを借りていた。

「歳の近い兄弟なんざ、生存競争のライバルなんだろうなあ。他でも聞くぜ、仲の悪い年子。俺ァ覚えちゃいねーけど、結構上の姉ちゃんが居たらしいな」

怜路の姉は、件《くだん》の水難事故で命を落としている。怜路同様、認定死亡による戸籍消除をされている――つまり、遺体の確認はされていないが、かつて邂逅《かいこう》した彼女の護り人形の様子から、その死は確実と思われた。

「絶対、姉ちゃんっ子だったろ」

そう広瀬が笑う。美郷も同意見だ。

「うるせー！　んでもって、アジの開きお待ちィ！　ついでに今年の新米も食え！　広島県産コシヒカリ、つーか店長んちの田んぼのコメだとよ」

口ではぎゃいぎゃいと騒ぎながら、怜路は手際よく鉄板上の食材を捌《さば》き、更にはカウンター越しにアジの開きと茶碗に盛られた白飯を美郷に寄越してくる。広瀬注文のキャベツの浅漬けまで加わって、卓上は見事な和食の膳だ。あとは味噌汁があれば完璧であろうか。

「おお、美味しそう！　いただきます！」

ほかほかと湯気を立てる白飯と焼き魚を前に、美郷は思わず改めて手を合わせた。

表面に香ばしく焼き目のついたアジは、箸を入れれば柔らかく解《ほぐ》れて、脂と水分を滲ませる。ほわりと立つ、焦げた醤油や酒の絡まる磯の香りは、否応《いやおう》なく食欲を刺激した。口に入れれば、新鮮な魚特有のさらりとして旨味の濃い脂と、熟成された干物特有の滋味《じみ》深さが、ひと噛みごとに溢れ出る。

「んん、完璧な塩加減」

丁寧に噛んで綺麗に飲み込んでから、美郷はコメントした。鉄板の上にはバターを落とされ、じゅわりと音を立てる。その上にイカの切り身が投入されて、白い湯気を立てた。

「よし、もっと褒めろ」

サングラスを光らせて胸を張る怜路に笑いながら、次は茶碗を手に取る。艶々と粒立ちの良い白米を、まだアジの風味が残る舌の上に乗せた。今度はほんのり甘い米の香が口内を満たす。新米特有のもっちりとした弾力と、滑らかな舌触りをしばし楽しんだ。

「ご飯も美味しいねえ」

「コシヒカリの新米って美味いよなあ」

そう同意したのは広瀬だ。

「俺ァ、新米は茶漬けで食うのが一番好きだな。握り飯も捨てがたいが……」

怜路の言葉に、美郷と広瀬も深々頷く。

そうして他愛のない会話をしながら、秋分の日の前夜は更けていった。


秋分の日、午後九時。神来白鬚神社の宮司、神木文治《ぶんじ》は満潮時刻にさしかかる海の只中――祭神である塩土老翁《しおつちのおじ》が降り立つとされる、岩山に繋いだ舟の上にいた。岩山の正面には斎木島がそびえ立ち、その付け根にぽっかりと、真っ黒な裂け目を開いている。

注連縄を掛けられた岩山の前に幣帛を奉じ、榊、神酒、今年の新米なども供えてある。舟上にはもう一人、文治の弟である利彦《としひこ》も同乗して松明《たいまつ》を持ち、神事を補佐していた。普段、人の立ち入りを禁じている浜にも氏子総代たちが篝火《かがりび》を焚き、礼服で立っている。

この日は神来白鬚神社にとって、特別な祭礼の日だ。

常は白鬚神社の本殿に坐している主祭神・塩土老翁が、老翁の招いた斎木神の元を訪れてその働きを見定め、五穀・漁の豊凶、氏子の禍福《かふく》について神託を下す。また、当代の斎木神が居ない時には、秋の彼岸直後の大潮に合わせて斎木神――海の向こうから漂着神を呼び寄せるとされていた。

文治は祝詞《のりと》を奏上する。まとう袍《ほう》の袖や裾が風にはためくが、ひたひたと潮位を増す海は穏やかで、松明の明かりを照り返す波もあるかなしかの様子だ。文治の乗る小舟もほとんど揺れずにあった。

この潮が満ち、ある高さに達した時に「神託」は下される。

神託の正体は、岩山に細く穿《うが》たれた穴、そこへ入り込む風の音であった。一定の高さまで海面が上がると、穴の中に水が入り込み、中を通る風が唸りを上げるようになる。いわば、岩山がひとつの笛となるのだ。この巨大な岩笛の音を、年にただ一度、秋の彼岸の中日にのみ宮司が聴いて託宣とする。神来白鬚神社創建以来の、一年で最も重要な神事だ。

現在は当代の斎木神と、その巫女である文治の娘、八重香が神来島を守護し、祝福している。斎木神には必ず一人の巫女がつく決まりで、八重香の先代は文治の叔母だった。斎木神は、巫女となる女性が神木家に誕生した年の、秋の彼岸の大潮に乗って海からやって来る。そして、巫女の死と共に海へ還る。――実際のところは、巫女の葬儀と合わせて斎木神を、宮司が海へ還すのだ。

「――白《もう》すことを聞食《きこしめ》せと、恐《かしこ》み恐み白――す――」

予定時刻丁度に、祝詞の奏上が終わる。その余韻が海風に掻き消える頃、果たして、岩山は鳴り始めた。

――来《こ》オオオォォォ――――。

――来《こ》オオオオォォォォォ――――。

岩山全体を震わす、低くどよもす音であった。同時に、高く細く震える音でもあった。

その音に、文治は瞠目《どうもく》する。神事の最中に私語は禁じられているため、辛うじて驚きの声を呑み込んだ。

(どういう、ことじゃ……!?)

以前、この音を聞いたのはただ一度だけだ。それは、八重香が生まれた年の秋分の晩、まだ文治が、当時宮司であった父親の補佐をしていた時だ。

現在、既に斎木神はいる。巫女も健在で、次の巫女になるべき女子も、神木家には生まれていない。

だが今、文治の前で鳴り続ける岩笛の音は、間違いなく八重香が生まれた年の――そして、八重香が「ちーちゃん」と呼ぶ斎木神が、否、斎木神となる少女の亡骸が、島に流れて来た年の音と、間違いなく同じであった。

険しい顔で、文治は弟に合図を送る。この音が聞こえた時は、その後の式次第は全て白紙となる。急ぎ、浜へ帰って氏子総代たちに報告し、大潮に備えねばならない。

2. いつき神

しゅん、と釣り竿が黄昏の空を斬る。

遠く仕掛けが着水して、穏やかな波間に同心円の輪を広げた。その中心では、ほのかに光るオレンジ色の浮きが揺れている。

きりきりとリールを巻いて釣り糸を張り、怜路はひとつ大きく息を吸い込んだ。口に銜えた煙草の灯が大きく光り、肺が煙で満たされる。小さなマリンパークの中にある海釣り用の桟橋に、怜路ら以外の人影はない。目を射るような夕日がようやく水平線の向こうへ隠れれば、辺りは急速に暗くなり始める。

「もう結構釣れたよ、怜路」

隣で己の釣り鉤《ばり》から獲物——三十五センチ弱のアジを外していた下宿人が、クーラーボックスを覗き込んで言った。

秋の彼岸を過ぎて最初の大潮となる土曜日、怜路は家賃滞納下宿人を連れて、竹原市の離島にある釣り場に来ていた。巴市からはフェリーも使って三時間仕事の場所だが、先日、店にアジをくれた常連から、ここが穴場でよく釣れると教えて貰ったのだ。

聞いたところによると、本来このマリンパークは既に閉鎖されている——管理していた第三セクターが破産しているらしいのだが、時期によっては開放され、海水浴や釣りができるらしい。

「まだまだァ！　餌は山ほど残ってんぜ」

前評判通りの入れ食いに、ご機嫌で怜路は大きく竿を引く。「さびく」といって、釣り鉤の下に重りとしてつけた小さなカゴから、そこに詰めた餌を出すための動作だ。海中ではカゴの大きな上下動によって餌のアミ——エビに似た小さな甲殻類が辺りにばら撒《ま》かれて、それにアジが群がっているはずだ。そのうち、間抜けで不幸な一匹が、アミと間違えて鉤に食いつく。

「けど、これ以上釣って帰っても食べきれないと思うよ。お彼岸に無駄な殺生するなよ、生《なま》臭《ぐさ》坊主」

「っせェ、まだまだァ！　刺身で食って、なめろうにして、唐揚げ！　南蛮《なんばん》漬《づ》け！　一夜干し!!　貴重なタンパク源だぜ、キリキリ釣れや貧乏人！　それに彼岸と釣りは関係無ェ、それを言うなら盆だ！　あと、俺の育ての親は天狗だし、戒律《かいりつ》もあんま関係無ェ」

「そういう問題か。ていうか、なんでそんなテンション高いんだよ、もう……」

と、自身は神道系出身の下宿人が呆れる。怜路の養父は「自称・天狗」だった。と言って、嘴《くちばし》や翼が生えていたわけでも、鼻が異常に長かったわけでもない。見かけはただの派手な格好をした胡散臭い中年だった。

養父は、彼の「仲間」を名乗る連中と共に、怜路に一般常識や生活の知恵から呪術、野外サバイバル術まで全て叩き込んだが、怜路がようやく一人で仕事をこなせるようになった頃合いに、ふらりと出たまま帰って来なくなった。それまでも度々、幼い怜路を知人に預けて長期間の留守をする男であったが、その間養父が何をしていたのか、結局「自称・天狗」とは何だったのか、怜路は全く知らずにいる。

（まっとうじゃ無ェ修験道の行者……っつーくらいのコトしか知らねえが）

怜路が預けられた知人は、堅い職業の人物から、サッパリ何で食っているのやら分からぬ人物まで様々であったが、今思い返せばみな良識のある大人だった。釣りも、養父や彼等から手ほどきを受けたのだ。

「食料ハンティングよりテンション上がるイベントなんてあるか。しかも！　入れ食いだぞ!!　今釣らねえでいつ釣ンだ!!」

朝、明るくなる頃と夕方の日が沈んだ今時分が、釣りには一番のねらい目だ。時間は無駄にできない。飲料と人間用の餌を入れた二つ目のクーラーボックスにどっかりと座り、怜路は薄闇に灯る浮きの灯りに目を凝らす。今宵は新月、魚の目が見えなくなる暗さまではあっという間だろう。

「うわあ、狩猟採集民族」

「サバイバル能力が高いと言え」

「はいはい」

「ったく。——あーあ、潮流れてンなァ」

短くなった煙草を灰皿に押し込み、怜路はぼやいた。浮きはどんどん流されて行く。これだけ潮が速いと餌もすぐに流されてしまうだろう。

「大潮だもんね。新月だから月はないけど、よく晴れてるから星が綺麗かな」

怜路に引っ張られてやって来た貧乏下宿人は、魚を食べるのには熱心なくせに、釣りにはあまり熱心でない。ジュースを飲んだり弁当を食べたり、こうして星を待って空を見上げたりと暢気にしている。自他ともに認めるインドア文系だが、しみじみと狩猟採集サバイバルには向かなさそうな男だ。

「ばっか、ぼけぼけしてねーでお前も釣れっての。星なんざウチでも見れるだろうが」

もう一度さびいて、どうやら今回は外れかと怜路はリールを巻く。仕掛けを引き上げ、カゴに餌を詰め直すのだ。

「はいはい。真っ暗になるし、早めに餌も使い切らないとね。もうフェリーがないから、どうせ車中泊だけど……」

せめて島に民宿でもあれば良かったのにと、いかにもアウトドアに慣れていなさそうな、お育ちのよい貧乏公務員がのたまう。その背中で、一括りにされた長い黒髪が揺れた。相応の仕掛けさえ用意すれば魚は夜も釣れるだろうが、一晩中粘る気は毛頭ないらしい。

風は凪いでいる。そろそろ九月も後半とあって、昼間はまだ真夏日もあるが、夕方は多少ひんやりし始めた。油断して羽織るものを持ってこなかったらしい美郷が、薄い体を丸めてひとつ身震いする。

「車に上っ張り積んであるから取ってこいよ。風邪引くぜ」

言って怜路は、ズボンのポケットから車の鍵を取り出す。

「でも怜路は？」

さむさむ、と両腕をさすりながら美郷が遠慮した。

「俺ァこいつがウィンドブレーカー代わりになっからへーキ」

そう言って怜路は、目映いオレンジ色のベスト型ライフジャケットを美郷に見せつける。

おー、さすがー、と気の抜けた声で感嘆して、美郷が怜路の差し出した車の鍵を受けとった。

「あれだよね、怜路、泳げないし水嫌いなのに釣り好きだし、安全対策万全にしてくる辺りなんかさすがだよね」

「たりめーだ。自然を良く知る者は自然をナメねーの」

怜路は昔、水難事故に遭って両親と姉を亡くし、自分も溺《おぼ》れて幼い頃の記憶を失っている。事故の記憶はなくとも水への恐怖感だけは身体が覚えており、おかげで水に顔を浸けるのも好きではないが、それと釣りは別だ。

はいはいすいませーん、と、油断した格好のインドア派が逃げた。怜路は餌を詰めなおした仕掛けを、再び沖へ一投する。午後十時過ぎの満潮に向けて、急速に水面は上がっている。瀬戸内の島々の狭い間を抜ける潮流は速い。黄昏の残照をわずかに映す波は、まるで大河のようにゆるゆる流れていた。

「さて、まああと三十分が勝負だな！」

軽やかな音をたててリールが回る。弛んでいた釣り糸を張って大きくさびけば、一度水面に消えた浮きが一拍置いて浮かび上がってくる。それが、再び痙攣《けいれん》するように海中へ消えた。

「来た来た！」

よっしゃ、と気合いを入れて、怜路は両足を踏ん張る。竿が重い。ただの魚とは思えぬ抵抗に最初気持ちが沸き立ち、次いであまりの重さに、これは地球を釣ったかと落胆する。しかし鉤先の何かは確かに左右に動いて暴れ回り、怜路を海へと引っ張っている。やはり大物か、と怜路は美郷の気配を探した。あまりに大物ならば細い釣り糸一本では引き上げられない。足元まで手繰り寄せてからタモ網で掬《すく》い上げてもらう必要がある。

「美郷ォ！　タモ網くれー！」

大きく呼ばわれば、美郷が遠く返事をした。どたどたと桟橋を走る音が響いて、怜路はちらりと後ろを振り返る。怜路の派手なスタジャンを引っ掛けた美郷が走り寄って来るのが見えた。その時だった。

「うわっ!?」

ぐん、と恐ろしい力で竿を引っ張られた。

「怜路!?」

一瞬、判断を誤って竿を捨て損ねる。体勢が崩れた。立て直そうと前に出したスニーカーの足が空を踏み、体が、海へ向かって傾ぐ。

「怜路!!」

美郷が悲鳴のように怜路の名を呼ばわる。咄嗟に釣竿を放って受け身を取ろうとした両腕が、海中に沈んだ。ざぶん、とそのまま頭から海へ落ちる。耳と目を塞いだ磯臭い塩水が、口や鼻腔にもなだれ込んだ。

一瞬、頭が真っ白になる。反射的に藻掻《もが》いた四肢に、重たく海水が絡み付く。言葉にもならない恐怖だけが、怜路の意識を埋め尽くした。

その時だ。

(——怜ちゃん!)

ライフジャケットの力で波間に顔が出た一瞬、女の声が聞こえた気がした。女の。——少女の。

それは耳からでなく、頭の中でフラッシュバックした声だった。

いまだ呆然とする怜路の目の前を、小山のような漆黒の波が覆う。

(……姉ちゃん)

少女の声。それは、遠い過去に忘れたはずの、姉の声だ。

思い出した瞬間に理解した。あれは今と同様水に呑まれながら、最後に聞いた姉の声だ。

(——怜ちゃん、大丈夫よ。姉ちゃんが守ったげるけぇ)

立ち上がった波に、頭から喰われる。

まるで川の濁流に飲まれるように、怜路の体は瀬戸の潮に流されていった。

美郷が迷うよりも前に、胸元から飛び出した白蛇が、美郷の代わりに海へ滑り込んだ。

——怜路、捜す。

「白太さん！　任せた……！」

みるみる大蛇になった白蛇が、黒々とした海を泳いでゆく。美郷の白蛇は、何故だか分からないが水妖に近く、水や湿り気と陰気を得意としている。怜路の捜索は、秋の海に飛び込んだとして溺れる心配も風邪をひく心配もない己の半身に任せ、美郷はスマートフォンを取り出した。怜路を飲み込んだ波に揺らされ、足元の桟橋が上下動する。それによろけ、美郷は両足を踏ん張った。

「ええと、どこに通報すればいいんだっけ……警察？　消防？　海上保安庁だっけ？」

焦りに震える手で通報先をネット検索し、電話をかける。問われるままに状況を説明し、救助の到着を待った。あっという間に辺りが暗くなるなか、一人残された美郷は怜路が流された沖を睨む。

（——あれは、何かが引っ張ったんだ）

はっきりと見えたわけではない。だが、明らかに怜路は釣竿ごと海に引っ張り込まれ、そして何か、海の妖魔に飲まれた。潮の流れは速くとも、風も波も穏やかだった夕凪に突然大波が現れたのだ。薄闇の中に立ち上がったそれはまるで坊主頭のようで、大きな一対の目がぼんやりと光って見えた。

「怜路が全然妖気を感じなかった相手か……厄介だな」

彼とてプロの呪術者だ。相手も怜路を狙い、妖気を隠して近付いてきたのだろう。とすれば、狩野の裏山にいるような無邪気なもののけではない。

「にしても、どれくらいで救助が来るんだろう……」

海上保安部の基地から船を出しても距離があるため、まずは、最寄りの海難救助ボランティアが駆け付けてくれると聞いたが、どの程度時間がかかるのか。救助を呼ぶのも初めての経験で、当然ながら一分一秒でも早く来て欲しい状況だ。気持ちばかりが焦って、いやに時間がかかっている気がしてくる。

――だが、迂闊に自分が動くわけにもいくまい。

そう一人耐えていた美郷だったが、夕日の残照が消えて辺りが新月闇に包まれても、救助が来る気配はない。いつの間にか風も出て、空では雲が遠い街の明かりを鈍く反射している。そういえば明日からは荒れる予報であったか。

流石に焦《じ》れて、もう一度救助を呼ぼうと美郷がスマートフォンを握り直した時、怜路を追っていた白蛇の思念が割り込んできた。

――怜路、いない。匂いしない。白太さん、進めない。

「進めない……？」

目を閉じて、白蛇の感覚を共有しようと意識を集中する。なにか激しい潮流に阻まれて、行きたい方向へ進めないようだ。

「怜路は向こうに流されたのか？」

――そう。怜路、あっち。白太さん、行けない。怜路、いない……。

怜路の気配が途切れてしまったと、嘆く思念が伝わってくる。流されて、途切れて、掻き消えてしまった。焦りと恐怖が増す。妖魔が関わっているなら、白蛇はその結界に阻まれているのかもしれない。そして、一向に救助が来る気配もない。

（嫌な、嫌な予感がする……）

握っていたスマートフォンをポケットに仕舞うと、美郷は最低限の荷物だけ積み込んだ車を発進させる。白蛇の気配がする方角へ、美郷はハンドルを切った。


八重香の家の隣、細い私道を挟んですぐの場所に、小さな平屋が建っていた。元は八重香の大叔母――すなわち先代の「斎木神の巫女」のために建てられたという、築四十年程度の家には、現在、八重香の叔父である神木利彦が一人暮らししている。

日が暮れてのち、家族の目を盗んで薄手のパーカを羽織りサンダルを突っ掛けた八重香は、勝手口から出て利彦の家に飛び込んだ。

『今晩は、お前も絶対に家を出《で》なよ』

父親は厳しい顔で八重香に外出禁止を命じ、日没から夜通し行われるという神迎えの神事に入ってしまった。神事の間は何があっても神社を出ず、外との連絡を断つのだという。

八重香だけではない。現在、神来島の住民は全て神来白鬚神社の氏子で、その全員に神社より外出を控えるよう依頼が出ている。――もちろん、法的な拘束力などないが、それは、今のこの国の憲法が出来るより数百年と前から続く「決まり事」なのだ。数十年に一度の特殊神事として、厳かに守られ続けてきたという。

しかし八重香は、それに従う気など毛頭ない。なぜなら、八重香は知っているからだ。今夜は、八重香の大好きな姉が、理由不明の「代替わり」をさせられてしまう危機なのだと。

八重香はそれを、何としてでも阻止したい。だが、斎木神の巫女とはいえ高校生の八重香は、宮司と宮役員たちの神事には参加させてもらえない。そして参加したところで、斎木神の交代劇に立ち会えるわけではなかった。斎木神の交代は、神来白鬚神社の祭神が行うのだ。人間が誰も外に出ていない、新月闇の海の上で。

「じゃけえ、叔父さん！　船出してや……！」

頼み込む八重香に、狭い玄関で彼女を出迎えた利彦は難しい顔で沈黙した。船というのは、利彦の所有する小型の漁船だ。

「お願い!!」

靴を三足も置けば一杯になりそうな、小さな土間に八重香は立ち尽くす。古い家特有の、段差の大きな上がり框《がまち》の向こうで、小柄な男性がううん、と唸った。

「今晩は止めとこうや、八重香ちゃん」

父親よりも三つ下の叔父は、早逝した大叔母の家をもらって気ままに暮らしている。五十手前で独り身、仕事は兄の文治と共同で行う漁や農業の他に、島の郵便配達もしていた。八重香の父親、文治が厳《いか》つい印象でいかにも「海の男」という雰囲気なのに比べれば、物腰も穏やかで、話の通じる相手である。八重香が利彦を当て込んだのは、父親の文治にはにべもなく却下される事柄でも、利彦であれば融通を利かせてくれるからだ。

例えば平日の放課後、どうしても斎木島に行きたいが潮が合わず歩いて渡れない時。本来であれば八重香以外の人間が禁足地に立ち入ることは禁じられているが、利彦は頼み込めばこっそり船を出して島に渡してくれていたのだ。

（じゃけぇ、今回もと思ったのに……！）

「今晩は何があっても、神事に籠もっとる兄貴は船を出せん。他に大きな船を持っとる人はほとんど居らんし、今夜はみんな海に出るのを渋るじゃろう。万が一があっちゃあ、コトよ」

もしも神来島近辺で海難事故が起きた場合、本土にある救難所から文治のところへ救助要請が入るという。遠くから海上保安部などの救助船が駆けつけるよりも、地元の漁業者が救助に出る方が素早く、的確に動けるからだそうだ。だが今夜は文治が神事の最中で連絡を取れない。他の者もみな出渋るのなら、今夜、神来島の海岸で遭難しても、救助はなかなか来ないのだろう。

「でもこの距離じゃし、何も起きんよ。海も凪いどるし」

「いうても、もう暗いのに……灯りもロクに無い島に行くだけで危ないじゃろ。行ってどうするん？」

利彦の問いに、八重香は「それは……」と口籠もった。即答できない。何をすればよいのかは分からないからだ。ただ、何もせず家でじっとしていられないだけだった。

「と、とにかく……ちーちゃんの所に行く。行って、ちーちゃんを守る」

利彦から視線を外し、暗い白熱灯に照らされて、オレンジ色の陰影を作る上がり框を睨む。守る方法など分からない。神来白鬚神社の祭神――塩土老翁が新しい斎木神を招くと言って、実際にそれを止める方法があるかも分からないのだ。

(新しい斎木神って、つまり新しく漂着してくる水死体ってコトじゃろ……それを、隠してしまうとか……)

水死体。脳裏を巡った単語にぞっとする。結局、「ちーちゃん」もそうであることは、ボンヤリと分かったつもりで居たのだが。

「――八重香ちゃん。あのね、僕は今まで、あんまりその、『ちーちゃん』のことを信じとらんかったんよ」

利彦は、僅かな沈黙ののちポツリと言った。話題の転換に、「え、」と八重香は顔を上げる。利彦は八重香を窺い見るように、少し首を傾げていた。その表情には、申し訳なさと戸惑い、そして僅かな怯えの色が浮かんで見える。

「この家に住んどった叔母さんも、八重香ちゃんも、島の変な風習に縛り付けられて、窮屈な思いをしとるだけなんじゃって思うとった。普通に考えて、神様が水死体を呼ぶじゃことの、その呼ばれた死体が神様になって、『巫女』には見えるじゃことの、あり得んと思うとったんよ。叔母さんは僕を可愛がってくれとったけど、僕くらいの歳には亡くなってしもうて。島も出られん、結婚もしてん無かったし、可哀想じゃったなあって。それで……八重香ちゃんが斎木島に行きたがるんも、家が窮屈なけえ、一人になる場所が欲しいんじゃと思うとった。禁足地も、そんな恐ろしいもんじゃ無《の》うて、単に『そういう決まり』に島でしとるだけじゃと思うとった」

苦味の混じった自嘲と共に、利彦が吐露する。

八重香とて、それには気付いていた。「ちーちゃん」を八重香に引き合わせた亡き祖父と八重香以外に、彼女が視える者はいない。よって、神来白鬚神社の風変わりな祭礼に「実体」と呼ぶべきモノがあると、利彦が信じていないのも無理からぬことだ。

「けどこの間、ほんまに『老翁《オジ》の託宣』を聞いて、考えが変わった。兄貴は、今晩は海が荒れる言いよる。僕は八重香ちゃんの時のことをあんまり覚えとらんけど……このあいだの、託宣の『声』は、本物じゃった。――あれを聞いたら、僕は恐ろしゅうてね。アレが何かを呼びよるんなら、ほんまに今晩海は荒れるんじゃろうと思う。じゃけえ、八重香ちゃんも出ん方がええ」

だが利彦は今回、すっかり認識を改めてしまったらしい。八重香を諭す彼の両眼に宿るのは、父親が宿すのと同種のもの――恐れと畏れの念だ。

を返す。

「わかった。もういい」

八重香は両の拳を握る。悔しさを呑み込んで、言葉を絞り出した。別れの挨拶も忘れて踵を返す。

「気を付けて帰りんさいね」

背中に掛かる言葉に頷きも否定もせず、八重香は開けたままだった玄関の引戸を飛び出した。——利彦が協力してくれないのなら、八重香ひとりで斎木島へ渡るしかない。

利彦の家から出た八重香は家に帰らず、点けないままのハンドライトを片手に禁足地の浜を歩く。ひょう、と湿気を含んだ風が吹き、襟足で括っている、半端な長さの髪を舞い上げた。既に辺りは暗く、神社に灯された明かりで足下が辛うじて見える程度だが、現在の時刻は午後六時も三十分に届かぬくらいだ。本来ならば夕凪の時間帯である。天気予報は明日から曇ると言っていたが、父親の「今夜から海が荒れる」という言葉は本当なのだろう。

(でも——ウチがちーちゃんにお願いすれば、島に渡る間くらいはどうにかなるはず)

巫女の役割は、島民の願い事を斎木神へ届けることだ。斎木神の姿はその巫女と、斎木神を迎えた宮司にしか見えない。言葉を交わすことが許されるのも巫女だけだった。そして巫女は斎木神の元へ通ってその心を慰めると同時に、島民を代表して斎木神へ願い事をする。斎木神は巫女の願いを聞いて、嵐や波を鎮めたり魚を呼んだりすると言われていた。

八重香は好んで足繁く斎木島に通い、毎日のように直接斎木神と会話をしているが、本来ならば「願い事」は禁足地の浜から、島へ向けて祈るだけでよいという。そして実際、これまで八重香も何度か遠隔で「願い事」をして聞き届けられていた。——八重香の場合その全てが今回同様、単に「ちーちゃんに会いに行きたいから波を鎮めてくれ」という内容であったが。

目的地へ一直線に行きかけて、八重香は念のため周囲の気配を探りに足を止めた。利彦ですらああ言っていたのだ、日が暮れて後、外出している者も、ましてや禁足地の浜近くをうろつく者も居ないだろう。しかし浜に隣接する神来白鬚神社の拝殿には父親の他、氏子の代表たちが集まっているはずだった。その誰かが、用足しや喫煙にでも出て来ていたら面倒である。

（だいぶ潮が満ちよる……干潮が四時半頃だったけ、もう道は沈んどるけど。まだボートの所までなら行けるはず……！）

八重香が目指す先は禁足地の浜の奥、浜を囲む磯に隠したゴムボートだ。免許や船検の要らない小馬力のモーターを積んだそれは、普段は斎木島側に置いてある。八重香が斎木神のもとで時間を忘れ、うっかり満ち潮で帰れなくなった時のためのものだった。しかし今日は、利彦の協力が得られない場合も想定してこっそり持ち帰っている。

——神社の拝殿周囲に、動く人影は見当たらない。それを注意深く確認した八重香は、ハンドライトを点灯した。ボートは神社から見えぬよう岩陰に隠してある。急がなければ、ボートの係留場所までの足場が満ち潮に沈んでしまうのだ。

サンダルの足で砂を蹴り、八重香は小走りに岩場へ向かう。その視界の端、八重香が目指す先とは反対側となる砂浜の端で、何かがキラリと光った。八重香は驚いて足を止める。

（何、誰か居《お》るん——？）

この浜に入るには、神社の境内を横切らねばならない。半月型をした小さな砂浜は、両脇を峻険な岩場に挟まれ、境内を通らず侵入するのは相当に困難かつ危険だった。しかも、島民であれば普段から入ろうとはせず、今夜に至っては外出すら控えている状況の中だ。今、この浜に誰か居るとすれば、神社の拝殿に集まっている関係者の一人か、でなくば——島外から訪れた者であろう。

相手が神社関係者ならば、隠れる必要がある。そう身構えながら、再びハンドライトを消して八重香は暗闇に目を凝らした。

砂浜の端、岩場近くの波打ち際をふらりふらりと揺れる光は、八重香の持つＬＥＤハンドライトよりもだいぶ小さい。何かを探しているのか、あるいは足場を確認しているのか、忙《せわ》しなく左右に振れている。その物慣れない雰囲気は、部外者の可能性が濃厚に思えた。

（だいたい、あんな波打ち際に用事のある人なんて、神社の中にも居らんじゃろうし……誰かまた、勝手に侵入しとるんかもしれん。だとしたら、よりによって今日——）

これまでも、興味本位で浜に侵入する部外者はいくつもあった。先月、夏の盛りにやって来たのは県内大学の「オカルト研究会」を名乗る騒々しい若者たちで、無遠慮に神社や浜に上がり込んで動画撮影したため、警察まで出てくる騒ぎとなったのは記憶に新しい。今回も同様の輩であろうか、と、八重香は考える。

不意に、小さな白い光が激しく動いた。動きの忙しなさから見て、何かに足を取られたのだろう。

（もう、どんどん潮が満ちよんのに、あんな所歩いて……！　もし何かあったら）

砂浜の上とはいえ、闇夜の中である。しかも今夜は大潮で、潮位の変動も大きく潮の流れも速い。そして今夜、もしあの人影に何かあっても、島の人間は助けに出てこない。

（そうなったら、『次』の斎木神は……アイツかもしれん──!!）

八重香はライトを点灯し、侵入者と思しき人影の方へ走り出す。相手の持つ、小さな頼りない灯りはどうやらスマートフォンの懐中電灯機能だ。近づき、相手の輪郭を視認した八重香は、その頭に狙いを定めてハンドライトをスポット照射した。

「ちょっと！　アンタうちの浜で何しよん!?」

怒鳴りつけた先。眩しそうに腕で顔を庇い、立ち竦んでいたのは、大ぶりなワッペンがやたらと派手なスタジャンを羽織り、長い髪をひとつに括った、ひょろりと頼りない風体の若い男だった。


足下を浚《さら》っていく、突然の濁流の中。

怜路を下流へ庇うよう抱き込んでくれた、姉の胸元の服地が、頬に擦《こす》れる感覚を鮮明に思い出した。

——怜ちゃん、大丈夫よ。姉ちゃんが守ったげるけぇ。

歳の離れた姉は、いつも怜路を守ってくれる存在だった。どんな時でも身を寄せれば、そっと陰に匿ってくれる緑樹のような、優しい存在だった。

——姉ちゃん!!

恐怖のまま、縋り付くように掴んだネルシャツ。鼓膜を叩く、彼女の早鐘。

——怜ちゃん！　諦めんさんな!!　怜ちゃん！

最後の最後まで、約束通り怜路を守ってくれた姉の力強い声が、怜路の意識を水底から引っ張り上げた。

はっ、と目を覚ました怜路は、芯まで冷え切った体に身震いした。自分では身震いした気になったが、身体はピクリと動いたかどうかだろう。冷えて感覚の鈍った手足は己の体というよりも、ぶら下がっている荷物のようだ。

ぷかりぷかりと、怜路の体は海に浮いていた。といって、海原の只中を漂っているのではなく、どこか岩場の隙間に引っ掛かっているらしい。どれくらいの間か分からないが気絶していたのだ。

（……っはは、ベスト型の固形式ジャケットにしといた甲斐があったな）

コンパクトで軽い、腰や首に巻く膨張式——小型ボンベの付いた浮き輪型のライフジャケットも売られているが、こちらは落水してから膨張までのタイムラグが恐ろしくて止めておいた。穏やかな瀬戸内の、ファミリー向け釣り場で活躍の機会があるとは思えぬような、磯釣り用の固形浮力体入りベストを着込んで来たのだが、これが大正解である。岩場にびっしりとついた牡蠣《かき》の殻が、ベストの脇を削るのを感じながら怜路はそう思った。膨張式であればあっという間に穴が空いて、用を成さなくなっていただろう。

全身のそこかしこが訴える、大小様々な痛み痒《かゆ》みをこらえて怜路は身を捩《よじ》る。冷えて萎えた腕には、ずっぷりと海水を吸ったパーカが恐ろしく重い。ふらふらと定まらない動きで闇を探り、どうにか手近な岩を掴む。波によるほんの数センチの上下動で、全く思うように体勢が定まらない。散々、岩やそこに付着する牡蠣で手や頬に擦り傷をこしらえながら、怜路はなんとか陸に這いあがった。最初に陸上進出した両生類はこんな気分だっただろうかと、くだらないことを考える。とにかく、己の体が重い。１Ｇの重力が耐え難い。

「まさしく、命拾い……ってか」

海から切立つ崖に、引っ掛かるように背を預けて息を吐いた。いつの間にか強く吹いている風が、濡れた怜路の体から急速に体温を奪っていく。

どれくらい流されたのか分からないが、遠く対岸には民家と思しき灯りの他、道路照明らしき等間隔の灯りが、木陰を縫うように連なっている。怜路の頭上では、崖に覆いかぶさるように繁る鬱蒼とした森が、仄《ほの》かに光る曇天を真っ黒く切り取っていた。最悪、釣り場から無数に見えていた小さな無人島のひとつかもしれない。

体を冷やす風は辛いが、雲が出てくれて助かった。低く垂れこめた雲が、本土や大きな島にある市街地、工場の光を反射して、どうにかギリギリ、闇に慣れた目ならば足元が見える。そういえばサングラスは波を被った衝撃で外れたらしい。サングラスは、もののけの類をうつし世のモノと等しく映す天狗眼を封じるためのもので、加工代も含めれば安くはないのだが、命あっての物種か。

「そうだ、ケータイ」

ぐっしょりと濡れたジーンズのポケットを探る。重く水を吸った生地が張り付いて動きづらいが、なんとかポケットに手を捻《ね》じ込むと無事、手のひら大の四角い板が出て来た。水没も平気なアウトドアモデルのスマートフォンなので、電池さえあればきっちり動作する。

「ッしゃ、これで助か……るほど、甘くねーかァ」

ふう、と怜路は落胆の溜め息をついた。スマートフォンは無事だが、電波表示が圏外だ。対岸からはそれほど離れても見えない。故障か、或いは。

「まあ、明らかに引っ張られたんだからな……ここは懐の中ってトコか」

何か、妖異の力が通信を妨害しているのだろう。

しかし、と思う。なぜ自分なのかが分からない。水妖を抱える美郷よりは襲い易かっただろうが、これでもプロ呪術者の端くれだ。――まあ、まんまと攫《さら》われてしまったのだが。

（俺がカナヅチなのも分かってたと？　それか、今晩どうしても手近な人間で良いから拐う理由があったか……）

そういえば、あれだけよく釣れたのに、周囲に他の釣り客は居なかった。欲に負けて下手を打った――釣りに来たつもりで、何かに「釣られた」のかもしれない。

「うーん、やっちまったか。修行たんねーな」

だが、あまりボンヤリと反省会もしていられない。ずぶ濡れの体は冷える。この状態で一晩越すのは無理だろう。更にはまだ満潮には達していないらしく、水から逃れたはずの足元が、いつの間にかくるぶしまで波に洗われていた。早めにどこか、乾いて平坦な場所を見つけなければならない。

「ったく、取り敢《あ》えず闇夜クライミングかよ」

スマートフォンにはライト機能もあるが、両手は岩登りで塞がるし、頭に固定できるようなツールは流石に持っていない。ライトの照度が高いぶん、的外れな場所を照らせば目が眩《くら》んで見たい部分が見えないだろう。サングラスがなければ怜路はかなり夜目も利く。電池節約も兼ねて、怜路は灯りなしで岩を登り始めた。


「ここはウチの私有地よ。警察呼ぶけえね！」

威嚇する八重香を見返す男は、先月の大学生たちと同年代に見える。少し気弱そうで、ひょろりとした体格が、いかにも文系サークルで遊びに来た大学生といった風情だった。

「すみません！　友人を捜してて……こっちの方向にいる筈なんです」

青ざめた顔で言い訳する様子は、本気のようにも誤魔化しのようにも見える。何にせよ、よりによって今晩、勝手に神木の私有地をウロついている者がもうひとり居るらしい。厄介な話だ。込み上げる苛立ちを、八重香は相手にぶつける。

「こっから先は神社の禁足地なのに、また勝手に入り込んだん!? ちょっと前にもオカ研とかってサークルが調査じゃいうて勝手に入って来て、警察に叱ってもらったのに。ホンマに懲りんよねあんたら」

こんな輩に構っている場合ではない気がする。だが、放っておけば事態を悪い方へ転がす要素にも思えて腹立たしい。

「い、いえ違うんです！　おれはオカ研とかじゃなくて！　友達と釣りに来てたんですけど、その友達が流されて……」

軽薄な恰好の若者は、おたおたと弁明を始めた。その態度に、こちらを女子供とナメてかかる雰囲気はない。そう判断して、一応相手の言い分を聞く体勢になった八重香の耳に飛び込んで来たのは、随分と不穏な内容だった。

ハンドライトの絞りを緩め、相手の全身を照らす。若者は、ズボンの裾が膝下辺りまで濡れていた。歩いている場所から考えて、海岸を伝ってこの浜まで入り込んだのだろう。もう足下が見えぬ暗さの中、一年で最も潮位の高い大潮の満潮時刻に向けて、どんどん水位が上がってきている。かじりついて渡る足場がよくあったものだ。

青年は言いつのる。

「本当なんです。友人が突然大波に攫われて、通報もしたけどどれだけ待っても救助が来ない。君がここの神社の子なら、誰か大人の人に助けを求めてもらえませんか」

青年の語る内容が真実として、一体なぜこの浜に無茶な侵入をしたのかまでは分からない。だが、その頼みは至極まっとうなものだ。様々な要素に混乱する頭を、八重香は必死に整理する。

（ほんまに今日、人が波に攫われとったなんて……それも、突然大波？　今日全然波なんて高《たこ》うなかったのに――もう通報もしとるのに、誰も救助に来ん……のは、当たり前か、お父さんらが止めとるんじゃけ――）

そこまで思い至り、ぞっとした。

本当に、今この瞬間。自分の家族が、人間を見殺しにしているかもしれないのだ。それも、「新しい島の神にする」などという馬鹿げた理由で。

（馬鹿げては、ないかも知れんけど。ちーちゃんだって、ホンマに色々できるんじゃし……でも、でも……！）

それは人の命を摘み取ってまで得ねばならぬような、大それた恩恵ではない。

「助けを求めても、誰も出て来ん。今夜は出さんって、決めとるけぇ」

目の前で友人を波に攫われた様子の青年にとっては、この上なく酷い話だろう。想像を巡らせながらの言葉は、低く、重く、絞り出すように響いた。「え、」と青年が動きを止める。何を言われたか理解しかねている表情だった。

恐怖とも、後ろ暗さとも、焦りともつかぬ感覚が、下から這い上がって鳩尾を蝕《むしば》む心地がする。ライトを持っていない左手で、八重香はそっと鳩尾の上の服地を掴んだ。

「アンタの友達が海に落ちたのがほんまとして、なんで無理矢理ウチの浜に入って来たんかは知らんけど——もしほんまに人が海に落ちて、救助に誰も来んのんなら、この島の人間はアテにせん方がいい。今夜は、特別じゃけ」

特別、と青年が復唱した。

「秋の彼岸の大潮には、島に『神様』が来るんよ。神様は潮に乗って、あそこ——あの、小さい島にやって来る。島の人間はそう信じとる。じゃけえ、今夜は誰も海には出んの。神様が来るのを邪魔したらいけんけ」

浜の正面、数百メートルの場所に、黒く浮かび上がるこんもりとした島影を指差し、八重香は言った。

神来島の『神様』は、海からやって来る。オカルト研究会を名乗る連中は、どこからかそれを聞きつけやって来たらしく「エビス」と連呼して喜んでいた。しかし潮流に乗って流れ着くのは、鯛と釣り竿を抱えた福の神などではない。不幸にして水難に遭った誰かの亡骸だ。

「……つまり、おれの友人に島の『神様』になって貰うために、救助に来ないってこと？」

青年は頼りなげな顔を多少引き締め、冷静に確認してくる。八重香の抽象的な表現だけで、状況を察したようだった。——外部の者からすれば突拍子もないはずの話である。そもそも「漂着物が『神様』になる」という発想そのものが、オカルトか民俗に詳しくなければピンと来ないはずのものだ。

青年の確認に頷き、改めて八重香はじろりと相手を睨んだ。

「そう。……やっぱりあんたオカルト研究会の仲間でしょ。今夜がどんな日か知っとって来たんじゃないん？」

ちがうちがう、と慌てた様子で青年が首を振る。背の半ばまで伸ばしてあるらしい黒髪が、ぶんぶんと揺れた。日が暮れてから出て来た風が、その前髪を舞い上げる。風は徐々に強くなり、先刻より足下に近付いて来た波もその音を高くしていた。

(呼んどるみたい……ほんまに、次の『神様』を見つけたんかもしれん……)

このままでは、ボートの隠し場所に渡るのも難しくなる。内心焦る八重香の前で、何を思ったか青年が居住まいを正した。

「あの、おれは宮澤と言います。オカルト研究会っていうか――大学生じゃなくて、社会人です。巴市役所に勤めてて……こういう話に詳しいのは、その、仕事柄というか――」

「はあ!?　公務員？　――まあ、別に何でもいいけど、友達が流されたのはホンマなん？」

公務員に許される風体ではない。一歩譲って社会人であるとしても、怪しげなウェブライターかユーチューバーくらいがせいぜいだ。そう思ったが、とりあえず八重香は話を進めることにする。相手の素性を根掘り葉掘りしている時間はない。

「ホントです！　今夜が特別なのも知らなかったんだ。あいつは、友人はライフジャケット着てたから、早く捜せば助かるはず。その『神様』が漂着する場所を教えてください！」

必死の懇願は、嘘をついている様子ではない。身分や島に来た理由はともかく、助けを必要としているのは本当のようだった。

しかし、一度大きく頭を下げてから、宮澤は困った顔をして八重香を見つめ直した。八重香はアンクル丈のジーンズに薄手の長袖パーカを羽織り、肩にかかる程度の髪を今は後ろで結わえている。それを上から下までとっくり眺めて、宮澤が少し首を傾げる。

「ところで、あの、君はどうしてここに……？　おれが言うのも変だけど、君はひとりで出歩いてて大丈夫なの？　随分事情に詳しいみたいだけど――」

今更の問いである。だが、心底気にしてくれている様子の宮澤という青年に、八重香はまた少しだけ警戒心を緩めた。

「ウチは……ウチも、あんたと同じ場所に用事がある。じゃけえ案内したげる。代わりに、ウチの背じゃ多分もう渡れん場所があるけ、渡るの手伝って」

「渡る？」

「行く場所はあの島。ボートはアッチに隠してあるけど、多分もう潮が上がって、ウチだけじゃボートの所まで渡れん。岩を登って越えるのに手伝いが要る」

海水面が低ければ平坦な場所を歩いてゆけるのだが、潮が満ちれば沈んでしまう。そうなると、八重香の背よりもいささか高い、足場のない岩壁を越える必要が出てくるのだ。

見たところ、体力や腕力は大してなさそうだが、それでも宮澤は成人男性だ。背丈も八重香よりは十分高い。取引を持ち掛けた八重香に、宮澤がぱちくりと目を瞬く。戸惑うように

「ええ、でも……」と言い淀んだ宮澤に、畳みかけるように八重香は言った。

「島の大人をアテにするのは無理よ。みんな、こないだあった御告げを信じて『神様』を待っとるもん」

八重香はそれを——『神様』の代替わりを阻止したくて家を抜け出してきた。それが外の人間、それも新しく『神様』にされようとしている者の友人と鉢合わせしたのは、きっと何かの巡り合わせだ。八重香はそれに賭けることにした。自分だけよりは、勝算があるはずだ。

(ウチは、ちーちゃんを諦めたりせん……！)

八重香の気迫に圧されたように、宮澤が背筋を伸ばす。

「君は——この神社の子、なんだよね？」

それまでの気弱そうな雰囲気を引っ込めて、表情を引き締めた宮澤が問うた。

「そう。神木八重香。——ちーちゃんの……今の『神様』の、巫女。斎木島には今もう神様が居るのに、ウチのちーちゃんが居るのに……なんで『次』が呼ばれたんか分からん。けど次が呼ばれたら、ちーちゃんはもう用済みになるんかもしれん。ウチはそれを止めたい」

自分から、島外の人間に巫女を名乗るのは生まれて初めてだ。声に出して改めて、それはひどく特殊で、外部に説明し辛い立場なのだと自覚する。しかし宮澤は問い返すことも、怪訝な顔をすることもなく首肯《しゅこう》した。

「宮澤美郷です。——つまり今起きてることは、異常事態？」

「そう！」

宮澤の確認に、八重香は勢い込んで頷く。青年は「そうか……」と真剣な表情で目を伏せた。湿気を含んで強まり続ける風に、その長い黒髪が舞う。その姿は酷く闇夜に馴染み、羽織っているオーバーサイズのスタジャンだけが異質に浮いて見えた。

「わかった。おれも、どうにか友人を助けたい。じゃあ——利害の一致、ってことで。よろしく、八重香さん」

男か女か分からない名前の青年が、にこりと微笑んで頭を下げる。これといって特徴のない、草食系しょうゆ顔に見えていた白い面が、一瞬、整い切った能面のように非現実的に映った。

挨拶を返さない八重香に戸惑ったように、そろりと宮澤が八重香の顔を窺った。それにはっと我に返り、八重香は慌てて頷く。

「あっ、う、うん！　よろしく！　じゃあこっちじゃけ、急いで！」

そのまま大して宮澤の表情も確認せず、八重香はハンドライトを宮澤から逸らして歩き出す。はい、と間抜けな返事と共に、後ろを青年の足音がついて来た。


美郷に道案内を申し出た少女は、「ちーちゃん」を助けたいのだと言った。

ちーちゃんは、神木家が現在祀る『神様』だという。だが、神来島に漂着するモノ——島の習わしで『斎木神』と呼ぶ神は、定期的に代替わりするのだそうだ。おそらく元は「居着き神」なのだろう。

「ちーちゃんは、ウチが生まれた年の秋分の大潮であそこ——斎木島《いつきしま》に流れ着いた、女の子の斎木神なん。ウチはちーちゃんの巫女として、ちっちゃい頃からいっぱい遊んでもらった」

肩を怒らせ、ざくざくと踵《かかと》で砂を抉るように歩きながら八重香が語る。一柱《ひとはしら》の斎木神に、必ず一人の巫女がつくのだと言う。そして本来ならば、巫女の天命が尽きる時、斎木神は巫女を連れて常世に還ってゆく。つまり、巫女が亡くなればその葬儀と共に、斎木神も海に還してしまうのだ。——それが、斎木神が人の亡骸であることが、今の法制度上どう処理されているのかは美郷にも想像がつかない。竹原市にもおそらく特自災害のような組織はあるだろうし、そこが調整しているのかもしれなかった。大小様々な島が複雑に連なる瀬戸内の島《とう》嶼部《しょぶ》は、こういった独特の「濃い」信仰を残す場所が多いと聞く。

「なのにこないだ突然お告げがあって、ウチもちーちゃんもまだ居るのに、次の斎木神が来るって!!　そうなったらもうちーちゃんは用済みじゃけん、海に帰されてしまう」

当代の斎木神を慕っている様子の八重香は、怒りに声を尖らせる。

「お告げっていうのは、一体誰から?」

早足に浜を進む少女に、美郷は背後から大きめの声で問いかけた。強くなった風が声をさらってゆく。目指す先には、浜の端に突き出た岩場があった。その突端は、「ちーちゃん」が居るという斎木島へと向いている。干潮時ならば、浜の中程から島へ渡れる道があるのだそうだ。

八重香はぴたりと立ち止まり、美郷の背後を睨みつけるようにして言った。

「オジ、っていうアッチの本殿に祀られてる神様。ちーちゃんみたいな斎木神はお客さんで、それを迎えてもてなす神がオジなん。全部オジのお告げで決まるんよ。じゃけん、ウチらは全部オジの言いなり」

憎々しげに吐き捨てて、また八重香が前を向く。ひっつめられたスズメの尻尾から零れ出た後れ毛を、激しく風が舞わせていた。その背を己の携帯で照らしながら、美郷は八重香の後を追う。

オジ、という単語を脳内で探しながら、美郷は尋ねた。

「八重香さんの神社、なんて名前でしたっけ？」

「神来白鬚神社じゃけど」

歩を止めないまま、八重香が答える。その声が潮騒と強まる風に掻き消されないよう、美郷は少し大股に歩いて八重香との距離を詰めた。

（そうか……それなら多分、老翁《おじ》だ。塩土老翁《シオツチノオジ》……普通は塩竈《しおがま》神社の祭神だけど、潮《しお》つ霊《ち》、あるいは潮星《しおつつ》で、航海神——猿田彦命《さるたひこのみこと》の性格も持ってる）

白鬚神社は通例、猿田彦命を祀る神社である。猿田彦命は天孫降臨の際に岐《ちまた》——分かれ道の前で出迎え、道案内をした地祇《くにつかみ》として、岐の神とも言われる。とても高い鼻を持つ恐ろしい顔をしていたとされ、高鼻天狗のモデルとも言われていた。

そして、白鬚神社の中には猿田彦命でなく、製塩と海の道案内の神、塩土老翁を祀るものがいくつかあるという。神来島の白鬚神社が『老翁《オジ》』と呼ばれているなら、こちらの系統なのだろう。

御利益を求めて勧請された神社は、その土地の都合や在来の信仰に合わせて独自解釈が加えられ、カスタマイズされる。場合によっては元々その土地に坐していた神の名を、有名どころに変更した形跡も見られる。それらの神社は、他と同じように猿田彦命や塩土老翁が祭神と書かれていても、記紀神話や総本社の由来に出て来る「正統」のそれらとは別物なのだ。八重香が呼ぶ、単に『オジ』という名の方が本質に近いだろう。

「つまり……おれと君の共通の敵は、その『オジ』ってことになるのかな？」

「たぶん」

美郷の確認には、むすりとした一言が返った。

(また神様が相手……か……しかも今回は『核』になる自然霊も人々の信仰もしっかり揃ってそうだ……)

煌々《こうこう》と明かりを灯している拝殿をチラリと見遣り、拙いなあ、と内心美郷は眉間を押さえた。八重香の言う「島の大人たち」がオジのお告げを信じて夜間外出を控えているということは、それだけ彼らの、オジを信仰し畏れる気持ちが強いということだ。

美郷が相手にする人ならざるモノたちには、鬼、もののけ、あやかし、妖魔、怪異、妖怪、幽霊など様々な呼び名がある。同じモノを指して呼び名を変えることもあれば、別種のモノに区別なく同じ呼称を使うこともあり、また、時代によって同じモノの呼び名が変わったりと厳密に定義はできないが、その中で「神」と呼ばれるモノは特殊な存在だった。

なんと言っても「神」なのだから当たり前、と言えばそうなのだが、人々の身近にあって宿す霊威ゆえに信仰され、社《やしろ》や祠を建てて祀られたモノは、「そこに在る場所や物体の持つ力の凝《こご》り」という意味では、他のもののけたちと地続きの存在である。

だが、「神」と呼ばれるモノだけが持つ特徴もある。それは――人間に信仰されている、あるいは畏れられている、ということだ。

「じゃあ、そのオジについて……もう少し詳しく教えてくれないかな。あの神社の主祭神で、正式な名前は塩土老翁、だよね？　御神体とか、神社の由来は何か知ってる？」

重ねて訊ねた美郷を、面倒臭そうに八重香が振り返る。先程の自己紹介を信じて貰えなかったため、美郷は自分が呪術者であると申し出そびれていた。スマートフォンのライトが照らす八重香は「なぜそんなことをお前に？」と言わんばかりの、胡散臭そうで怪訝げな顔だ。

「――そうじゃけど。御神体は、たしか……岩っていうか、大きな石じゃったと思う。由来は、江戸時代に島で製塩を始めた頃に、どっかから分祀？　勧請？　されたんて」

「御神体の石をどこかから？」

「そこまでよう知らんけど……」

石か……と、美郷は口の中だけで呟いた。総本社の神域から自然石を賜《たまわ》る例が、全く無いワケでもなかろうが、一般的な例にてらせば、おそらくその御神体は元より神来島にあった自然石であろう。

特殊自然災害係として美郷らが職務上扱うのは、科学で捉えられない「力」――霊力や呪力と呼ばれるものと、それの凝りである「もののけ」の類いである。それらは主に、二つの要素で成り立っていた。

ひとつ目は、そこに在る「場所」や「物体」そのものが宿した力である。それは科学的に計測されず、人間の体にも、その力を感知するための受容器――目や鼻、耳に該当するような器官はない。だが、「第六感」や「霊感」として感じられる「なにがしかの力」である。これの凝りが、もののけ、あるいは精霊と呼ばれるモノで、美郷の白蛇が狩野の庭で食べている「おやつ」だ。

もうひとつは、特定の「場所」や「物体」に向けられた、人間の認知や感情が蓄積して生じる力だ。昨年の冬、迦倶良山で目の当たりにしたもの――小豆虫の形をとって、人柱《ひとばしら》の少女に纏わり付いていたモノこそそれだった。特定の故人や物体を「祟《たた》るモノ」たらしめたり、特定の場所を「呪われたホラースポット」にしているのも、この力の割合が大きい。また、神社仏閣に特定の強烈な「御利益」を付与するのもこの力である。多くの人間の恐怖心や信仰心、依頼心が、あるいは、「ソレはこう在るべきモノ」という認知が場所や物体に作用し、ソレを形作る。尾道の古狸の場合は、遠い昔に住人たちが抱いていた「狸は化けて人を騙すもの」という認知とそれを恐れる感情が、「化けの皮」となって古狸に特定の力を与え、古狸に特定の振る舞いを強いていたのだ。

そして、人々に篤《あつ》く信仰される神は、二つ目の力によって、他とは比べものにならないほど強固で強力な存在となる。神来白鬚神社の「オジ」は、この島に由来する霊力を宿した御神体を持ち、神社というある種の呪術的装置の中に納められて、氏子たちの崇敬《すうけい》と畏怖を集めている様子だ。山の霊力を宿した「きりの」と、人々の恐怖や信仰を凝らせた「小豆虫」に分離できた迦倶良山よりも、更に厄介な相手であろう。そのレベルになれば、人間の一人や二人で真っ向から刃向かうのは無謀だ。次第に近づいて来る、波が岩に砕ける音が敵意のように感じてひやりとする。

(だけど、今回の『お告げ』はイレギュラーか……)

「じゃあ、そのオジの他に、何か妖魔とか神様とかの伝承はないかな？　突然理由もなく、きちんと祀られてる氏神が今までの決まり事を破るとは思えないんだけど——」

どうにか事態を把握しようと問いを重ねる美郷に、八重香が再び立ち止まる。前方を照らしていたハンドライトが美郷を向き、頭から爪先までじっくりと検分した。

「……アンタ、ほんまに何なん？」

そう心底胡散臭そうに問われて己の出で立ちを思い返せば、背の半ばまである長い髪に、怜路から借りた、派手なワッペンだらけでオーバーサイズのスタジアムジャンパーという、おおよそ堅い職業とは無縁そうな姿であった。信頼を得ようとして、公務員である事実を最初に名乗ってしまったが、まだしも「オカルト雑誌のライター」くらいを名乗っておいた方が姿と肩書きに乖離《かいり》がなかったかもしれない。——などと言えば、本職のライターに失礼であろうか。

（うーん、ここから「陰陽師です」は……無い、な…………）

どう考えても、胡散臭さの上塗りである。

「ウチも実家が神職なんだ。それで、個人的にも色々興味があって勉強してる」

だから、色々と詳しいのだ——という念を込めて、美郷はニコリと笑って首を傾げてみせた。一応、嘘は言っていない。その言を吟味するように盛大に寄った眉が、一拍置いて諦めたように隙間を開けた。

「ふうん……まあいいけど。オジ以外って言ったら——神来山《かみきやま》のオバケ神社とか？」

心当たりを探すように八重香の両眼が左上を睨む。その口から滑り出たのは、島の名を冠する山だ。詳しく、と食いついた美郷に、八重香は日頃あまり意識していない様子の「オバケ神社」のことを、記憶を手繰りながら語ってくれた。

曰く、それはこの島で一番高い山の天辺にあり、大昔には島民によって祭祀されていたが、徐々に廃れて今は誰も拝む者が居ない神社であるという。そこには天狗が棲んでいると言われ、島の子供は小さい頃、親の言うことを聞かなければ天狗が攫いに来る、と脅されて育つのだそうだ。

（島で一番高い山か。多分この島で、元々祀っていた神奈備山《かんなびやま》だ……。何か主張があって、その天狗が動いてる可能性もあるけど——廃れて久しいなら、それこそ今更チョッカイを掛けてくる理由もないのか……？）

「あっ、ソイツが黒幕かも知れんってこと？」

同じ考えに思い至ったらしい八重香が目を丸くする。

「いや、まだ断定はできないですけど！　――けど、イレギュラーな出来事なら、可能性はあるかなって」

そうであった方がマシか否かは、今のところまだ分からない。

「すみません、色々教えてくれてありがとうございます。それで――今から斎木島？　に渡ってどうする予定だったんですか？」

「新しい斎木神が今晩、斎木島に着くのを妨害する。もし新しい斎木神がアンタの友達で、まだ生きとるんなら代替わりはできんはず。斎木神は……島に漂着する亡骸じゃけ」

なるほど、と美郷は頷いた。それならば確かに、八重香と美郷の目的は同じだ。ひとまずは、自分たちが無事に島まで辿り着けるかが問題である。浜に吹きすさぶ風は、どんどん強くなり湿り気を帯びているように感じていた。これも、今回の事態を画策した者が起こしているのかもしれない。

再び歩き始めた八重香のライトが照らす先に、ほどなく黒々と岩場が現れた。たしか、岩場を越えるための足場として美郷が必要だと言っていたか。

「それにしても気になってるんだけど……」

岩場に登り始めた八重香に付き従いながら、美郷は尋ねた。なに、と険を含んだ視線がちらりと振り返る。

「この風の中で、ボートに乗るのって大丈夫、なの……？」

風が吹けば波は立つ。しかも、新月闇の中である。流石に拙いのではないか――と、今更思い至った美郷の言葉に、八重香が眉を撥ね上げた。

「今更何言いよん!?」

その怒声の勢いに、美郷は思わず「スミマセン」と小さくなる。ハッ、と短く息を吐いた八重香が、闇夜の向こうに浮かぶ、夜闇よりもなお黒々とした島影を見遣って言った。

「――大丈夫、ウチはちーちゃんの巫女じゃけぇ。お祈りしたら、ちーちゃんが島まで導いてくれる」


白蛇は困っていた。

――美郷！　美郷!!

白蛇は、必死に「本体」である美郷を呼ぶ。しかし、どれだけ呼んでも応答はなかった。波に攫われた怜路を追って海に飛び込んだはよいが、凄まじい潮流に阻まれて怜路を見失ってしまった。しかも、白蛇自身も全く別方向に流されて、元いた場所へ戻ることができない。

何処とも知れぬ、真っ暗な浜に打ち上げられてしまった白蛇は途方に暮れる。這って美郷の所に帰るにしても、彼我の場所すら分からないのだ。

——美郷！　怜路‼

闇に棲まう妖魔の白蛇にとって、辺りが真っ暗であることは問題でない。白蛇は、様々の漂着物にあふれた砂浜を這って小さな崖を軽々登り、黒々と繁る森に頭を突っ込んだ。海を泳いで帰ることも考えたが、それではまた何かに流されるかもしれない。

しかし、どの方向へ行ったものだろう。

少しでも知った気配を掴もうと、白蛇は頭を持ち上げて舌で匂いを掬い取る。せわしなく舌を出して風に混じる匂いをかき集めていると、見知らぬ気配が不意に頭上に現れた。

——おやつ？

濃い山の匂いだった。よく家の裏山に現れるもののけよりも、ぎゅっと濃い。

「はっはっは、おやつではないぞ。しかし立派な白蛇じゃ、お主、今、怜路を呼んだであろう」

野太く朗らかな声が響く。白蛇におやつをくれる大切な「大家」の名を呼ばれ、白蛇は驚いて上を見上げた。より相手を知ろうと、舌で相手の気配を掻き集める。

——怜路、知ってる？

とても古くて濃密で、白蛇が日頃「おやつ」にしているモノとは少し違った匂いがする。それは、美郷が「お寺」や「神社」と呼ぶ場所に居るモノと少し近い。

「いかにも、いかにも。前々からの浅からぬ縁でな」

言って、ソレは新月夜の空よりなお暗い、木々の枝葉が作る真闇の中から舞い降りる。ソレは、美郷や怜路と同じ人の形をしたもののけだった。怜路よりも一回りほど立派な体躯で、服装も人間と変わらぬもの——白蛇は洋服の詳細な区別や名称など知りもしなかったが、白いTシャツにジーンズという出で立ちであった。

ひとつ大きく違うのは、背に大きな一対の、猛禽《もうきん》の翼を背負っていることだ。そしてもうひとつ、

「怜路を捜しておるのだろう。何故あれを捜している？」

少し籠もった野太い男の声で、もののけは白蛇に尋ねる。白蛇は、その顔をまじまじと見た。

——天狗？

人型をしたこの山の匂いの塊は、確か美郷が「天狗」と呼ぶ、もののけの面を被っていた。

3. 夜嵐

激しい潮流が太古の小山を削り取って出来た瀬戸内の小さな島々は、遠目に見ればこんもりと可愛らしいが上陸は易しくない。結局、山の天辺が海面から顔を出しているようなものなのでその陸地は急峻な斜面が多く、岸は波に抉り取られた岩壁だ。

どうにかこうにか崖の上に乗っかる森の端を掴み、怜路は懸垂《けんすい》の要領で体を持ち上げた。これだけキツいのも久々だ、と歯を食いしばる。だいぶ体が鈍《なま》っていそうだ。

上陸できた、と言っても結局は急斜面である。真っ暗な中で、全く管理された様子もない山に入り込むのも危険に思えた。鬱蒼とした木立が作る真闇は、怜路の目でもよく見えない。せめて、体温を奪っていく衣服を脱いで絞る場所を確保しようと、怜路は海に向かって斜めに幹を張り出した木の根元に跨《また》がる。

「ちっくしょう……こんなサバイバルすんの、久々過ぎて死にそうじゃねーか」

帰ったら、反省して一度修行に出直してこようか。ぶつくさとこぼしながら、上から脱いで衣服の水を絞る。こんな時の対処法も、養父やその仲間から実地で教わって来た。何度も殺されるのかと思った記憶があるが、役に立つものである。

天狗を名乗っていた養父は、幼い怜路を連れて幾度も山籠もりをし、怜路に呪術の他、今時使うアテのなさそうなサバイバル知識を教え込んだ。その手法はまさしく「習うより慣れろ」と言わんばかりの、まずは自然の中に放り込む荒っぽいもので、怜路は現代日本の十代にはおおよそ無縁なはずの過酷な経験を様々にしている。無論、怜路を虐待《ぎゃくたい》するために行われたものではなく――公的機関に見つかれば間違いなく虐待と言われたであろうが――経験と知識の習得が目的であったため、常に養父やその友人を名乗る連中が傍で見守り、助言をくれていた。

下着一枚になってすっかり衣類の海水を絞った怜路は、衣服を周囲の枝や繁みに引っ掛けて、改めて周囲を見回す。足場を探して随分と横移動しながら登って来たため、対岸の明かりは見えなくなっていた。半径の小さな島なのか、あるいは海岸線が入り組んでいるらしく、少し移動すればすぐに元いた足場はカーブの向こう側に消えて行った。

暗い暗い足元は、ごうごう音と白波を立てて潮が流れている。まだ満ちているのだろうか。遠く目をやれば離れた島か本土の明かりが、低く垂れ込めた雲を下から照らしている。

(夜明けを大人しく待つのが最善か……)

まだ、うまくやれば低体温死するような季節や場所ではない。衣服を乾かし、風を木立で凌《しの》いで明るくなるのを待つ方が良いだろう。

「まあそれも、何も仕掛けてこなけりゃだがな」

自嘲気味に怜路は口許を歪ませる。煙草が欲しいが、海水漬けになった煙草は到底喫《す》えそうもない。ライターは乾けば使えるだろう。火が使えればなにかと便利なので、早めに乾くよう服の裾で水分を拭き取る。山の地べたにパンツ一枚は、痛い痒いがあり過ぎてもはや小さなことは気にもならない。アドレナリンが出ているのだろう。

衣服を乾かす間凍えないようにと、動ける範囲で筋トレやストレッチをする。前屈がてら、跨っている木の横に傾いだ幹に張り付いて崖下を覗き込んでいると、岩壁の突き出した小さな岬の向こうに、ちらちらと光を反射する波が見えた。光の見えた場所は、対岸が見えたのとは逆方向である。怜路が首を伸ばして見る限り、その方角の海に陸地の影はない。今夜は月の光もないのだ。見間違いかと目を凝らし、怜路は遠い波を睨む。

「間違い無ェ……なんかあそこに光源があんだ」

ならば、そちらへ向かってみるべきか。普通に考えれば動かない方が良い。沈思していると、不意に足元の崖がざわりと揺らいだ。怜路は目を細めて揺らいだ辺りを注視しながら、乾かしていた衣服を掴む。到底乾いたとは言えないが仕方がない。

(こういう勘は当たる――ってほらなァ!!)

ざわざわざわ。岩壁の輪郭が揺らいだのは、表面を何かが動いたからだ。チッ、と舌打ちして立ち上がる。大急ぎでズボンを穿《は》く足元を、フナムシの大群が波のように駆け抜けた。

「だッから、キショいのは嫌ェだっつってんだろ……！」

相手も歓迎されたいのではないだろうし、言っても仕方がないのだが。

しかし、フナムシはただ一群が通り過ぎただけで、襲っては来なかった。代わりに、ぴょう、と突風が怜路の上体を煽る。服が飛ばされないうちにと残りの上着も抱え込んで、崩れた体勢を立て直す怜路の肩をボツリと大粒の雫《しずく》が叩いた。——雨だ。

「——ッそだろ畜生、今晩降るなんてなァ聞いてねーぜ！」

不安定な足場では立っているのも危うい暴風と、木立も突き破る豪雨が一気に怜路に襲いかかった。突然頭上に台風でも出現したかのような大嵐だ。

——気を付けろよ怜路。フナムシが涌《わ》くと嵐が来るぞ。

そう言って、意地悪く笑ったのは養父であったか、それとも、その友人を名乗る連中の一人だったか。せっかく絞った服も、あっという間にびしょ濡れに逆戻りだ。とにかく少しでも風雨を逃れるため、怜路は逃げ場を探す。思いのほか森の中の足場は悪いうえに、雨で視界が悪くなれば本当に何も見えない。

(クソっ、どこに逃げる!?)

方向を見失うのは避けたい。だが、遮る物なく風雨が吹き付ける場所よりは、せめて森の風下に回り込もうと、岩壁に沿って移動を始めた怜路の目に、ほどなく再び波に揺らめく光が映った。激しい風雨が乱す水面に、間違いなくどこかから光は反射している。

「崖の下だな……洞窟か？」

後々に振り返って、その判断が正常、的確だったかと問われれば怜路にも自信はない。だが、この時怜路は、目の前にあるどうにか命綱無しでも降りられそうな岩壁を、明かりを目指して降りるしかないと確信していた。

闇がうねる。悪意を持った生き物のように、美郷らを飲み込もうと襲いかかってくる。

(――なんていうのが文学的表現でもなんでもなく事実なんだよなあ……!)

情けない悲鳴をすんでのところで飲み込み、美郷はボートにかじりつく。白く砕けた波頭の飛沫《しぶき》が、美郷を頭からずぶ濡れにした。

いかに内海といっても、風の強い、しかも新月闇の中だ。二人乗れば満員のミニボートで海に出るなど正気ではない。――と、美郷が気付いたのは、乗り込む目の前のボートがまるで滝壺の木の葉のように揺れていた時だ。

指示されるままに岩場を登り、途中八重香の背丈が足りない場所は、彼女が登るアシストもした。岩場は激しい起伏が深く陰影を刻むため、ハンドライトで足元を確かめるのは非常に困難である。岩場の凹凸を把握している八重香にひとつひとつ足場を指示されながら、やっとの思いで辿り着いたボートが――ちょっと乗る自信がないレベルで揺れていた。

『絶対大丈夫じゃけぇ。ウチは斎木神の巫女よ。ちーちゃんが守ってくれる』

八重香は迷いのない表情でそう言ったが、あの時点で、八重香を説得して引き返すのが社会人としての義務だったような気がする。風が吹けば海は荒れる。美郷もそれを知らない人間ではなかったはずだ。……等々、もはや嵐の海の木の葉と化してから後悔したところでどうにもならない。せめても一着だけボートに装備されていたベスト型のライフジャケットは、八重香に着せておいた。

「重心は低く！　前に!!」

後ろで舵を握りモーターを操る八重香が怒鳴った。激しい潮流と、暴風の起こした波が衝突して三角波を起こす。波を横から被ればボートは転覆するという。八重香は闇から突然せり上がってくる生き物のような三角波を読み、上手くボートの方向を合わせて乗り切る。なすすべもなくボートにしがみついている美郷は、シェイカーにかかっているような心地だ。

元より絶叫マシン系に興味はないので乗った経験もあまりない。ましてや安全ベルトなしの状態で、五指の動かし方を忘れるまで全力でボートにしがみついてしのぐ経験など初めてだ。これを離せば死ぬという恐怖と、踏ん張っても滑る濡れた足元、でたらめに襲ってくる浮遊感と墜落感が美郷の頭の中を掻き回す。

「——雨？」

絶え間なく波を被っているため気付くのが遅れた。強風はいつの間にか嵐に変わっている。

「八重香さん、引き返すのは」

「無理！　潮の流れに逆らうことになるけん！　もう、斎木島に着く方が早い!!」

断言されると頷くしかない。この海を知る者も、このボートの船長も八重香だ。今の美郷はせいぜい喋る錘《おもり》程度の存在だった。

前も右も左も、自分たちに牙を剥《む》く波以外は漆黒の闇ばかりが無限に広がっている。最初は見えていたどこかの灯台も、激しい雨が霞ませてしまった。これは死ぬかもしれない、と本気で思う。自力で辿り着けそうな場所に、縋り付けるものが何もない。

力尽きれば、死ぬ。そんな恐怖感は蛇蠱とやりあった時以来かもしれない。その妖魔の蛇のなれの果て、白い蛇体が脳裏をよぎる。

(せめて白太さんがいてくれれば……!)

怜路を追って海に飛び込んで、見失ったという嘆きの声を届けて以降音信不通だった。海の中を悠々泳げる大蛇だ。いざという時の命綱も兼ねて、アシストに居ればと思うがどれだけ呼びかけても返答はない。

不意に、視界が明るくなった。

目の前に迫る壁のような高波が、ボートの照明を反射している。

脳が理解した時にはもう、天地の方向は分からなくなっていた。海水の塊が目の前に迫る。八重香が何か叫んだ。

——目に焼き付いた壁のような高波は、確かに一対の仄暗《ほのぐら》く光る目を持っていた。

波に飲まれる。ボートも転覆した。

無理矢理開いた目に映るのは、ぼやけて真っ暗な水中だ。かろうじて、ひっくり返ったボートのライトが海中を照らしている。

(八重香さんはライフジャケットがあるから浮くはずだ)

美郷は泳ぎが得意だ。身体能力で、怜路に勝っている唯一の部分だろう。水中でも比較的冷静でいられる。

（上は……こっちか！）

ボートのライトと思しきかすかな光に、己の口から漏れる気泡の上っていく様が見えた。気泡を追って美郷は水を掻く。どうにか水面に顔を出して、止めていた息を少し吐いた。酸素を吸い込んで周囲を見回す。

ライフジャケットで浮いた八重香は、ひっくり返ったボートに掴まっていた。それをみとめて、美郷は少し安堵する。

「なんで⁉　ちーちゃん、なんでなん⁉　なんでウチを守ってくれんのん‼」

風と、雨と、波の音を引き裂いて、八重香が悲痛に叫ぶ。彼女は斎木神《ちーちゃん》の巫女だ。普段ならば、潮も風も彼女に味方するのだろう。だが今回、海は何者かの意思によって、彼女に牙を剥いていた。

（あの海坊主、怜路を攫ったヤツだ――くそっ、今が異常事態なのは知ってたのに！）

目の前で、再び海面が盛り上がった。普通の波の立ち方ではない。ぬぅっと何かが突き出すように海水が立ち上がる。

うすボンヤリと青白く光る目が、美郷らを見下ろした。

「八重香さん！」

注意を促す。

再び波に飲まれてもみくちゃにされるその寸前――。

白くて太いうねる筒が、美郷の体を引っ掛けて攫った。夜目にそれと分かる真白い胴は、びっちりと大きく硬い鱗で覆われている。

「――白太さん!?」

(にしては、なんか太過ぎない!?)

大人の一抱え以上ある丸太サイズの胴にかじりつき、美郷は心の中で叫んだ。

巨大化していた美郷の白蛇は、真白い蛇体で僅かな光源を反射し、闇夜の海中に鱗を光らせながら自問自答する。

――白太さん、怜路すき? 白太さん、怜路すき!

(白太さん? 何を――)

その、普段よりも数回り大きな胴にしがみついたまま、美郷は内心首を捻る。実際には、海水を裂いてうねる蛇体にかじりつき、顔を海面に出して息継ぎするだけで精一杯だ。頭の天辺からずぶ濡れで、目も耳も海水が入って鈍っている。波に呑まれた折、呼吸器にも海水が流れ込んで来たためか、呼吸そのものが普段よりも苦しい。

――美郷、怜路すき? 白太さん、美郷、おんなじ?

白蛇は美郷にもそう尋ね掛けてきた。本当に、突然どうしたというのだろう。だが、問いの答えなどは今更考えるまでもない。

(そんなの、当たり前じゃないか……)

美郷と白蛇は、「同じもの」だ。

胸の内で答えた瞬間。白蛇の喜ぶ気配と共に、体の芯がじんわり温かく、呼吸は少し楽になった。動転していた気持ちを少し落ち着け、美郷は周囲の様子を探る。

悪意を持った大波は二度で去った様子だ。しかし見渡す周囲はただただ暗く、海上には風雨が吹き荒れ、波は白く頭を立てて美郷を翻弄していた。転覆したボートらしき光が、見る間に海中へ遠ざかっていく。光源を断たれ、八重香がどこにいるのか分からない。

(白太さん！　八重香さんを捜してくれ!!　彼女を助けないと……！)

彼女はボートに掴まっていたはずだ。反射材付のライフジャケットを着ていたが、これだけ暗くてはそれも甲斐がない。掴まっている鱗をぺしぺしと叩き、美郷は白蛇を促す。なぜこんなに大きくなっているのか、一体今までどこにいたのか――全ては八重香を回収して陸に上がってからの話だ。

(白太さんには、陸の方向が分かるよな……!?)

雨と暗闇が視界を遮る中、美郷はそれを既に完全に見失っている。白蛇から「うん！」と力強い返事を貰い、美郷はほっと安心した。しかし、続く言葉に聞き慣れぬ名が現れ、美郷は目を瞬く。

――美郷、八重香、ギョウカイの浜、運ぶ。

(ギョウカイの浜？)

――白太さん怜路すき。ギョウカイ、力貸す。ギョウカイおっきなおやつ。怜路すき！

ギョウカイとやらは、この島のもののけで怜路を気に入っているらしい。それが白蛇に力を貸しているということか。

(っていうか、白太さんを巨大化させられるようなもののけって一体……)

島のもののけに気に入られたと言って、怜路もこの島を訪れるのは今日が初であったはずだ。やって来た怜路を見付けて気に入った、という話ならば、それがオジを騙《かた》って怜路を攫った可能性もないではない。否、オジの予言は数日前には既にあったはずだ。——美郷の脳内を、様々な情報が錯綜《さくそう》する。

(怜路のことを気に入った、この島のもののけ——味方なのか？　それとも、攫った本人か……駄目だ、全然分からない。けど、今は白太さんに陸まで運んでもらうしかないな。——分かった！　とりあえず八重香さんも一緒に島に！　頼んだ!!)

今は、自分たちの——八重香の命を拾うことが第一だ。そう美郷が肚《はら》を括ると同時、白蛇は大きく体をうねらせ、方向転換をした。

——八重香、ここ。ギョウカイの浜、帰る。島行かない。

長い長い胴の、美郷が掴まっているのとは別の場所らしき影が、前方に迫ってくる。新月闇の雨天下、周囲に光源は見えないが、次第に雨は小降りになってきた様子だ。目が慣れれば海面や己の手、白蛇の胴くらいは視認できた。そして、目の前に近付いて来た白蛇の胴には、何かが引っかかって見える。うつ伏せに胴を掬い揚げられた様子の人影は、意識のない八重香だ。

「八重香さん！」

美郷は八重香の様子を確かめるため、場所を移る。落ち着いた呼吸をしているが、体はとても冷たい。その力ない腕を己の肩に回した美郷は、左腕に八重香の胴を抱え込み、右腕と脚で白蛇にしがみついた。そして、現在唯一の命綱とも言える己の分身に指示を出す。

「八重香さんはおれが抱えてる。どこでもいい、できるだけ速く岸まで泳いでくれ!!」

――うん！

蛇体が動く。覚悟したよりはゆっくりと左右に振れながら、蛇の胴体が波を裂く。海水は冷たいが、不思議と先程までのような死に瀕しているような感覚はない。既に美郷もかなり消耗していて不思議はないのに、体の奥底から活力が湧き上がるような心地だった。

(何だろう――火事場のナントカかもしれないけど……それに、これは――潮の流れに乗ってるのか？　どこに向かってるんだ……帰る、ってことは神来島かな)

随分なスピードで移動している気配だ。陸の影など判然としないため、景色の流れる速さを見ることもできないが、そんな感触がする。

何か見えはしないかと前方に目を凝らしていた美郷の視界に、突然、小雨の向こうに烟《けむ》る朱い光が飛び込んで来た。風雨の吹き荒れる中にどうやって焚いたかと不思議に思われる、大きな焚火だった。木々に覆われた岬の奥に、小さな浜があるらしい。焚火の傍には、動く人影がひとつ見えた。ぐんぐんと迫る砂浜には、プラスチックごみや木片など様々な漂着物が打ち上げられているのが、焚火の明かりに照らされて見える。

美郷の足が次第に浅くなっていく海底を捉えるよりも前に、人影がこちらに気付いたようだった。波打ち際に寄ってきた、大柄な男性らしき人影を白蛇が呼ぶ。

――ギョウカイ！

あの男が。その顔を見ようと目を細めた美郷を、少し籠もった、野太い男の声が呼ばわる。

「おおい！　よう頑張った!!　こっちで体を温めろ、足下は気を付けろよ！　ゴミが多いからのう!!」

その親切な様子は、敵とは思えない。

(敵というか……もののけとも思えないな。何者だ？)

焚火を背にした男の顔は逆光で見えづらいが、その体はしっかりと実体を持って、砂浜に焚火の影を落として見える。戸惑う美郷をよそに白蛇は迷いなく男の方を目指し、ほどなく、美郷の足が砂地を捉えた。海面が胸元を下回った辺りで、白蛇の胴を離す。いまだ意識のない八重香の肩を支え、美郷は「ギョウカイ」の出迎える浜へ上陸を果たした。至って特徴のないTシャツにジーンズ姿の男は、膝まで波に浸して八重香のもう一方の肩を支えてくれる。

「ありがとうございま――うわっ!?」

礼を述べながら美郷は、間近で男の顔を見た。その異様さに、思わず悲鳴を上げる。美郷の視界に映ったのは、炎に照らされて朱く光る烏天狗《からすてんぐ》――高々と嘴を持つ、鳥の顔をした山伏の面だ。

「はっはっは、驚かせたのう！　今は名乗るより先に火じゃや、お主は元より陰の気に強いようじゃが、この娘は早う温めてやらねば」

言って烏天狗の面をつけた大男が指し示す先には、漂着物を組んだらしき焚火があかあかと燃え、その周囲は綺麗にゴミを退《ど》けられて乾いた砂が見えている。焚火の傍らには、流木を組んだ物干しのようなものもあった。

幸いにして、雨は上陸までの間に止んでいた。風はまだあるが、この浜は地形上あまり強く吹かない場所なのか、風が頭上の山をどよもす音に反し、焚火の炎は静かに燃え上がっている。

「貴方が、白太さんに力をくださったのですか？」

八重香を焚火の傍に寝かせながら、美郷は烏天狗面の男に訊ねた。その巨大化した白蛇は、どうやら今は縮んで美郷に戻ることができないらしい。八重香が目を覚ました時に驚かせないため、焚火の向こう側に伏せてもらうことにする。

「いかにも」

「──怜路とはお知り合いで？」

「左様。あれの養父とは旧知の仲じゃ。ひとまずは、それで納得してくれると有り難い」

「天狗仲間でいらっしゃる？」

そうだのう、と、八重香を横たえるため砂浜に膝をついていた天狗面はゆっくり頷いた。その顎が、ふとどこか遠くを眺めるように角度を上げる。

「仲間だった、という方が正しいかの。アレはもう存在せんでなあ。──さて、この娘、服を乾かしてやらねば拙いぞ。だいぶ弱っておる」

言われて、美郷は慌てて八重香の脈を取る。確かにその掴んだ手首は冷たく、脈もほとんど触れない状態だ。単に衣服を乾かし、焚火で温める程度では間に合わない。今にも途切れてしまいそうな脈だった。

「まずいな」

呟いて、美郷は重く湿った己の長い髪から、それを束ねるヘアゴムを引き抜いた。緊急時と割り切って、髪の毛を三、四本ほど引き抜く。八重香を寝かせた天狗面は、八重香の足下辺《の》りに退いてその様子を覗《うかが》う。

「ほう、お主随分と面白い術を使うな。流石は鳴神、古い呪《まじな》いを残しておることだ」

言われて、美郷は目を見開いた。抜いた長い濡れ髪を、一筋に纏めていた手が止まる。

「――よく、ご存知ですね」

探るように返した言葉は、随分と低く響いた。それに烏天狗は、おどけたように仰け反る。

「はは、そんな恐ろしげな顔をするな。出自を触られるのは嫌いか、無理もない。要らぬことを言った、許せ」

すっかり美郷の身上を知っている様子の口ぶりに、眉間が険しくなるのを感じながらも、美郷は八重香の真横に正座し、その両手を取った。力の籠もらぬ両の五指を鳩尾の上で組ませ、その両手首を己の髪で繋ぐ。

これから行うのは鎮魂の呪術である。死の眠りへ落ちつつある肉体を奮い起こし、肉体から離れようとする魂をあるべき肉体へ鎮める術だ。そのためには、美郷自身の生命力を八重香に送り込まねばならない。

（おれも、万全とは言い難いけど……）

この術は、施術者の体力をかなり削る。今の美郷が行うのはハイリスクだが、目の前で少女を死なせるわけには行かない。覚悟を決めて、美郷は己が髪の毛で繋いだ八重香の両手首を握った。

「案ずるな。白蛇を介して儂の力を注いでおる。今、お主の霊力が尽きる心配はない」

言って、八重香の足下側に立っていた天狗面が、美郷の背後に歩み寄って肩に触れた。触れられた場所から、じんわりと体の芯を温める力の流れを感じる。

「ありがとうございます」

「お易《やす》いご用だ。――こちらこそ、手間を掛ける」

その謝罪に籠もる真心を感じ、美郷は視線を上げる。背後に立つ烏天狗は、その視界には入らない。美郷の目に映るのは焚火と――焚火の炎が照らす、砂浜の奥。森に埋もれるようにしてぽつんと建った、石造りの鳥居だった。

背中がじっとりと冷たい。朦朧《もうろう》とした中、その冷たさだけが酷く不快に意識に纏わりつく。頬に触れるのは海風で、潮騒が間近に鳴り響いている。頭の隅でボンヤリと、自分が屋外に寝転がっていることを把握したまま、覚醒しきらない八重香の意識は、夢とうつつの狭間を彷徨っていた。

『ねえ、八重香ちゃん。そんなに毎日ウチん所に来んでもエエんよ？　学校に友達とか居らんのん？』

八重香の大好きな「姉」は、たびたび心配そうに八重香に訊いた。そのたびに、八重香は大きく首を振って答えた。

『ウチはちーちゃんと居りたいん！　べつにエエじゃろ、学校の子らとか話しても面白《おもしろ》ないんじゃもん。ウチはちーちゃんの巫女なんじゃろ？　ずっとちーちゃんの祠のお世話しに通って、ちーちゃんとお喋りできれば困らんもん』

しかし姉はその優しげな面差しを曇らせ、必ずこう言うのだ。

『嬉しいけど、ウチはここを離れられん。けど、八重香ちゃんまでずっとここに居る必要はないんよ。一杯勉強して、遠くに進学すれば広い場所から色んな人が集まっとるけん、きっと八重香ちゃんと気の合う相手も見つかるし。八重香ちゃんも、もっと広い世界を知って――八重香ちゃんを分かってくれる人を見付けんさい』

いい、い、い、い、い、い、い、い、い、い、い、い、い
八重香は、いつもその言葉が不満だった。

なぜ、姉では駄目なのだろう。八重香のことを一番分かってくれる、大好きな相手はもう目の前に居るのに、なぜそれを誰も――当の本人も、そして八重香の周囲も認めてはくれないのだろう。

——なんで。なんでなん、ちーちゃん。

姉を守りたいという八重香の願いを、当の姉に拒絶された。八重香が波に呑まれたというのは、詰まるところ、そういう意味だ。

——ちーちゃん、ちーちゃんはイヤだったん？　もしかして、もう斎木島に居りとうなかったん？　……ウチとずっと一緒はイヤだったん？

不意に気付いた可能性はすとんと胸の底まで落ちて、荒れ狂っていた胸中は虚しい凪に満ちた。姉は何度も言っていた。「自分はここを離れられない」と。今までずっと、それは「幸せになるために、八重香は離れるべき」という話だと思っていたが、違ったのかもしれない。本当にここを離れたかったのは、彼女の姉の方だったのだ。

——当たり前じゃ……。ちーちゃんはこの人じゃないもん……突然オジに連れて来られて、洞窟に閉じ込められて。ほんまは帰りたかったかも知れんのに。じゃけえ——。

体が冷たい。心底、寒い。苦しい。一体何がどうなって、今どこに自分がいるのか上手く思い出せず、八重香は小さく呻いた。

うっすらと開けた、まだ覚めきらぬ目にぼんやり映り込むのは、重苦しい闇夜と、視界の端を焦がす朱い炎だ。パチパチと火の爆《は》ぜる音も耳に入る。

「八重香さん？　良かった……無理に動かないでください。溺れたんです、覚えてますか？」

斜め上から、青年の声が降ってくる。覗き込む気配に、咄嗟に八重香は顔を背けた。片腕で目元を覆おうとして、自分の上に布が掛けられているのに気付く。上着のようだ。宮澤が羽織っていたものだろう。

「両手、組んだまましばらく離さないでください。そのまま横になってて。大丈夫です、じきに体が温まって来ますから」

優しく言った宮澤が、上着越しに八重香の手をそっと叩く。その労《いた》わる響きに、不覚にも涙腺が緩んだ。八重香は、体の側面を温める焚火の方へ顔を傾け、揺れる炎を睨みながら静かに涙を零す。

(大丈夫、きっと見えてない……)

言い聞かせ、嗚咽《おえつ》だけは耐えるために歯を食いしばった。生温い涙が、冷え切った頬をこめかみへ流れる。

「大丈夫。危険はないから」

気負い込んでいた緊張の糸が失意に緩んでいたところに、見も知らぬのに巻き込んだ青年の、八重香を責める様子を欠片も感じない優しい声音が追い打ちをかけた。思わずひっくと結局喉が鳴って、寝かしつけるように八重香の手を叩いていた宮澤が、しっかりとその手を握る。

「もうじき動けるようになるよ。——それまでは、頑張らなくてもいいから」

そこまで言われると、もう駄目だった。勝手に喉がしゃくり上げて涙が零れる。

「う、ううっ……うッ……!」

組んだ両手の指を握り合わせて震わせ、八重香は唸るように泣いた。宮澤が慰めるように、再び優しいリズムで八重香の手をぽん、ぽん、と叩く。

（ちーちゃん、ごめん……ごめんなさい……ウチ、ちーちゃんを助けられんかった。それとも、ちーちゃんが、もうここはイヤなん？　ねえ、ちーちゃん……）

誰も彼もが、八重香に島を出ろと言う。八重香と「ちーちゃん」の関係は、時代遅れの風習が強いた「間違ったモノ」で、八重香はそれから解放されて自由になれば、「本当の、普通の、正しい幸せ」を見付けられるのだという風に。

それが八重香には悔しく悲しかった。自分の「好き」や「大切」を間違いだと否定されることが辛かった。そして、周囲の言われるままに進学した時、その「正しさ」を自分が証明してしまうことが――大切な「ちーちゃん」を忘れてしまうことが、恐ろしかった。

（でもちーちゃんが望んどらんのなら、やっぱりウチだけ、間違っとったんかもしれん……）

言いようのない虚しさと悲しさが、八重香の全身を満たす。

「怖かったよね。もう大丈夫、大丈夫だよ……」

八重香の事情などロクに知らないであろう青年の声が、それでも優しく、柔らかく八重香に届いた。それは心をきつく縛って封をしておかなければ堪《こら》えられそうもない、とめどもない悲しさと悔しさを溢れさせる。溢れたそれらは涙と嗚咽になって、途切れることなく八重香から零れ出た。

泣き続けた八重香は、泣いて、泣いて、泣き疲れて、嗚咽に火照った体と荒い呼吸と、優しくリズムを刻む宮澤の手が全てになって――。

そのまま、再び意識を手放した。


怜路がその崖を降りられたのは、彼の身体能力と経験があったからだ。それでもやはり到底「まともな判断」ではなかったが、どうにか降りられると思った足場は実際、人が使うために整備された階段もどきのようだった。よく見れば一定間隔で、掴まって降りるための取手が岩壁に打ち込まれている。

暴風雨吹き荒れる闇の中、どうにか崖を這い降りた怜路の前には、果たして洞窟がぽっかりと口を開け、中から橙《だいだい》色の光が僅かにこぼれていた。怜路がとりあえず「着地した」と言えそうな足場は細く不確かで、いまだ嵩《かさ》を増している様子の海面からかろうじて顔を出している。洞窟の内側にも潮溜まりがあり、奥には砂浜が見えた。

そう深くはない洞窟の突き当たりに、大きな卓状の岩があり、上に小さな祠が見える。光はその軒にぶら下がる裸電球だった。おそらくは漂着神を祀る類のものだろう。

とにかく、風雨をしのぐのにこれ以上の場所はない。潮溜まりを越えるにはどうやらもう一度泳がねばならないようだが、今更これ以上濡れるのをためらう理由もなかった。怜路は泳ぎは得意ではないが、何をおいてもライフジャケットはしっかり着込んである。

（まあ確かに、色々漂着する場所だなこりゃ）

足元の潮溜まりは緩やかに渦を巻いている。複雑な流れが微かな橙の光を反射し、生き物のように蠢いていた。単純に一箇所から潮が流れ込んでいるのではないのだろう。

えいや、と潮溜まりに飛び込んだ怜路は、その流れにも助けられて思ったより楽に対岸へ辿り着いた。白熱灯の明かりは暗く仄かだが、洞窟の壁面全体が光を反射するため外に比べれば格段に明るい。それでも潮溜まりはまるでブラックホールだし、岩壁の凹凸に刻まれた長い影は濃い闇に塗り潰されている。そこにある陰影が「何」なのかは、よくよく注視せねば分からなかった。

なので、祠の置かれた岩の下にわだかまる陰影が、人の形をしていることに気付いたのも上陸してしばらくしてからだった。

「……女!?」

否、まだ少女と呼ぶべき年齢だ。十代後半であろうか。細身のジーンズにチェック柄のシャツを着た少女が、大小の岩がひしめく砂浜の上に横たわっている。彼女も怜路と同じように流されたのか、島に上陸していて、この洞窟に迷い込んだのか。

「おい、大丈夫か。おい！」

横臥《おうが》していた体を仰向けにして呼吸を確認する。息は——ない。気道を確保して心臓マッサージのため組んだ手をまだ薄い胸の上に置いたところで、少女が目を開いた。気付いたか、と安堵の声をかけようとして止まる。

少女の胸は、全く上下動していない。

「あ……。だれ……？」

鼓動も、呼吸もないまま体を起こす少女の傍らから、怜路は一歩退《ひ》いた。

（しまった……今グラサンしてねーわ……）

怜路の天狗眼は、現世のものも幽世のものも区別なく「そこにある」ように映す。この少女はおそらく、一般人の目や電子機器には映らない存在だ。

「ああ、ちょっと迷い込んじまったモンだ。おめーさんは？　ここで何してる」

なかなか間の抜けた質問だなと言いながら思ったが、さりとて他に訊くことも思いつかない。とりあえず、怜路は一晩ここを貸してもらえれば良いのだ。この際、少女の素性が何であれ、友好的、穏便《おんびん》に過ごせればいい。

「ウチは、ここに住んどるんよ。お兄さん、流されて来たん？」

おっとりした様子の少女が、頭上の祠を指して微笑んだ。

「そうだったのか。そりゃあ夜分、お休みのところに転がり込んじまってすまねえ。お察しの通り波にさらわれてな。外は嵐だし、一晩軒を貸しちゃ貰えねーかい」

「うん、ウチは別にええよ。でも、」

頷いた少女は、少し躊躇《ためら》いがちに怜路の背後を見た。怜路の後ろにあるのは、黒黒と渦巻く潮溜まりだ。その向こう、洞窟の外にひとつ岩が突き出していた。岩には注連縄が巻かれているらしく、真白い紙垂が風に激しく煽られている。

『オジ』がなんて言うか分からんけど」

岩を注視して少女が言った。その『オジ』とやらの方が、この少女よりも格上のようだ。

「オジ？　ってーのが、あそこに居ンのか」

言って、怜路は少女の視線を追って岩を注視するが、特に何が視えるでもない。

「そう……。今夜は天気が変じゃし、ウチも多分オジに眠らされとったん。八重香ちゃんの声が聞こえたのに――」

そう少女は眉間を曇らせる。島を襲った突然の荒天は、少女の意思に反したもののようだ。

「あんた、名前は。ここに祀られてんのか。――っと、失礼するぜ。ビショ濡れのまんまじゃ冷えちまう」

少女の前だからと言って遠慮していては、怜路まで呼吸を止めることになる。ひとつ断りを入れて服を脱ぎ始めた怜路を、少女は興味深そうに眺めて言った。

「ウチは『ちーちゃん』。ここで神様しよるけど、元は人間なんじゃって。お兄さんの名前は？　どっから来たん？」

ちーちゃん、と怜路は口の中で復唱した。白太さんと同系統の名前だ。誰かが「ちゃん」付けで呼んでいるのが、そのまま名前になっているのだろう。当然、生前の本名ではない。

「俺ァ狩野怜路。巴市っつー山ン中からだな。ちーちゃんか、あんた、外のことは何か覚えてんのか？」

とにかくぐしょ濡れの服を脱いで絞ることを最優先にして、片手間で他愛ない話を振った。かりのりょうじ、と小さく少女は復唱する。話し相手ができたのが満更でもないのか、機嫌よく『ちーちゃん』は答えてくれた。

「ううん、ウチ、自分が『ちーちゃん』って呼ばれよったこと以外、ほとんど何も覚えとらんの。オジには、ウチは川に流されてここまで来たんじゃって言われた」

なるほど、と怜路は相槌《あいづち》を打つ。少しでも水気を切るため両手で掻き上げた髪も、すっかりセットが崩れてぺしゃんこだ。べたつく海水で、額やうなじに絡んで不快だった。

「普段はなんかお役目があんのかい」

見たところ、祠は綺麗に手入れされている。誰かが欠かさず供物《くもつ》も捧げに来ている様子だ。このご時世に漂着した水死体を「神」と祀っているなら、この島の風習もなかなかのものだと思うが、そこは行きずりの怜路が、今首を突っ込む話でもない。せいぜい、無事生還できたら特自災害《とくじさいがい》経由でつついてみる程度だ。

「うん。魚を呼んだりね、波を鎮めたりできるんよ。いっつもならウチでどうにかなるんじゃけど、今日の嵐はオジがやっとるけえ、どうにも出来んみたい……」

少女は不安そうに洞窟の外を見遣る。雨が降っているかまでは暗くて分からないが、オジの岩と呼ばれる場所に掛けられた注連縄の四手《しで》は、まだ激しく風に煽られていた。

豊漁を招く漂着神、まさにエビス神だ。形式上のものでない古い形の祭祀が、この現代まで残っているならば貴重なものであろう。まだ年端も行かぬ少女が、死してなお囚われているのが幸いなことだとは思わないが。

　怜路もまた少女の視線を追って外を眺めながら、気になったことを尋ねた。

「この暴風雨、起こしてるのがオジってヤツなのか」

　固く絞った衣服を、許可を得て罰当たりにも祠の屋根に干しながら、怜路は微かに橙の光を反射する、海から突き出した岩を睨む。多少なり海水を抜きたいと、ライフジャケットと靴も、ひとまず脱いで近くの岩に立て掛けた。

　怜路を襲った敵の狙いが、怜路をこの洞窟に誘導することだった可能性は大いにある。だとしたら、このまま救助を待って無事解決、とは行かないだろう。最低限、靴とライフジャケットだけでも、すぐに身につけた方がよいかもしれない。

「俺ァ、ここに釣りに来てたんだが、突然大波に襲われてな。夕方はまだ晴れてて海も静かだったのに、無茶苦茶だぜ。ちーちゃんは、なんでオジが今日海を荒らしてンのか心当たりはねーか」

　パンツ一丁で岩を睨む怜路に並んで、少女が目を伏せ顎に右手の指を触れる。

「ウチもよく分からん。ウチはオジにここに連れてこられて住んどるけえ、オジには逆らえんし。今日はホンマに、いっつもなら分かる海の具合とか空の具合とかも全然見えんし――それに、さっきは八重香ちゃんの声が聞こえたと思ったら突然眠たくなって……なんか、夢の中でも誰かを助けようとしとった気がするん。八重香ちゃんが、無茶しとったんじゃないとエエけど……」

「その、八重香ってのは……あんたの友達か？」

心配そうに眉間を曇らせる少女に、怜路は訊ねた。うん、と少女は頷いて、こう続ける。

「友達っていうか、妹……かなあ。ウチがここに来た年の春に生まれた子でね、今もうウチとおんなじくらいの歳なんじゃけど。ウチの『巫女』なんよ。ウチは八重香ちゃんが生きとる間ここに居って、八重香ちゃんの暮らす島を守るん。今は祠のお世話もしてくれてね、毎日みたいにココに来てくれるんよ」

これはまた、随分と本格的な『巫女』――神霊に奉仕しその心を慰める未婚女性という、古式ゆかしい存在が残っていたものだ。

（今時、そんな習慣がよく成立してンな……）

住民の人生を、生まれた瞬間に縛ってしまうような風習や信仰は、当然「個人」を重視する現代では歓迎も礼賛《らいさん》もされない。それでも廃れず続いてきた風習――呪術的機構であるなら、行う住民たちは随分と信心深いのであろう。

「……ウチは、そんなに来んでもエエよ、って言うんじゃけどね」

怜路の微妙な表情に気付いた様子で、少女が苦笑いした。

「この島には八重香ちゃん以外に、おんなじ年頃の子が居らんのじゃって。八重香ちゃんはウチのことを大切にしてくれるけど、ほんまは、一杯勉強して、遠くの大学に行って、したらきっと、友達になれる子がおると思うんじゃけど……。ウチはそれまで八重香ちゃんの話し相手になってあげれればエエと思って」

「随分達観してンな。それじゃ、お前さんの巫女は島を離れちまって、祭祀が滞《とどこお》る。そうなりゃアンタも力弱まるし、ここの住み心地も悪くなっちまうぜ？」

巫女を想う時の少女は、慈愛に満ちた優しげな目をする。本当に幼い頃から姉のような目線で見守ってきたのだろう。その態度や意見は現代社会において至極まっとうなものだが、少女の存在を維持している仕組みそのものが、現代の価値観や常識とは相容れぬのも事実だ。

巫女が島を去り、手入れをする者が居なくなれば、祠は荒れる。祀る者の信仰心や関心が薄まれば、祀られたモノの「神」としての力も弱まる。この少女が「神」としての力を望んでいるかは別として、忘れ去られ、「神」から「海の亡者」に零落《れいらく》するのが幸せなはずもない。そのことを彼女自身が理解していないのではと危ぶみ、怜路は思わず異議を唱えた。

「ほうじゃね。ありがとう、お兄さん詳しいんじゃね」

少し目を丸くした少女が、ふわりと笑う。

「まあ、専門職なんでね」

「専門職？　そんなんあるんじゃね！」

「おうよ。元は関東で仕事してたンだがな。今は巴の山ン中でのんびりやってる、修験道……あー、山伏系のいわゆる『拝み屋』だ。『天狗眼の怜路』『拝み屋怜ちゃん』つーたら、まあそこそこアッチじゃ名が通ってたんだぜ」

怪異相手に売り込んでも仕方が無いかもしれないが、しかし彼女は「神」である。何かの不都合が生じた際、件の巫女を通して相談してくれれば乗ることもできるだろう。そう思って名乗った怜路に、少女が「天狗眼、りょうちゃん」と目をぱちくりさせた。だがすぐに、はにかむように、苦笑するように目を伏せて少女は答える。

「――ウチはエエんよ。ちょっと寂しいかもしらんけど、八重香ちゃんを縛り付ける方が良うないと思うし。それに、ウチは八重香ちゃんの傍に居っても、八重香ちゃんとおんなじにはなれん」

遠く洞窟の外の闇へ視線を投げて、「ちーちゃん」が呟く。

「おんなじ……？」

同じ時間を過ごして歳を重ねられない、という意味であろうか。そう想像しながら復唱した怜路へ、ハッと気付いたように少女が振り返った。

「あっ、ごめん……今のはなんか違うんよ。えっとね、たまに『混じる』ん。今のウチの、八重香ちゃんへの気持ちとね、なんか――多分、ウチ、昔も『お姉ちゃん』じゃったんと思うんじゃけど、その頃のね……あっ、なんか変なこと言いよるねウチ」

決まり悪そうに俯いた少女に、怜路は「いや」と軽く返す。少女は生前も弟妹を見守る存在だったようだ。胸の内に残る生前の気持ちと、巫女の少女への気持ちが上手く重なることで、彼女は優しい守り神として安定しているようだ。

（まあ、とにかく今俺が嘴突っ込める話でも無ェしな。にしても、オジってのの正体がなァ……ちくしょ、美郷なら何か思いつくんだろうが）

ぽけぽけとしていてサバイバルには向かなさそうな男だが、脳内にある呪術関係の知識は怜路とは段違いだ。大抵のことは訊けば推測してくれる。

「しかし参ったな。俺ァ海坊主に恨まれる心当たりなんざねーんだけど」

雨風は入らぬ洞窟内だが、九月も下旬の夜、それも怜路はパンツ一丁である。冷えないようにストレッチや屈伸をしながら、怜路は己を海に引っ張り込んだ、凪ぎの海に突然現れた大波を思い返した。荒天も無論困りものだが、何より怜路は恐らく狙われている。その狙っている相手がこの島の神である「オジ」なのだとしたら、一体何用あってのことなのか。

「今夜は特別な大潮じゃけ、その関係かもしれん」

首を捻る怜路に、漂着神の少女がそう言った。

「特別な大潮？」

うん、と少女は頷いて、己を指差し怜路を見上げた。

「ウチが何年か前にここに来たんも、おんなじ大潮じゃったたんて。毎年一回、一番潮が高くなって、一番低くなる大潮の日。この日だけ、あっこの洞窟の出入り口が水に浸かって、外の海から内側の池に物が入ってくるんよ。それが、『神様』になるんじゃって」

普段は、あの怜路の「着地」した場所が、潮溜まりと海を隔《へだ》てる堰《せき》なのだという。それが一年で最も潮位の高いこの時期の大潮満潮で海面下に沈む。外海と潮溜まりの隔たりがなくなった時にだけ、漂着物が洞窟の中に入り、引き潮で取り残されると漂着神となるのだそうだ。オジとは、それを迎え入れる神だという。

「そのオジが俺を攫った……ってなァ、どういう意味かってトコだな」

具合良くその『オジ』の岩が目の前にあるのは、偶然でない可能性の方が高い。しかし、何故自分なのか。通常、死者を神として迎えているならば怜路を襲った理由が分からないし、何よりも既に、目の前の「ちーちゃん」という神がこの島では機能している。――呪術者としての怜路に用があっての手荒な招待ならば、そろそろ出て来ても良い頃合いかもしれない。

思案しながら靴を拾い、逆さに振って水を切る怜路を、いつの間にか少女はじっと見上げていた。視線に気付きそちらを向いた怜路の顔を、『ちーちゃん』は何か探すように凝視する。

「おい……？　何だ？」

不気味に思える、少女の突然の様子に怜路は少し身構えた。少女が、怜路をまじまじと見ている。そういえば今、怜路の目元にはいつものサングラスがない。先程「天狗眼」と自己紹介した、緑色に銀の差し込む特異な眼が興味を引いているのだろうか。

（――ってだけにしちゃあ、随分とガン見してくるな……）

内心戸惑う怜路の緑銀を、少女の瞬きもせぬ黒い双眸がじっと映している。

「ねえ」

少女が口を開く。なんだ、と怜路は答えた。声は洞窟の岩壁に跳ね返って響く。ざざざざ、と潮溜まりが渦を巻く小さな音が絶え間なく空間を満たしていた。

僅かばかりの沈黙は、何か、躊躇うもののように怜路には思えた。

「ウチね、ここに来る前のことはほとんど何も覚えとらんの。けど、名前以外にもちょっとだけ覚えとること、あった」

少女は、怜路の特異な眼に何か見付けたように、ひたすら怜路の目を見ている。

「――ウチには、弟がおった。特別な子でね、じゃけえその分難しくてね、ウチが守ってあげんといけん、ってずっと思いよったん」

ざらり、と何かが怜路の肚の底を逆撫でる。声音の響きが、頭の奥の何かに触れる。相槌も忘れて、怜路は『ちーちゃん』の言葉の続きを待った。

「弟の名前、覚えとらんのじゃけど。ウチはずっと、『りょうちゃん』って呼びよったんよ」

――怜ちゃん、大丈夫よ。姉ちゃんが守ったげるけぇ。

まさか。疑念と共に込み上げる感情に、怜路の心臓がどくりと鳴った。『ちーちゃん』の年の頃は十六、七といったところか。顔立ちは、少し吊った眦《まなじり》が印象に残る、だが優しげな雰囲気の顔立ちだ。

記憶はない。だが。

「……………まさか、」

喘《あえ》ぐように言う。

「ねえ、ちゃん……？」

怜路の手から濡れたスニーカーが零れ落ちて、湿った砂地に転がった。

4．二柱の天狗

「――ふむ、どこから話をしたモンかのう」

火の傍にしゃがみ込み、長く折り取った枝で焚火の世話をしながら、烏天狗面の大男は言った。美郷は八重香の顔色が分かる位置に座り、今は泣き疲れて眠る彼女の脈を時折診ている。魂鎮《たましず》めの術は上手く行き、八重香の様子は落ち着いていた。その衣服も美郷が呪術で乾かしており、さしあたって生命の危機は去っている。

「とりあえず、お名前をお聞かせ願えますか」

白蛇には「ギョウカイ」と名乗ったようだが、もう少し情報が欲しい。そう訊ねた美郷に、天狗面は「おお！　そこからであったか！」と大仰《おおぎょう》に驚いて、からからと笑った。

「儂は神来山《かみきやま》暁海坊《ぎょうかいぼう》。この島の天辺に棲まう古き天狗じゃ。怜路とは、アレの養父を介して旧知でな。あやつが子供の時分より、色々と余計なことを教えてきたうちの一人よ。儂の分霊が思わぬ世話を掛けておるゆえ、それを収めに下りてきた次第じゃ」

なるほど、怜路が言っていた「何でもかんでも詰め込んで来やがるジジイども」の仲間らしい。そして、薄々察してはいたが、八重香の言っていた「オバケ神社」の天狗であるようだ。神社という神道施設と、基本的には仏道の魔物である天狗が同居しているのは、この国の明治以前――神仏習合時代の山岳崇拝の名残だろう。

「分霊……では『オジ』は、貴方の知り合いである怜路を狙ったと？」

この天狗が、どうやら神来白鬚神社の祭神の「大元」であるらしい。名前から考えれば、『オジ』は塩竃神社ないし白鬚神社から分祀された塩土老翁《しおつちのおじ》の分霊なのが普通ではあるが、八重香に確認した時、御神体が大きな自然石であったため予想はしていた。御利益を願って名前は有名どころを借りているものの、実際に祀っているのはご当地の山霊、という場合は他でもままあることだ。

大切に祀られている分霊と、忘れ去られた大元の関係が悪くても不思議はない。しかしその場合、ちょっかいを掛けて来るのは大元――天狗の方と予想していたのだが、どうも違う様子だ。砂浜に正座したまま、注意深く観察する美郷の前で、暁海坊はおもむろにその顔を覆う天狗面に手を掛けた。

「いや。儂の知人であることは知らぬようだな。――さて、では次はお主の番じゃ」

言って、悪戯っぽい笑みを浮かべた男がキラリと目を光らせる。面の下から出て来たのは、壮年と呼べそうな年齢の、厳ついが人懐こそうな、当たり前の――目鼻立ちのくっきりした、精悍に整った男の顔だった。焚火の炎が朱く照らすそれに嫌味はないが、美郷は思わず眉根が寄るのを感じた。先程の口ぶりからして、この天狗は美郷の素性や経歴を既に知っている。

「はっはっは、己の話をするのがそんなに嫌いか！　良いではないか、立派と言うては語弊《ごへい》であろうが、お主に罪科のある話でなし！　立派な武勇伝であろうに」

　そのあっけらかんとした言葉に、更に眉間の皺《しわ》を深めながらも、どうにか美郷は返事を絞り出す。

「——別に、武勇伝が欲しいわけではないので。宮澤美郷と申します。どうやらご存知のようですが、出身は出雲《いずも》、鳴神家です」

　なんだ、それだけか。と、あからさまに顔に書いた様子で暁海が首を傾げる。なるほどこれは、怜路の知り合いであろう。それも、怜路の幼い頃から親交があったという言に相違はあるまい。——なんと表現すれば最も適切か分からないが、ノリがよく似ている。

「何じゃ、名乗らぬのか、『鳴神の蛇《へび》喰《く》い』よ。つまらんのう」

（言うと思った!!）

　怜路のファッションセンスに影響を与えたのは、年中派手なアロハを着ていたという彼の養父と推察されるが、派手で大仰で、いささか傾《かぶ》いた物事を良しとする気風（要するに中二臭いものが好きなの）は、暁海から受け継いだか、あるいは天狗というもののけ全体のノリなのかもしれない。

（まあ天狗って、毎日山中の洞で呪《しゅ》を唱えたり、楽器を奏して踊ったりして過ごしてる……とかって書いてあるような連中だもんな……！）

「その二つ名に愛着はないので」

　返した言葉は、「つっけんどん」という単語をそのまま体現するような響きを帯びた。それに気分を害した様子もなく、「そうかそうか」と暁海が頷く。

「そうよのう、お主は『蛇喰い』というより白蛇精そのものに近そうじゃ。鳴神は元より龍蛇神の血筋であるが、よほど生まれ持った『気』と蛇の相性が良かったのじゃろう。『白太さん』と言ったか。お主の分身に近いモノのようじゃが、今時あれだけ大きな妖魔が生まれるのも珍しいことじゃ。お主もなかなか面白い」

焚火の向こうに大人しく伏せている白蛇を見遣った暁海が、よく知った風に――実際、よくよく美郷のことも鳴神家のことも知っている――サラリととんでもないことを言う。天狗に人外扱いされた衝撃に、反論も思いつかず言葉を詰まらせた美郷など気にも留めず、筋骨隆々とした大男は背中を丸めて火を掻き混ぜながら言った。

「うむ、面白い。面白いのは良いことじゃ。――さあて、何から話したものかとんと分からぬが、お主、我ら天狗のことはどのくらい知っておるかな？」

ぱち、ぱち、と焚火が小さく爆ぜる。話題の転換に怒りを削がれ、美郷は咄嗟に頭の中で回答を巡らせた。天狗についての知識ならば色々とある。だが、一言ですんなりと説明できるほど詳しいわけでもない。

「ふむ、まあ一口に天狗と言ってもそれぞれではあるが――我らのような人型の大天狗は大方が、元は人間だった『異形』の一種じゃ。それは知って居ろう」

その問いかけに美郷は「ええ」と頷く。仏道修行や山岳修行の果て、悟りを開いて仏と成る道を選ばず「天狗道」――六道輪廻《ろくどうりんね》の外側へ転がり堕ちた者たちとも、あるいは、自ら望み選んで天狗と成った者たちとも言われる。どちらにせよ、人として生きながらにして修行場で山霊の力を得、人であることを捨てたモノたちだ。

「儂は、人間であった頃は『村上《むらかみ》』と呼ばれる郎党の一人であったよ。それが——そうよのう、今時ならば応仁《おうにん》の乱と呼ばれている頃に下手を打ってな。乗っていた船は沈み、儂は矢傷を受けて潮に流された。そうしてこの浜に流れ着き——島の者どもに生き着き神じゃと歓待されて、山に放り込まれた。放り込まれた山には先代の『暁海坊』が待ち受けておってのう。そやつに捕まって、天狗の妖力の使い方を叩き込まれたのよ。それで結局、暁海坊の名と力を継いで現在まで暮らして居るのだ」

右手に持った、木彫りらしき烏天狗の面をヒラヒラと振りながら、暁海坊が話を締めくくる。当初、「これは話し好きな長命者の、長話が始まったぞ」と覚悟していた美郷は、そのあっさりとした締めくくりに肩透かしを食らって目を瞬いた。瀬戸内で村上の郎党と言われれば、村上水軍で間違いないであろう。神来島は村上水軍の本拠地と離れており、手傷を負って漂着したのであれば恐らく戦場から流されたのだ。それを——島民は『生き着き神』と歓待し、山に放り込んだという。

(……てことは、斎木神は「居着《いつ》き神」じゃなくて「生《い》き着《つ》き神」だったってことか)

何にせよ、漂着したモノを神と祀る風習があったことに変わりはない。美郷は、語られた中で気になったことを、改めて問う。

「——天狗の名と力というのは、継ぐものなのですか?」

「左様《さよう》。他の山であれば、本山となる寺院があり属する行者がいて、その中から選ばれた者が継いでおったらしいのう。だがこの島は特殊でな……とまあ、儂の話はいい。お主が今知りたいのはコチラではなかろう。何であったか――そうそう、怜路の養父はこれまた古い天狗でな。儂らはそれぞれ肉体と、異界を渡れる翼を持っておるから、わりあい自由に行き来をする。それで、綜玄《そうげん》……ああ、怜路の養父の名だ。ヤツとも親しくしておった。あれが怜路を拾ったのは丁度、ここへ儂を訪ねてきた帰りすがらだったらしい。儂は東へ行って何度か怜路の顔も見ておるが、オジと怜路の面識はなかろうし、オジは儂の交友など知るまいよ」

烏天狗の面をつけ直しながら、暁海が答えた。神来島特有の事情というのも、仕事柄気になりはする。だが、そちらは後々にゆっくり聞かせて貰うのでも構わないだろう。なるほど、と頷いた美郷は、今一番重要なことを訊ねた。

「では、一体なぜオジは怜路を攫ったのですか？」

それに、うーん、と暁海が逞しい腕を組んだ。山伏装束――などではなく、最寄りのファストファッション店で売っていそうなTシャツの白い生地が、隆々とした筋肉の陰影を浮かせる。漆塗りと思しき艶を放つ烏天狗の面との違和感がすさまじい。普通に店に出掛けて買っているのだろうか――などと、下らないことを美郷は考えた。ちなみに足下はビーチサンダルだ。

「大きく言えば、アレが今、かつてないほどに焦っているからであろうし――小さく、なぜ怜路だったかという話であれば、そうだのう。血の縁《えにし》を手繰って、アレが今の斎木神よりも、より強大な斎木神を呼び寄せた結果じゃ」

その言葉の意味が上手く掴めず、美郷はしばし首を僅かに傾げた姿勢で停止した。かつてないほどに焦っている、という言葉も聞き捨てならない。だが、それ以上に。

（ちの、えにし……？）

とは一体、何を指しているのだろう。美郷の顔に、ありありと「分からない」と書かれているのを見て取った様子で、暁海が溜息交じりに頷いた。

「——当代の斎木神は、狩野千夏《ちなつ》。怜路と共に川に流されて亡くなった、あれの姉じゃ」

その言葉が届いたかのように、美郷の膝元で八重香が小さく呻きを上げた。


『如何《いか》にも——。その女子《おなご》は主《ぬし》の実姉。姉弟の絆を手繰り寄せるは上手く行ったが、巫女の娘が邪魔をせぬよう、姉を眠らせたが仇《あだ》となったようじゃ。最早、己が名すら忘れて十余年、未だに立てた誓いを覚えておるとは……』

海鳴りのような、低くくぐもってざらついた声が突然洞窟に響いた。

呆然と『ちーちゃん』——十六年前に喪《うしな》った、姉の千夏を見つめていた怜路は、はっと声のした海の方を振り返る。

「テメェが『オジ』か」

低く、呻《うな》るように返した。その先に人影はない。

正直、本人を前にしても、己の記憶の中にある千夏の顔は霞《かす》んだままだ。怜路の記憶が、突然一気に戻って来ることもなかった。だが、この少女が「狩野千夏」であることは不思議と確信できる。

ならば、この状況を怜路が許せるはずもなかった。

「よくも人の姉貴を、こんな場所にッ……！」

たとえ丁重に祀られているのであっても。きっと常世の安寧《あんねい》の中へ還ったはずだと思っていた肉親が、時を止めたまま洞窟に囚われているなど耐えがたい。激情のまま吼《ほ》えた怜路の前に、凝った闇がぬぅっと立ち上がった。真正面に、突然高鼻天狗の赤い面が浮く。

『ならば、主が代わるが良い。その女子がこんな場所まで流されたのも、結局主を守ったが為じゃ』

オジの言葉に、怜路は瞠目して黙り込む。

天狗面の下の闇から、枯れ枝のような腕が生えた。それは両の五指を広げ、怜路の顔を目がけて伸ばされる。

『川上で濁流に襲われ、そやつは主を庇って己が飲まれた。庇われた主は生きて岸に流れ着き、こうして立派に成人した。主は姉を身代わりにして生き延びたのじゃ。なれば、今度は姉の身代わりになるが良い』

突き付けられる現実に凍り付いた怜路の鼻と口を、オジの両手が掴んで覆う。その感触は人の手などではない。びちゃりと冷たい海水そのものが鼻口を覆い、怜路を窒息させていた。抵抗しようとして、四肢が動かないことに気付く。縛られている。オジの呪力だ。

一本歯の高下駄に赤い高鼻天狗面を被った痩せぎすの老爺が、真白い蓬髪《ほうはつ》と装束を乱した姿で怜路に掴み掛かっている。大きくはだけた衿元からは、肋《あばら》の浮いた胴が覗いていた。

「なんでなん!? なんでウチじゃいけんのん!? その人を――怜ちゃんを放しんさい!!」

オジの出現に驚き凍り付いていた千夏が、怜路から引き剥がそうとオジの腕に取り付く。

(姉、ちゃん……!)

苦しくなる息の下、怜路は思わずそれを止めようと口を開きかける。途端、海水が口から流れ込んで慌てて再び口を閉じた。オジは煩わしそうに千夏を一瞥《いちべつ》し、高下駄の足で彼女の腹を容赦なく蹴り飛ばした。短い悲鳴と共に華奢な体が弾き飛ばされ、近くの岩に激突してくずおれる。

『主では力が足りぬからに決まっておろう! ――このままでは、この島は滅びる。人は去り、家は朽ち、田畑は荒れて全てが無へと帰す。我の守護すべき氏子の者共は、一人として残らず死に絶える! 島が人を養えぬからじゃ。島に富をもたらす力が足りぬからじゃ。我が主らを呼ぶは島に富を流し込むため。しかし主では足りぬ! 足りぬ!!』

岩を擦り合わせて虎の咆哮《ほうこう》を真似たような、なんとも耳障りな低くざらついた声が洞窟内に反響する。息苦しさと不快な声音に顔を歪め、怜路は「勝手なことを」と心中吐き捨てた。姉も、自分も、そんなことの為に存在しているわけではない。にもかかわらず、姉はこの島の巫女を大切にしていた。かつての弟と——怜路と彼女を重ねて。

「そ、ん……なんっ、りょうちゃんには、関係ないッ……じゃろっ⁉」

自身を引き摺り起こすように両肘を立て、砂上に這いつくばった千夏が絞り出す。オジはそれに一瞥もくれず、ただ怜路を溺れさせようとしている。

「ウチが怜ちゃんを守っただけじゃ！　勝手なこと言うて怜ちゃんを巻き込まんとって！止めて‼」

細い体を引き摺り起こし、ほんの少女が駆け寄って来る。その脚の曲線はまだ青く、オジの白装束の袖を掴んで縋る両手の爪もまだ幼い。

（クソっ……たれ……‼）

悔しさなのか、悲しさなのか、情けなさなのか。どうしようもなく暴れ出したいような、同時に頭を抱えて蹲ってしまいたいような、感情の嵐が怜路の中を吹き荒れる。

姉は、大人だった。

輪郭をほとんど持たないイメージでしかない。だが、怜路と千夏の年齢は七つ離れていたという。当時小学生の怜路と、高校生だった千夏の差はとても大きかったのだろう。怜路の中で、姉は大人だった。

だが、必死に眼球だけ動かして追った視線の先、オジの衣を掴むのはほんの「少女」だ。十六年の間に、怜路は千夏の年齢をとうに越した。越して、大人になった。

まだ、たったの十六だった姉を犠牲にして。

（克樹──。克樹、お前ェ……どうやって受け入れた？）

思わず目を閉じる。思い浮かぶのは、八坂神社を背に誓う克樹の顔だ。

自分のせいだと克樹は言った。しかし自分を守ったために取り返しのつかぬ傷を負った兄を前に、己のせいで損なわれたものの大きさを目の当たりにしながら『あの人が今、笑っているなら共に笑う』という結論に辿り着いた。あの甘ったれな少年は一体どうやって気持ちの整理をつけ、葛藤《かっとう》を乗り越えたのか。

美郷はまだ息をしている。確かに、その体は温かい。だが、克樹の愛して止まない異母兄《いぼけい》は、彼の寂しがりの我儘《わがまま》を聞いて──人と呼べるか怪しいモノになった。

「ウチがどうにかする！　八重香ちゃんとウチで島のことはどうにかするけえ、怜ちゃんに手を出さんとって……！」

（もういい！　俺のことなんて庇わないでくれ……！）

息が苦しくなって、堪らず口が開く。磯臭い海水が口に流れ込んだ。咳き込みかけるが、それすらオジの戒《いまし》めが許さない。肺に水が入る。

美郷は苦笑していた。克樹が負うことではないと。だが、納得できただろうか。自分なら、納得できるだろうか。

『納得はしない。できない。──「仕方がなかった」で済ませるには、あまりにも理不尽だ。……失われたものは、どうやっても戻らない』

克樹の言葉が、痛切な表情が、初夏の日差しと共に脳裏をよぎる。

（ああ、そうだ。失われたモンは戻らねえ。今から何をどうやったところで、姉ちゃんが生き返ったりはしねえ……！）

千夏は庇ってくれる。今なお怜路を、怜路の平穏な人生を守ろうとしてくれている。だが――そんなことが、許されるのだろうか。

『主がこのまま斎木神とならば、主の姉は解放される。我に下れ。強い霊力を持つ主ならば、かつてない強大な斎木神になれる――!!』

地鳴りのようにオジが謳い上げる。頭の芯がじんと痺《しび》れてきた。溺れる。

（ごめん……ごめん、姉ちゃん。俺のせいで）

はたして何年振りなのか本人も覚えていないような、涸《か》れて久しいはずの涙が。

怜路の頬を、一筋伝った。

次に目を覚ました時、八重香の服はすっかり乾いて体も温まっていた。ぱちぱちと小さく炎がはぜる心地好い音と、その熱を左頬に感じる。空は相変わらずの闇の中だが、揺らぐ炎の橙に照らされる木々の枝が見えた。

「おお、目を覚ましたようだのう」

宮澤のものとは違う、野太い男の声が焚火の向こうからした。顔を傾けて炎の向こうを見透かした八重香はぎょっとする。そこには、ぎょろりと見開かれた大きな目と、黒い嘴をもつ異形の面をつけた男が立っていた。白く塗られた双眸が黒い面から浮いて、闇の中に光るようだ。てらてらと朱い光を反射する嘴も恐ろしい。

「なっ、だっ、誰!?」

慌てて体を起こそうとして、腹の上で組んでいた両手を地面に突く。拍子に、何かが手首でぷちりと千切れた。両手首に巻いて結んであったらしい。夜の海に溺れかけた後とは思えないほど軽い体を起こして、思わず手首を確かめた八重香に、少し慌てた様子で傍らの宮澤が言った。

「あっ、すみませんソレ、おれの髪の毛ですけど大丈夫なんで！」

一体何が「大丈夫」なのか謎だが、呪《まじな》いの類なのは、そちら方面に疎《うと》い八重香にも解った。体が軽いのは多分これのためだ。なんとも素直に礼を言い辛い状況に眉を顰《ひそ》めながら、八重香が口を開くよりも前に面の男が呵々《かか》と笑った。

「娘、不動明王の炎で服を乾かした人間などそうは居らぬであろう。貴重な経験だぞ」

そんなことを言われても、乾かされた時は八重香の意識はなかった。別に、特別変わった感じもしないので何と答えたら良いか分からず、結局八重香は口をひん曲げて閉じる。

「いやいや、そんなんどうでもいいですから！　八重香さん、気にしないでくださいね！」

わたわた、へらへらと誤魔化そうとする宮澤は、第一印象と変わらずヒョロくて軽薄な大学生に見える。しかし、八重香は十中八九この男に助けられたのだ。感謝し、今までの不躾な態度を詫びなければいけないのは分かっているのだが、素直でしおらしい言動が非常に苦手な八重香にとっては、大変に礼を言い辛い相手だった。

「べっ、別に！」

結局、ぷいと横を向いた八重香に宮澤がくすりと笑いを零す。それが無性に恥ずかしく、八重香は誤魔化すように大きな声で面の男を誰何した。

「それでっ、アンタ誰なん!?　ここは――」

辺りを見回すと、そこはやたら漂着物の多い小さな浜だった。暗い中では、見覚えのあるものを探すのも難しい。

（こんな小っさい浜、どこにあったじゃろ……）

ここが神来島ならば、場所は限られてくる。ひとつの島にそう沢山の砂浜はない。

ぐるりと辺りを見回した八重香の目に、古い古い、打ち捨てられたように苔むした石の鳥居が、鬱蒼とした照葉樹の中に埋もれているのが映った。

「あっ……」

（ここ、島の裏のオバケ神社……！）

それにしたところで、目の前の怪しげな大男は何者なのか。八重香の訝《いぶか》しげな視線に気付いたらしい男が、背筋を伸ばして腕を組み、機嫌よく頷く。

「はっはっは、儂を知らぬ様子だのう。儂は、この山の頂に住まう神来山暁海坊と申す者よ」

八重香さんが教えてくれたこの山の天狗だよ、と小さく宮澤が囁いて寄越した。思わず八重香は声を上げる。まさか、本当に居るとは。

オジやちーちゃんが存在するのだから居て不思議もないのだが、今の今まで実在するなどと、まるっきり思ってもいなかった八重香は、面の男を凝視した。一般的な、八重香の知っている「天狗」の面ではない。だが、頭に小さく山伏の帽子をつけているのは同じだ。

「元は山の天辺に堂があり、神来山権現《ごんげん》などと呼ばれておったが……今なら江戸《えど》と呼ばれる時代に入って、暫《しばら》くしてからかのう、島の反対側に白鬚神社が造られてからとんと忘れられてしもうたな！　アレも言うてみれば儂の分身のようなものじゃが、あちらは人のために呼ばれ人のために働く神ゆえな、島の者の信仰も篤い。当然じゃな！」

忘れられ、打ち捨てられたことを憤る様子もなく、あっけらかんと暁海坊が笑う。唖然としている八重香に代わるように、それで、と宮澤が口を開いた。宮澤の羽織っていた趣味の悪いスタジャンは八重香に掛けられていたため今も八重香の膝にある。長袖とはいえ綿シャツ一枚の宮澤は見ていて寒そうだが、凍えている様子もなくぴしりと砂浜の上に正座して背筋を伸ばしていた。

「その白鬚神社の老翁《オジ》が今年突然、慣例を無視して斎木神を呼んだ理由というのは何なのですか？　オジが『かつてないほど焦っている』と仰いましたが――」

生き着き神、とは何なのか。八重香の知らない単語である。それを、さも事情に詳しい当事者であるが如く口にして、宮澤が天狗を名乗る大男と対峙している。この男も、一体何者なのだろう。そんな疑問が頭の中を渦巻いて、八重香はいまだ宮澤の髪が絡んだ手首へ視線を落とす。

（実家が神職ってだけで、こんな、呪術みたいなんする？　普通……）

「ふむ、確かにお主らからは、こたび突然に……と見えるであろうな。実際には、ここ十数年――今の斎木神になって数年経った頃から、アレはずっと試みておったのよ」

「怜路をこの島に呼ぶことを？」

宮澤が、低い声で返す。そのひんやりとした声音に八重香は驚いたが、彼からすれば、突然友人を奪われたのだ。考えてみれば怒って当然である。しかしそれに動じた風もなく、飄々《ひょうひょう》と天狗は肩をすくめた。

「いいや。単に怜路を呼んでおったわけではない。アレは――アレと神来島に繋がる『縁《えにし》』全てを手繰って、強い霊力を持つ者を呼んでおった。ずっと、ずっとな……」

「ねえ、待って。何でなん？」

他に問うべきこと、知るべきことは山ほどあるだろう。だが、何よりもまず、その問いが八重香の口を突いた。宮澤に正面を向けていた天狗面が、八重香の方を向く。

巫女であることに、誇りを持っていたかと問われれば、迷うだろう。島の来し方行く末を、八重香が本気で思っていたとは名乗れない。だが、八重香の斎木神は、「ちーちゃん」は真面目で、誠実で、慈愛深いこの島の護り神だ。にもかかわらず、この天狗の言い草はまるで彼女では不足と言っているようだ。

（――勝手に連れて来て、ホンマはちーちゃんだってここを出たいかもしれんのに。ずっと何なん、それは!?)

優しくしてくれとったのに……!

あまりにも身勝手だ。

怒りに震える拳で、膝の上にある派手なスカジャンを握り締めた。八重香は彼女にそれを強いた側の人間だ。しかも、つい先程までそれに無自覚だった。そんな後ろめたさや後悔が、「ちーちゃん」の味方として感じる怒りを大きく煽る。

「お主の斎木神が弱いというワケではない。むしろあれは、ここ数代ではかなり強力な方であろう。――それでも、歯が立たぬということじゃ」

まるで諦観《ていかん》し天を仰ぐ者のように、天狗面の嘴が闇空を向く。

「何《なん》それ……何になんよ」

一体何が、この小さくて穏やかで何もない島を侵しているというのか。怯み心を押し殺して訊いた八重香に、なぜか暁海坊がハッハと笑った。

「お主も骨の髄《ずい》からよくよく知っていることじゃ。この島から人が消える。人の暮らす『場』としての神来島は、遠からず滅《ほろ》ぶ。もはや斎木神だけで――儂らのようなモノの力だけで動かせる事態ではない。本当はオジ《あやっ》もそれを知っておる……」

語らう暁海坊の声音は慈しみを帯びて、愛おしむようですらあった。八重香は言葉を失う。それは本当に、八重香が物心ついた時から、心の芯で理解していることだ。

――この島は、誰も彼もが去って行く場所だ。訪う者はない。

きっと自分もその一人となるのだと、諦観と共にぼんやりと思い、ただ、大切な姉を置き去りにしたくない一心で、その可能性から逃げてきた。

なにも言えず黙り込んだ八重香を、傍らの宮澤が気遣わしげに呼ぶ。答える言葉を持たず、八重香はただ、白くなる己の拳を呆然と眺めた。

「直接に何が原因とも理由とも言わぬ。じゃが、オジがソレに気付いた決定打は、十数年前の工場閉鎖であろうな。あれにしたところで、どうにも抗《あらが》い難いところまで事態が進行して、初めて気がついたのよ。今のまま、これまでのままでは行かぬと。ただ潮と風を操り、漁と耕作を手助けしても、獲る者も耕す者も減り続けるだけだとな。今更気付いて、焦っておる」

海や畑から己の口を養うものが得られれば、誰しも満足に生きていられる。そんな世の中ではもうない。そうなってしまったのは八重香がこの島に生を享《う》けるよりもずっとずっと前で、今のあり方が「当然」の中に生まれ育った八重香には、何を嘆けばよいのかも分からない。ただ、目の前にある逃れられない現実としての「滅び」を受け入れるより他にないのだ。

工場閉鎖というのはおそらく、八重香が二、三歳の頃に倒産したという島の水産加工会社のことだろう。元は塩田だった場所を活用した養殖事業が、世界的な不況の煽りで頓挫《とんざ》した。同じ頃に、観光事業の柱であったマリンパークも閉鎖され、一気に島から活気が失せたというのはボンヤリと知っている。

「――諸行無常《しょぎょうむじょう》。儂のように、そう安楽に言っていられるような『神』ではないゆえなあ、あやつは。難儀《なんぎ》なことよ。……これ、そんな非難がましい顔をするでないわ。儂とて惜しくはある。この島は、儂の継いだ暁海坊の記憶によれば、上古《じょうこ》以来の聖地じゃ。世に武家の政《まつりごと》が生まれ出るよりも遥か前から、この島には人が連綿と暮らしておる。――まあ、無辜《むこ》の百姓とは呼べぬ曲者《くせもの》どもではあったようだがのう！　それが、たった今この時途絶えようとしておるのは、惜しいことだとは思うよ」

宮澤へ向けて追い払うような仕草をしながら、暁海坊があっけらかんと言った。八重香の場所から、宮澤がどんな視線を暁海坊へ送ったのかは見えていない。よほど暁海坊を責める顔つきをしていたのだろう。

「それで……暁海坊殿は、島を想うオジではなくて、おれたちに手を貸してくださる、ってことでいいんですか。貴方こそが、この神来島の神なのに？」

宮澤の言葉にハッとなり、八重香は暁海坊の顔を改めて見た。助けてもらった様子ではあるが、果たしてこの天狗は、八重香にとって味方なのであろうか。

「言うたであろう、諸行無常とな。それに今更、斎木神を多少替えたところでどうなる物でもない。――儂はこの島の、この山の精霊じゃ。人が居ろうと居るまいと、まあ山がなくなるでなし。今でも儂の社は廃れて、拝んでもらっとるとは言えんからのう！」

現在の島民に祀られていない暁海坊からすれば、島の集落の存亡は他人事、ということらしい。

（それから……ええと、この天狗は宮澤の友達の、知り合いってことなん……？）

天狗の知人であるというその人物も、一体何者なのか。たしか、この島に縁のある「霊力の強い者」らしいが、一体どんな縁なのだろう。

状況把握に忙しい八重香など知らぬげに、さて、と暁海坊が立ち上がった。何やら、きっちりと巻かれた傘――よりは長い、一メートル程度の棒を、傍らから取り上げている。

「白鬚神社の娘よ！　主はあの斎木神が好きか！」

大きな声が、闇夜に響き渡り八重香に問うた。それはどこか、決断を迫るような圧力をもっていた。一瞬怯みかけ、慌ててかぶりを振る。怖気《おじけ》づいてどうする。八重香はぎょろりと大きな、白く光る目を睨み付けて言った。

「好き！」

八重香は「ちーちゃん」の本当の名前を知らない。「ちーちゃん」は、彼女自身が唯一覚えていた誰かの呼び名だ。

（ちーちゃんはここが嫌なんかもしれん。けど、）

分からないことは多い。目の前の光景は、八重香の想像を超えている。だが八重香が彼女のことをどう思っているかと問われれば、答えはひとつだ。口を引き結び、両の拳を握って睨み上げた八重香に、暁海坊はそうか、とひとつ大きく頷いた。そして宮澤へ向き直る。

「美郷よ！　主は怜路が好きか!?」

「勿論――好きです」

低く重く、宮澤が断じた。静かな声音に籠る決然とした響きに、暁海坊が再び大きく頷く。

「では、お主ら……」

厳かに、一旦暁海坊が言葉を切る。そして片手に握っていた棒を、炎にかざした。それは一振《ひとふり》の刀だ。

「あの姉弟《きょうだい》の為に、『神』が斬れるか」

低い、低い問いに八重香は息を飲む。神、とは。そして、姉弟とは。

「それって、オジのこと……？　きょうだい……って……」

いかにも、と暁海坊が頷いた。

「お主の斎木神の生前の名は狩野千夏《かりのちなつ》。こたび、オジが呼び寄せに成功したのはあれの弟じゃ。狩野怜路――儂とも縁のあるヤツでのう。なればこそ、呼べてしもうたのやもしれぬ」

不意打ちで飛び込んで来た「ちーちゃん」の生前の姿に、八重香の背筋はざわりとそそけ立つ。

（ちなつ。だから、ちーちゃん。弟がおったんじゃ……）

多くを聞くのは恐ろしかった。自分と彼女が、全くの他人であることを突き付けられるようで。彼女は八重香の「ちーちゃん」などではない、生きた弟を――八重香の知らない、全く他所に絆《きずな》を持った、生身の人であったと思い知らされるようで。

「己が願望の為に、この島を守護してきた神が斬れるか、巫女の娘よ。――白蛇憑きよ」

重ねられた問いに、はっと我に返る。

「オジを斬ったら、ちーちゃん、どうなるん？」

それで「ちーちゃん」が、千夏が消えてしまうのならば、八重香には即答できない。千夏自身が、結果として消滅するのか解放されるのかも分からないのだ。そんな八重香の懸念を読み取ったように、暁海坊は答えた。

「斎木神は変わらぬ。もとよりここは神の来る島……すなわち、この浜に漂着するモノを神と祀る霊場じゃ。だからこそオジは奴だけで富や福を呼ぶことが叶わなんだ。この島に富をもたらすモノは、海からやって来ねばならぬからのう。——まあ、オジの支配から解放されれば、多少は斎木神も自由が利くようになるやもしれぬが」

　つまり、オジが居ても居なくても、斎木神としての千夏に影響はないということか。

「——じゃあ、もし、斬らんかったら？」

「ちーちゃん」に、千夏にとってオジの行おうとしている斎木神の交代は、歓迎するものかもしれない。それを邪魔することは、彼女の意に反するかもしれない。躊躇う気持ちを押し退けて重ねた問いに、暁海坊が動きを止めた。烏天狗の面が小さく横に傾ぐ。

「ふむ。確実なのは、千夏の実の弟である怜路が殺され、次の斎木神にされてしまうことじゃ。その時、姉の千夏がどうなるかは儂もはっきりとは言えぬのう……斎木神を二柱立てることが、できるやらできぬやら試した者も今までおるまい。順当に考えれば、お役御免で千夏は常世に還されるであろうが。ただ、千夏が生き残っておった己の弟を、わざわざ殺してまで身代わりに立てたいと思う娘か否かは、儂よりもお主の方がよく知っておろう」

　たしかにそうだ。八重香の「ちーちゃん」は、狩野千夏は心優しい少女で、八重香のことも実の妹のように、とても大切にしてくれた。彼女が、自分の実の弟を大切にしないわけがない。

「なら、斬れる」

答えた八重香を正面から見据《みす》える。天狗面の下で、どんな顔をしているかは分からない。

小さく沈黙が落ちて、ぱちん、と火の爆ぜる音が大きく響いた。

「――よかろう。では、お主はどうじゃ」

天狗面が宮澤の方を向く。宮澤は音もなく立ち上がり、流れるような動作で暁海坊の正面に立った。その、後頭部でひとつに括られた長い髪が、残像のように揺れる。

「斬れる刃があるなら」

迷いなく、白い右手が鞘《さや》を掴む。

暁海坊の真正面、至近で相対して、宮澤が朗と響く声で言い切った。

「おれは、おれの相棒を犠牲にしようとする奴は、神だろうが仏だろうがぶった斬ります」

天狗の高らかな笑い声が、重苦しい曇天《どんてん》の闇夜に響き渡った。


酸欠で、ふっと現実が遠のく。怜路の脳裏を、様々な情景が駆け抜けた。

家の前庭。台所。幹線道路から家までを繋ぐ細い市道と、両脇の田畑。上の竹藪。どれもこれも、ここ二、三年で見慣れた場所のはずだ。

――ああ、違う。

思い浮かぶ景色は、怜路の記憶にある今のそれらとは、少しずつ違っていた。だが、怜路はその光景を知っている。

中でも、母屋の脇にある築山《つきやま》は、怜路の緊急避難場所だった。季節を問わず濃緑を纏う大きな木々が、怜路を隠してくれる。

『怜ちゃん、怜ちゃん！』

その日も丸く刈られたイヌツゲの陰に駆け込み、しゃがみ込んでいた怜路の背中に、姉の声が届いた。

『怜ちゃん！　もう、こんな所におったん……』

安堵と呆れの混じった溜息が、軽い足音と共に近付く。怜路はただ、苔むした地面を這うアリを睨んでいた。

『先生もビックリしとっちゃったよ。まだ待っとってじゃけ、戻りんさい』

先生とは、秋祭りに奉納する「神儀《じんぎ》」と呼ばれる踊りの指導員であったか。小学二年の年の秋祭り、初めて氏神社の神儀に参加することになった怜路は、練習初日の日曜日、さっそく上級生と揉《も》めたのだ。怜路は相手に掴み掛かり、地区民体育館の床に突き倒してから体育館を飛び出した。

『怜ちゃん、別に先生も怒っとってんないよ。泣きんさんな』

膝坊主を握りしめ、頑《かたく》なに地面を睨む怜路の頭に、柔らかい手が触れる。

優しく宥める姉の言葉に、怜路は膝を抱えたまま首を振った。まだ、悔し涙が引っ込んでいない。もし「謝りなさい」などと言われたら、今度こそ悔しさでどうにかなってしまいそうだ。――怜路は悪くない。あんな風に目の色をあげつらって、あることないこと騒ぎ立て、怜路を化物扱いした奴になど、下げる頭はない。

ひとつ大きく洟を啜《すす》った怜路に、くすりと姉が笑った。

『大丈夫、大丈夫……。怜ちゃんを悪う言う奴のことなんか、気にしんさんな。――もっと大きゅうなって、頑張って勉強して、遠くの高校行って、大学行って、したら絶対どっかに、怜ちゃんのこと分かってくれて、友達になれる子がおるけ。じゃけえそれまでは、ウチが居《お》ったげるけ』

――約束、ね？

喪っていたはずの記憶だ。ああ、これはもしかして走馬灯というやつか、と怜路は感動していた。本当に見るものなのだ。


『こんなデケェ岩、持ち上がるワケねーだろクソ親父!!』

場面が飛ぶ。己の一抱えでは足りない大きな岩を前に、怜路は空腹で苛立っていた。声変わりし始めの半端な高音が、キンキンと新緑の山中に響く。

『持ち上げねェと飯は出ねえぞクソガキ！　体の使い方と気の練り方だ、腕で持とうとすんじゃねェ、腹の底に力を溜めろ！』

怜路の斜め前で、ポケットに両手を突っ込んでいた男が怒鳴り返す。

場所は、関東でも有名な修験道の山。季節は初夏で、遠く観光客の賑わいの気配がする。

『何ッで俺ばっかり、こんなコトしなきゃなんねーんだよ……!!』

己と同じくらいの子供が、親にテイクアウトの軽食を買って貰っている。なぜ自分ばかりが、辛い思いをせねばならないのだろう。当時、過去を見失い、頼る者は養父以外になく、その養父に散々しごかれていた怜路は鬱屈を溜めていた。

（ああ、親父だ……この三年後くらいには蒸発しやがった、クソ親父……）

ひょろりと長身の男が、筋張った右手で首の後ろを掻く。もじゃもじゃとほつれた一ツ括りのロン毛、季節感無視の万年アロハシャツとビーチサンダル。上岡《うえおか》綜玄と名乗っていた、怜路の養父だ。

『ったく、しょうがねェ餓鬼《がき》だな……』

かつて聞き慣れた、やる気のない口調だった。仕方なさそうに、のっそりと歩み寄ってきた養父の手が、怜路の頭を無造作に掴む。そのまま犬でも撫でるようにぐしゃぐしゃと掻き回されて、余計に怜路の苛立ちは募った。

『おい――――！』

『力をつけろ、怜路』

振り払って噛み付こうとした怜路に、思わぬ低音の真剣な声が降ってくる。

『オメーはどうしたって〝特別〟だ。だから、特別なりの力をつけなけりゃ、〝普通〟ン中じゃやって行けねえ。天与《てんよ》の資質に見合うだけの技能を持て。ソイツが一番の早道だ……お前が持って生まれた才を十分使いこなせる奴になりゃあ、周りにも相応の奴が集まってくる。そん中でこそ、お前も〝普通〟に生きられるってモンよ』

ニッ、と養父が笑いかける。たしか、その場では「納得できるか！」と噛み付いたのだ。けれど、その日から少しだけ前向きに、修行に取り組めるようになった。

——おれが一緒にいたいのも、助けたいのも必要とされたいのも、顔も知らない相手や他の誰かじゃない。お前を必要として、お前の幸せを望む奴だっている。

そう言われたのは、他人の絆を守って死ぬ覚悟を決めた時だった。自分が持たないモノを持った者たちを、守ろうと決意していた。それは怜路が焦がれる大切なモノで、持っている人たちの命と持たない自分の命が、同じ重さとは思えなかったからだ。

——おれが、お前には元気でいて欲しいから、おれのためにやってることだ。

そう静かに言った顔は、穏やかに整ったまま何の気負いもなかった。気恥ずかしさに居心地悪くなったのは怜路の方だ。

——よろしく、『相棒』

居心地よくなった関係に、相手が突然名前を付けて寄越したのはラスボスバトルの真っ最中だった。緊迫の場面で突然何をぶち込んで来るのかと驚いたが、奴はそういう男なのだ。

ド天然で、真っ直ぐ手を伸べてくる。様々な場面で、気恥ずかしさや恰好付け心が先に立つ怜路とは、全く人種が違っている。

全く違うが、その隣はひどく居心地がよいのだ。

（……ああ、そうか。そうだな。姉ちゃんも、クソ親父も俺に言ってくれてたんだ……）

生きていればきっと、探し続ければきっと。同じ世界を見て、対等に手を取り合える相手と出会える。

その時、望まれるに相応しい男になれと——。


腹の底に力を溜めろ。腕で力を使うな。もっと奥から、引っ張り出せ。

歯を食いしばり、見えない戒めを引きちぎる。解放された怜路の両手が、天狗面の手首を掴んだ。枯れ枝のような老いて乾涸《ひから》びた腕だ。万力を込めて、己の口鼻を塞ぐ土気色の手を引き剥がす。

『しぶとい男だ。だがそれでこそ、今一度この島を再生させうる斎木神となろう……！』

吠えて飛び退《すさ》り、オジが怜路と距離を置く。解放された怜路は、激しく咳き込んで肩でぜえぜえと息をした。

「るせェ……島の亡霊が。俺ァ、テメェの養殖場の、魚の餌になる気なんか無ェ……」

高鼻天狗の面に、乱れた白装束の老翁《ろうおう》が怜路と相対している。怜路をこの島の贄《にえ》にしようと狙っている。

「ノウマクサンマンダ、バザラダン、カン！」

震える指で印を結び、不動明王の炎を呼んだ。炎が老翁と怜路らを隔てたのを確認して、怜路は荒い息の下、千夏に語りかける。

「姉、ちゃん……」

呼吸が苦しい。どれだけ息を吸っても息苦しい。両膝を掴んで体を支え、怜路は言を継ぐ。

「ごめん、姉ちゃん、ごめん。オレ、友達ができたんじゃ……」

零れる言葉は知らず、自分より大きかった姉へ語らっていた頃そのままに戻った。

「……うん」

既に人でない姉は、岩壁に叩きつけられても怪我は負っていない様子だ。立ち上がり、近づいてくる千夏が頷いた。常人の眼には視えない幻炎に、だが怜路の眼には、姉の姿は明るく照らされて見える。最後に別れた時の、キャンプに出掛けた時の服装そのままだ。

「オレとおんなじ、変わったモンが見える奴で、けどオレより頭良くて、強いんじゃ。……けど、」

遠い遠い、封をされていた記憶。優しい姉のしてくれた約束を、思い出した。高校にも大学にも行けなかったけれど、友達はできた。難しい男だ。たった一人で、現世と闇の境に立っている。人に手を差し伸べるのは躊躇わないくせに、他人の手を取るのが恐ろしく苦手な奴だ。誰も心底信じようとはせず、独りぼっちで生きるために必死で足元を睨みつけていた。

無理矢理その腕を引っ張って、怜路はその男を――美郷を振り向かせた。必要だと言ってもらえるのが嬉しくて、そのくせ一人で抱え込む姿がもどかしくて。怜路の言葉を本当に信じてくれたのかは知らない。だが、今、怜路の方から手を離すわけにはいかないのだ。美郷を、裏切ることはできない。

――やっと名前のついた関係を、断ち切ることはできない。

「けど、難しい奴でからねッ、オレが――オレが、居《お》っちゃらんと、いけんのんじゃ……！」

肩で喘ぎながら、ぼろぼろと涙を溢して怜路は絞り出す。

「うん、うん――」

頷く千夏の声も上擦っていた。涙を堪える表情で、千夏が泣き笑う。

「じゃけえ、ごめん。オレは、姉ちゃんの身代わりには、なれん」

今の自分は、誰かの代わりに死んでやることはできない。

「うん、エエんよ。エエん。りょうちゃんが元気でおってくれたんなら――」

千夏の手が、いつかのように怜路の背中に触れる。怜路も無理矢理笑みを作って見せた。

「オレね、専門職ンなったんじゃ。じゃけえ、」

今ならば、この視え過ぎる眼も武器として扱える。色々なことに役立てられる。知識も増えた。体も大きくなった。力も強くなった。

――事故が、災害が。あって良かったことなど、絶対にない。だが、悲劇の後の人生をそれでも必死に積み重ねて、怜路は今ここに立っている。そのことにはきっと、意味も価値もあるのだ。

「じゃけえ、オレがどうにかしてみせる」

もう自分は、築山にしゃがみ込んで悔し泣きするだけの子供ではない。

眩しげに眼を細めて、千夏が頷く。

次の瞬間。幻炎が消し飛んだ。雪崩《なだれ》を打って、洞窟に海水が流れ込む。足を浚いにくる激流に、怜路は千夏の細い体を庇い抱きしめた。


どこからともなく大きな提灯を出した暁海に誘《いざな》われ、美郷と八重香は打ち捨てられた風情の鳥居を抜ける。辺りは暗く判然としない中、ほんの五分も山道を歩いた美郷らは、別の浜に出た。大きすぎる白蛇は、あまり近くに居ると八重香が怯えるため、暁海の浜から別行動だ。単身、海を泳いで斎木島へ向かっているはずだった。

闇夜である。美郷にはそこが見覚えのある場所か否かも全く分からなかったが、美郷の前を歩いていた八重香は驚きの声を上げた。

「ここ、ウチの浜じゃ……！」

美郷が八重香と出くわした、神域の浜のようだ。美郷が最初に神域に侵入した際、渡った岩場のほど近くであるという。ちなみに、美郷がなぜ危険を冒して暗い海岸を歩いたかと言えば、白蛇が「怜路がいない、これ以上進めない」と連絡を寄越してきた方角を目指した結果である。乗っていた車は、岩場の向こう側数十メートルの辺りにある、別の小さな浜に置いて来ていた。

「左様。お主らの獲物はこの先、娘、お主の家の隣じゃからのお」

立ち止まり、振り返った暁海が頷く。妖物の類らしき提灯は揺れもせずに周囲を照らしているが、暁海の浜と違いこちらはまだ風がきつい。夕刻よりも潮位を上げた波打ち際も、まだ荒々しい音を立てていた。若干大きな声でのやりとりになるが、人の気配がある拝殿まではまだ遠いので問題ないだろう。

「家の隣……神社の本殿ってこと？」

強風から身を守るように、羽織るスタジャンの前を掻き合わせた八重香の問いに、暁海が「いかにも」と答える。本殿とは、神社のうちで御神体を安置した建屋のことだ。神来白鬚神社の場合、浜に近い平坦な砂地に拝殿が置かれ、そこから一段高く、浜を囲む岩場に本殿が建てられて、間を斜めに幣殿《へいでん》が繋いでいるという。拝殿では今も、宮司である八重香の父親や宮役員たちが詰めて神事を行っていると聞いた。

受け取った刀の鞘を握り、美郷は気合を入れ直す。

美郷の手にあるのは、ごく一般的な拵《こしらえ》の打刀《うちがたな》だ。暁海の社へ奉納された刀というならば、白鞘に収まっている方が自然な気もする。不思議に思いながら少し鞘から抜いてみると、錆も曇りもない艶やかな刀身が、提灯の熱のない光を反射した。

「分かってはおろうが、ただの刀ではないぞ」

ふふん、と面越しでも分かるくらい楽しげに、暁海が言う。その言葉通り、刀は濃い霊力を宿していた。

「——これは、暁海殿の……神来山権現の御神体ですか？」

神来山暁海坊は、古代より信仰されてきた山の神らしい。ならば、本来の御神体は山そのものであろうと思いながらも、あまりの霊力に美郷は思わず訊ねた。

「いや。ソレは——儂ではなくて、数代前の『暁海坊』の記憶だが……源平《げんぺい》の合戦があった頃かその後に、ここへ流れ着いたようじゃ。刀がひとりで流れ着くはずもないゆえ、落人《おちうど》の誰かが刀ともども島へ上陸したのやもしれぬ。その刀が社に奉納されて、随分長い間うちの宝物庫にあったらしいが……その間に、妙に『暁海坊』の力の影響を受けたのか、あるいは元より妖しげな刀であったのか、すっかりナリを変えてしまってのう。儂もあまり気にしたことはなかったのじゃが、このたび使えるやも知れぬと持って下りた」

愉快げに暁海が語る。隣の八重香は、その話の何が面白いのかサッパリ、という顔をしていた。源平の争乱があった頃といえば、まだ太刀《たち》の時代だ。現在、一般的に「日本刀」としてイメージされるシルエットの打刀は存在しなかったはずである。当時の太刀はそれよりも長く、刀身の幅や反り、何より拵が現在の打刀とは異なっていた。

「まあ、誰かがどこかでコッソリ入れ替えただけやも知れぬがな」

「それは——……ない、でしょう。これは」

もう少し鞘を抜いてみる。本来、こうした鮫皮《さめがわ》の柄《つか》や漆塗りの鞘といった拵は、刀身の長期保存には向かず、あまり長くその中に刀を置けば錆びやすいという。白鞘であれば少しは錆びにくいと思われるが、それでも何百年という単位で手入れをされず、この輝きを保ち続けるはずもない。

（八重香さんの話からしても、この島の誰かが暁海にまで隠れながら、神来山権現の世話をしていたとは思えない。それに、とんでもない力を秘めてる……）

刀という器物は、元より霊力を溜めやすい。神来山という霊場に忘れ去られて、おおよそ千年。静かに霊力を溜め続けた刀は、既に自身が「もののけ」と呼べるモノになっているのだろう。

「はっはっは。なんじゃ、怖じ気づいたか？」

「まさか」

暁海のからかいを軽く笑い飛ばした美郷に、暁海よりも八重香の方が驚いた様子を見せた。天狗面は、「それでこそよ」と頷いて再び歩き出す。

暁海の提灯は、その明かりの中にある者の姿を隠す、隠形の呪物でもあるという。しかし提灯よりも強い明かりに照らされてしまえば効果が消えるというので、美郷らは潮が満ちて狭まった砂浜の、波打ち際ギリギリを歩いていた。拝殿の照明からできるだけ距離を取るためだ。

（斬れる刀があるんなら、妖刀だろうと、斬るのが神だろうと、今更躊躇う理由もない）

既に一度、美郷は「神」であったものを滅している。

（あの神とは……あんな、饐《す》えた恐怖の凝りと、オジは別物だとしても）

その謂《いわ》れからして歪みが多く、ただ氏子の恐怖を吸い上げていた迦倶良山の八坂神社とは異なり、オジは製塩の守護神として勧請され、今でも氏子の崇敬を集めている。そのオジを斬ることはすなわち、崇敬する氏子の——他人の信仰を斬ることに他ならない。

信仰を持つ者にとって、その対象は心の拠《よ》り所そのものだ。信仰などと言えばピンと来ない者も今や多いかもしれない。だが心の拠り所とは、己を取り巻く世界という名の圧倒的他人とどうしようもなく衝突《しょうとつ》した時に、心の中に「己の味方」として想うモノのことであろう。

それは唯一神のような、聖典で厳密に定義された高度な概念《がいねん》でなくてよい。この国の伝統的なそれらを挙げるとするならば、毎日見上げ、その移ろいに季節を感じる身近な山や、時に試練を、時に恵みをもたらす海、日々大切に手入れをする商売道具、あるいは、花や供物を欠かさず手入れをする近所の地蔵や祠、あるいは家の仏壇、位牌《いはい》、神棚などであろうか。

世界という名の「他人」は往々にして対話の余地がない。突然の災害、突然の病や事故。そして何よりも、死。全てはこちらに何の相談もなく、理由もなく降りかかってくる。「悪いことが降りかかるのは、その原因となる悪い行いが己にあったからだ」などというのは幻想だ。

だが人の心は「理由のない災厄」を受け止められるように出来ていない。だから誰しも「なぜ」を問いたくなる。己にない「災厄の責任」を背負ってくれる概念を、「災厄をもたらした理由」を説明してくれる存在を、そして、「災厄から逃れるための手段」を教え、それを行えば赦し見逃してくれる支配者《ほごしゃ》を欲するのだ。

それを喪うことは、ゆりかごの中にあった魂が荒野に放り出されるのに等しい。――他人の「神」を斬るとは、そういうことなのだ。大きく他人を傷付ける。

（分かってても、躊躇う気なんて起きない）

小豆虫を斬るよりもずっと前。理不尽に殺されかけて誰の助けも望めず、世界の無慈悲《むじひ》さを心底恨んだあの夜、美郷はそんな躊躇いは捨てたのだと思う。

己を取り巻く世界は『他人』の集合体で、美郷にとっての『宮澤美郷』の命の価値と、他人にとってのそれは同じでないと思い知った。最後の最後に自分の命を、ひいては己が大切にしたいものを最優先にできるのは、自分だけだ。どんなに日頃から他人を思い遣ろうとも、世界に誠実であろうとも、正直で従順であろうとも、「他人の集合体」であるこの世界は、美郷のためには存在してくれない。

（だから、手段があるなら躊躇わない。失いたくない相棒《やつ》を守る）

暁海はオジを「己の分身のようなもの」と言った。江戸時代、瀬戸内で盛んになった製塩業の守り神として生まれた勧請神だという。

（人のために呼ばれ、人のために働く神。それに、生きた人間を殺されるわけには行かないんだよ……！）

闇と現世の境を守る一人の呪術者としても、狩野怜路の友人としても。美郷はそう固く決意する。

「――ねえ、聞きたいんじゃけど」

八重香がぽつりと、暁海の背に声を掛けた。風に紛れて届かぬかと思われたそれに、数歩先を歩いていた暁海が足を止める。どうした、と振り返った烏天狗の面に、八重香は酷く心《こころ》許《もと》なげな声音で問うた。

「海が荒れたんも、ウチがちーちゃんにお願いしても島まで渡れんかったんも、オジのせいなんよね……？」

「そうじゃ。オジは斎木神のような富を呼ぶ力はないが、斎木神を支配できる。おおかた、お主が乱入して邪魔をせぬよう、斎木神の力を封じておるのだろう」

その言葉に八重香が、薄闇の中でも明らかなほど安堵の様子を見せる。何を気にしていたのだろうか、とその様子を目で追っていた美郷は、視線に気付かれ思い切り八重香に睨まれた。

更にしばらく浜を歩き、いまだ煌々と明かりを灯す白鬚神社の拝殿が見えた辺りで、暁海が足を止めた。美郷の束ねた髪をなびかせるほどの強風と、いまだ瀬戸内には似つかわしくないほど荒々しい潮騒が美郷らを押し包む。

「ここから先は、娘、お主が案内せい。儂はこの先には入れぬゆえな」

提灯を八重香に手渡し、暁海が言った。神社の結界が機能しているのだろう。戸惑った表情の八重香に、美郷は「よろしくお願いします」と軽く頭を下げる。うん、と頷いた八重香が暁海に向き直った。

「ウチは案内するだけで終わりなん？」

美郷と共に、神を斬れるかと問われたのだ。その覚悟を決めた八重香にとって、役目が案内で終わりは肩透かしだろう。

「はっはっは、安心せい。お主の仕事もまだまだある。案内と言って、いつもの拝殿に上がれば良いだけではないからのう。儂の呪力が宿ったその刀を持って、本殿に上がり奴の本体の前まで行くには幾重《いくえ》にも障壁《しょうへき》がある。それは、巫女であるお主が開いてゆけ。作法はお主が今まで習ってきたものじゃ。良いか、迷うなよ。奴の意識は今、あの小島にある。気取《けど》られぬうちに近づき、叩っ斬れ。時間との勝負よ。潮が満ちるまであと二時間、その間に向こうも決着をつけに来る」

闇に沈む海を見遣り、暁海が言う。

「行きましょう、八重香さん。おれを、オジの本体まで案内してください」

促した美郷に、「わかった」と八重香が歩き始める。一礼し、その後へ続こうとした美郷を、暁海が呼び止めた。

「のう、鳴神の白蛇精」

呼び方に、思わず険のある視線を送る。それを受け止めて笑った暁海が、思わぬことを言った。

「お主はそうして目元を引き締めておれば、なかなか迫力があってよいぞ。きかん気の強い連中と渡り合うのに、使わぬ手はない。少し顎を上げてみろ。相手のことは常に見下ろせ。戦はハッタリじゃ！」

腕を組んで豪快にアドバイスされ、ははあ、と美郷は思わず脱力して背中を丸めた。

「時と場合によりけりじゃが、それが分からぬお主でもあるまい。我を通すだけの気概《きがい》も力も持っておるなら、意識してそれを見せつけるのも交渉術のうち。相手とて、ナメて掛かって叩きのめされるよりは、危険を察して自ら退ける方が幸いというものじゃ」

あまりに大仰な言いように、担《かつ》がれているのかと疑ってしまう。先に行きかけていた八重香も、足を止めた気配だ。今ここで、暁海の真意を問い質す時間も惜しくなり、美郷はおざなりに頷いた。

「ご助言ありがとうございます。——白太さんと怜路のこと、よろしくお願いしますね」

「おう、任せておけ。もうしばらくあの白蛇も借り受ける」

真摯な答えを置いて、暁海が波打ち際へと方向を変える。美郷も八重香の方へ向き直り、「行きましょう」と声を掛けた。

八重香を追って砂を踏んだ美郷の背後で、大きく羽ばたきが聞こえた。振り返った美郷の視界の上を、鈍く光る猛禽の翼がよぎる。

(鳶《とんび》……)

天狗はその身を鳶に変えて空を飛ぶと言われる。八重香が小さく声を上げた。

大きな鳶が美郷らの頭上をひとつ旋回して、海の方へ消える。怜路のことを旧友の養子とだけ呼んでいたが、その語る様子は優しく、美郷に分け与えられた霊力は力強い。

(踏ん張れよ、怜路。お前の命は、お前が思ってるほど軽くないんだから)

一度は、見も知らぬ他人の為に己の命を投げだそうとした男だ。だが、本人にその意志さえあればいくらでも生き残れる、美郷などよりよほどサバイバル能力の優れた男だ。

『相棒』の無事を信じ、美郷は八重香の背を追って駆け出した。

5．人のための神

大量に流れ込んで来る海水が、怜路の足元を浚おうとする。半裸に裸足の怜路は千夏を庇いながら、それに抵抗して踏ん張った。

『洞の中を水で満たしてやろう。ここで神になるがよい！　主らが望むのであれば、姉弟《きょうだい》神でも夫婦《めおと》神でもよかろう。共にこの島へ富を、財を呼ぶのじゃ!!』

洞窟の入口、堰として横たわる岩の上でオジが叫ぶ。その両手は高々と天へ掲げられ、周囲の海水を洞窟へと呼び、流し込んでいた。

「クソッ……！」

怜路は悪態を吐いてオジを睨む。

あっという間に海水は洞窟の奥まで達し、更に水位を上げる。踝《くるぶし》が浸かり、ふくらはぎが浸かり、膝裏が浸かった。迂闊に片足を上げればすぐに流されそうな、圧倒的な波の力だ。

「りょうちゃん、ウチのことはエエけ……！　ウチは波で溺れたりせんけぇ！」

腕の中で千夏が言う。返事代わりに、怜路は千夏を見下ろしてにっ、と笑った。腿が浸かり、腰まで達し、じわじわりと胸元へ、黒く蠢く水面が迫る。

「俺、姉ちゃんの背越したぜ。この眼ェ活かして、仕事もしてる。——あの時、流されそうになったのを助けてもらって、でっかくなった」

姉の背を越した。姉の歳を、越した。

あの日庇ってくれた姉の命を犠牲にして、今、怜路はここに立っている。謝罪は無意味だと思った。赦しを請うことなどできない。赦されて、何を取り戻せるわけでもないからだ。千夏の人生は戻ってこない。

「姉ちゃん……」

だから、「ごめんなさい」とは繰り返さない。謝れば、優しい姉は何度でも「エエんよ」と言ってくれるだろう。その「赦し」を、姉に強いることはできない。それをすれば、同時に姉自身の、あの時「望んだこと」と「選んだこと」の否定になる。だから、怜路の持ちうる言葉はひとつだけだ。

——ありがとうございます！　兄上！

初夏に巴を訪れた克樹が、幾度となく繰り返していた。よくまああれほどに、ハキハキと礼を言える人間に育てたものだ、と最初思った。たいしたものだと。

だが後日、そのことに触れた時に美郷は、少々居心地悪そうに言ったのだ。

『いや、あんな子だったっけ……って正直ちょっと思ったんだ……。もちろん元々素直で可愛いよ!?　でも、そうだなあ……なんか、ホント一気に大人になっちゃったって言うか……迦倶良山から帰った後、克樹が誰とどんな話をしたのか、おれも詳しくは聞いてないんだけどさ。すごく、ひとりで考えて、ひとりで選んで、ひとりで立って歩くことを覚えちゃったんだなーって思って……ちょっと寂しいと言うか——』

だからアレは、克樹が出した結論だったのだ。そう、今この瞬間に怜路は理解する。

——謝れないのならば、礼を言うしかない。その、自分へと向けられた無償の愛情と、自己犠牲に対して。

千夏の胸が水に浸かる。水の勢いは緩やかになっていたが、今度は浮力で足元がおぼつかなくなってきた。その薄い両肩を優しく掴んで、姉の顔を覗き込んだ怜路は絞り出す。

「姉ちゃん。あの時、俺を助けてくれて……ありがとう、ございました」

その胸に抱かれて、襲い来る濁流の恐ろしさに震えた。そのシャツを必死に掴んでいた。昨日のことのように思い出されたあの瞬間と、奇《く》しくも似た状況だ。そんな場合でないと分かっていても、じわりと視界の下半分が滲んだ。千夏の両目も涙で潤《うる》む。泣き笑いの表情で千夏が返した。

「うん……怜ちゃん、大きゅうなったね。かっこいい男の人になった」

白熱灯の暗い朱色を水面に反射しながら、漆黒がせり上がって来る。

「姉ちゃんは今、どうしてる。辛いこととかイヤなこととかないか？　俺にできること、あれば何でもやるよ」

海水の冷たさが、怜路を体の芯まで浸していた。脇腹や胸元が直接水に冷やされれば、どんどん体温は奪われて行く。怜路のスニーカーとライフジャケットが、海水に浚われて洞窟内を彷徨っているのが見えた。

怜路の言葉に、千夏が笑う。晴れやかで、少しくすぐったそうな明るい笑顔だ。

「大丈夫。ウチ、今度は妹が出来たんよ。八重香ちゃん言うて、すっごく可愛いん。ここも意外と悪うないんよ。海、好きじゃし。じゃけえ大丈夫。ウチは大丈夫」

ああ、と吐息を零し、怜路はぎゅっと目を閉じた。

——私の犠牲になった貴方《あなた》が、せめて今、穏やかな中に在りますように。

それはきっと、大昔から変わることのない生者の祈りだ。人々は見ること叶わぬ彼岸に向けてそれを祈る。だがうつし世の中で、その答えを得てしまった場合はどうするべきだろう。

克樹はこう言った。

『今、ここに在るあの人の生活が穏やかなものであるなら、私はそれを受け入れる。否定する権利なんてない。あの人が今、笑っているなら共に笑う』

犠牲を強いた身として耐えがたいと思っても、その感情を振り回したりはせずに。尊敬の念を込めて、怜路もそれに倣《なら》うと誓う。

「わかった。なら、これからも姉ちゃんが、そいつと一緒に居られるように俺も頑張るよ」

決意と共に宣言し、そっと千夏を放した。千夏は自らが斎木神であることを望んでいる。怜路がそうなることを望んでいない。怜路もまた、今、置いては行けない相手がいる。ならば今やるべきことはひとつだ。

洞窟の最奥にある、斎木神の祠を置かれた卓状の岩は、怜路の肩よりも少し低い程度の高さだ。既に海水が祠を浸し始めているが、屋根に引っ掛けられた怜路の服はまだ無事だった。

（まずは、あの上……！　他に逃げ場は無ェ）

既に海中となっている砂地を蹴って、大きく両腕で水を掻く。泳げはしないが、足が地に着く間は移動できる。水中に浮いた千夏が、意図を察して背中を押してくれた。

『無駄じゃ!!』

高鼻天狗の面にくぐもった声が、狭くなった空洞にうわん、うわんと響く。洞窟内を逆巻く潮が速度を上げた。流されて、体の方向が変わる。体勢を崩して水没しないので精一杯だ。

（チクショウ……!!）

どんどん体が冷えて、四肢が重くなってゆく。流れに逆らう気力が削がれてゆく。悔し紛れに、怜路はオジを睨んだ。仁王立ちの高鼻天狗面は、勝ち誇って見えた。――その、背後。

だぱん！　と大きな飛沫を上げて、突然白い大きな塊が海からせり上がった。

巨大な火炎放射器を思わせる、激しい重低音が洞内の空気を轟《ごう》と震わせる。

「――ッ、蛇!?」

そう悲鳴を上げたのは千夏だ。怜路はぽかんと口を開けて、その巨大な白蛇を見上げた。

鎌首をもたげた大蛇が、威嚇しながらオジを背後から狙う。気付いたオジが振り返った。オジの意識が怜路らから逸れる。紅い双眸を炯々《けいけい》と光らせた大蛇が大きな口を開けて、オジに襲いかかった。掲げていた両腕を下ろし、オジが応戦する。

瞬間、海水を洞内へ押し込む力が途切れた。

圧力を失った海水が、一気に外へと流れ始める。

すさまじい勢いに、怜路も千夏も押し流され、海へと投げ出された。


強風を叩く太い羽音と共に、見たこともない大きさの猛禽が空へ舞い上がる。シルエットだけのそれが、見る間に遠く闇へ掻き消えるのを八重香は見送った。暁海坊は宮澤の友人、そして「ちーちゃん」――千夏の弟を救いに行くのだという。

（ちーちゃんの、弟。釣りに来て波に攫われて、救助要請をこの島の人間に無視された人。亡くしたはずのお姉さんを、この島の神様にされてしもうた人……）

どんな人物なのだろうか。きっと、宮澤と同年代なのだろう。神来島の人間に怒っているだろうか。姉を奪われたことを。自身を害されかけたことを。

（怒っとって当然じゃ。……ちーちゃんはどうじゃろう。ちーちゃんも、きっと）

オジに弟を狙われ、島民に見殺しにされかけたのだ。怒っているかもしれない。否、憎まれているかもしれない。

八重香よりも数メートル後方で、暁海坊を見送っていた宮澤が進行方向へ向き直る。小走りに駆けてきた宮澤と並んで、八重香は神来白鬚神社の本殿目指して歩き始めた。大好きな相手に拒絶される恐怖で鈍りそうな足を気取られるのが癪《しゃく》で、ことさら強く八重香は歩を進める。何よりも、今はオジを止めて姉弟を助けるのが先決だ。

明かりの灯る拝殿から、可能な限り距離を取って波打ち際を歩き、八重香がボートを繋いでいた岩場の側へ回り込んで本殿を目指す。距離を取ると言っても、満潮まであと二時間足らずとなった浜はかなり狭まっており、身を隠すような凹凸もないため、八重香から拝殿の様子は丸見えである。暁海坊に渡された提灯の効果で、周囲から八重香らは認識できないらしいのだが、己が透けているわけでも、足音が消えているわけでもないため実感はなかった。

横目で窺う拝殿は、内部と正面の明かりが灯され、目を凝らせば、ガラスの入った格子戸の向こうに人影が動いて見えた。人の気配に身が硬くなる。思わず拝殿を凝視して歩を緩めた八重香に、宮澤が声をかけてきた。

「八重香さん？　どうかしましたか？」

それに「何でもない」と首を振りかけて、目に入った拝殿の様子に動きを止めた。正面の格子戸が開いたのだ。宮澤も気付いたらしく、足を止める。思わず息を詰めて注視する先、五十メートルに満たない距離に、人影が出てくる。

(何……？　このタイミングで。まさかウチらが見えとったり……)

男性と思しき人影は、ひどく覇気《はき》のない様子で波打ち際へと歩いて行く。既に拝殿の前を過ぎて、岩場近くへ回り込んでいた八重香らに気付く気配はなく、そのことに八重香はひとまず胸を撫で下ろした。夜通し続く神事にくたびれて、中座してきた宮役員とも一瞬思われた。しかしまだ夕暮れ時ならばともかく、いよいよ満潮も迫り、オジが斎木神を迎えるこのタイミングで外へ出るのは、みな恐れそうなものだ。

（何かあったんじゃろうか……いや、あった方がいい……んかな……）

暁海坊が千夏の弟を救い、それが伝わったのかもしれない。だとすれば喜ばしいことだ。

様子を窺う八重香らに気付く気配もなく、人影はぼんやりと海へ向かって立ち止まる。波打ち際まで辿り着いた人影と、八重香の距離は十数メートル程度、提灯の明かりが余人の目に入るなら、とっくに気付かれている位置取りだ。一方の人影は灯りを持たず、背にした拝殿の光だけを頼りに歩いた様子だった。暗がりの中、八重香の目にその容姿ははっきり見えず、当然、誰であるかも分からない。

なので、次の瞬間八重香は、心底驚いたのだ。

「八重香ちゃーーーん!!」

人影が、海に向かって八重香の名を叫んだ。その声は利彦のものだ。未だ吹き荒れる風と、荒れた波音を割って、大の男が絶叫していた。その悲愴《ひそう》さ有り余る様子に、思わず八重香は利彦の名を呼んで駆けだしかける。

「待って」

それを宮澤が止めた。ここで利彦に気付かれてしまえば、予定が狂う。それは頭にあっても、尋常《じんじょう》でない利彦の様子を見過ごせず、八重香は思わず非難の視線を宮澤に向けた。

「すみません。でも、おれが名乗って理解を得るのは時間が掛かりすぎます」

厳しい中に、申し訳なさを交ぜた表情で宮澤が言う。八重香は口元を曲げて視線を落とした。なおも利彦は叫ぶ。

「帰って来てーや！　お母さんも泣きよってよ!!　ほんまに……頼むけぇ………」

　そこでようやく気付く。八重香は夕刻黙って家を抜け出し、利彦に船を出してくれと頼んだ。断られ、単身ボートで斎木島に行こうとして、宮澤と会った。つまり、母親の明恵や利彦から見れば、八重香は現在進行形で行方不明なのだ。それも、利彦との会話から、斎木島に向かおうとしていたのは知られている。

（それで……あの後、大嵐が………）

　実際それでボートは転覆した。八重香自身でさえ、己が生きているのが不思議なほどである。いわんや、状況も分からず気を揉む側は。利彦の小さな漁船で捜索に出るには、波が高すぎただろう。母親も、利彦も、ただ帰ってこない八重香を待つしかできなかったはずだ。

「あの人はウチの叔父さんなん。お母さんにも何も言わずに来とる」

　だからせめて、無事だけでも今伝えさせてくれ。そう目顔で訴えた八重香に、宮澤は小さく首を振る。八重香は、左手を拳に握り込んだ。右手に持つ提灯も揺れる。

「おれの友人の命は、一刻を争います。どうか、このまま協力してください」

　真剣な言葉と、強い視線が八重香を縫い止める。八重香たちは今、宮澤の友人を——千夏の弟を命の危険に晒しているのだ。

「僕らぁが間違うとった……！　こんなこと、やりよったら駄目だったんじゃ！　でも、恐ろしかったんじゃ………」

　利彦が海に向かって泣き崩れる。宮澤が、短く「行きましょう」と言った。

「今ならまだ、全部間に合います。怜路も助けて、八重香さんも無事に家に帰って、めでたしめでたしにできます。そのために、今は急ぎましょう」

宮澤は海難救助要請を出したが誰も来なかった、と言っていた。夕刻に利彦が言っていた通り、海上保安庁からの要請を島の人間が握り潰したのだ。そして、海は荒れ、斎木神《やえ》の巫女《か》が消えた。今、叔父や母親の目に、この世界はどう見えているのだろう。きっと、ひどく恐ろしいものに違いない。海に向かって八重香を呼ぶ利彦の声音は、恐怖と、罪悪感と、後悔にまみれていた。

「――それから、後でしっかり怒られてください」

ゆるりと笑みを含んだ言葉が付け加えられる。これだけ心配をかけたのだ。普段穏やかな利彦でも、さすがに怒るであろう。返事の代わりにフン、と鼻息を鳴らし、八重香は本殿へ向けて足を踏み出す。砂浜は草に覆われた斜面に変わり、目指す先にあるのは、昼間は白茶に光る岩場だった。

神来白鬚神社の本殿は、砂浜を囲む風化した岩崖の、裾を少し抉って建てられている。一段高い場所から砂地に建てられた拝殿を見下ろすように、本殿の正面は宙に張り出していた。よって正面から本殿に上がり込むのは難しいが、裏手に回り込めば、背後の岩場は本殿よりも高くなっているため侵入しやすい。本殿にかけられた鍵の保管場所も知っていた。

本殿の裏手へと草に覆われた斜面を進みながら、八重香はぽつりと呟いた。

「――みんな、自分勝手じゃ。ウチも、叔父さんやお父さんも……あんたも」

千夏のことばかりに必死で、家族の心配を顧《かえり》みなかった己も、八重香のことは心配なのに、他所の人間が海に落ちたのを見殺しにしようとした家族も、八重香の家族の心痛よりも友人の命を優先しろと言う宮澤も、みな身勝手だった。捨て台詞《ぜりふ》のように響いた呟きに、しかし背後の宮澤は「そうですね」と穏やかに返す。

「誰しも多かれ少なかれ身勝手に出来ています。全人類に、完全に平等な博愛主義者になんて、それこそ神様だってなれません。でも、だからと言って――他人の身勝手による理不尽を、誰もが甘んじて受け入れるべきだとは、おれは思わない。誰もが身勝手だからこそ、他人の身勝手からは自分で自分を守るんです。おれは、おれのために友人を助けるし、八重香さんはオジを止めて千夏さんともう一度会う。自分のためには、自分で行動したらいい。他人はその人のために動くものだから。そのために多少、誰かとぶつかることがあるのは、それこそお互い様なんです。気に病んだって仕方ない」

殺伐《さつばつ》とした内容を、随分と穏やかに宮澤は語る。一体どんな経験が、この一見頼りなさそうな青年にそんな信念を与えたのかと、八重香は立ち止まって、まじまじ宮澤を見た。

「えと、何か……？」

宮澤が少し困ったようにへらりと笑う。返す言葉を探しあぐねて沈黙した八重香をどう取ったのか、宮澤は一瞬おろおろと視線を彷徨わせた後、きゅっと眉間に力を入れて、両の拳を握って見せた。

「大丈夫です！　後々のことは今は置いといて、やるべきことに集中しましょう」

——なんて、偉そうですみません。と小さく付け加えて、あっという間にへにゃりと頼りない表情に戻った宮澤が、誤魔化すように頭を掻く。そうやっていると、先程の頼もしさや怜悧《れいり》さが嘘のようだ。異形の面をつけた男に臆さず真っ直ぐ相対していた、冷たく整った横顔と同じ造作とは思えない。

「あんた、変な奴よね」

正直な感想がぽろりと漏れた。暗い中でも分かるくらい、ショックを受けた表情で宮澤が固まる。それに八重香は少しだけ、切羽詰まった気持ちが解《ほぐ》れるのを感じた。

「あんだけキメといて、なんでそんな弱腰なん。せっかく格好好かったのに台無しじゃん」

言うと、固まったままの宮澤が更に赤面した。

「そっ、そんなキメてましたか……」

しょぼしょぼと宮澤は右手で顔を隠すが、その左手はしっかりと一振の日本刀を握っている。そのちぐはぐさがおかしくて、八重香は思わず笑いをこぼした。

「それで結局、あんた何者なんよ。刀なんか借りても、扱えるん？」

たしか最初に、公務員だとか名乗っていたような気もする。だがその後頭部で束ねられた長い黒髪は、公務員に許されるものとは到底思えない。

「え、ええと……居合いを高校まで習っていたので。ちょっとブランクはありますが、大丈夫だと思います。それから、何者かって言われると——一応、公務員です。ホントに」

信じて貰えない自覚はありそうな様子だ。

「それと……うーん、一番通りがいい名称で言えば、民間陰陽師《おんみょうじ》かなと……ああでも、陰陽道だけ扱ってるわけじゃないですし、神道系呪術者の方が近いかなあ……」

なんでも、幼い頃から訓練を受けた、本物の呪術者だという。陰陽師という表現は適切ではないし、イメージが大仰すぎると当人はむにゃむにゃ言ってるが、神来山の天狗と対等に話し、巨大な白蛇を従える姿を思えば、地方公務員よりはよほどしっくりと来る。ただ気弱そうな雰囲気が、一見そんな人物には見えないため、呪術に用いるという特徴的な長い髪も趣味の珍ファッションだと思い込んでしまった。

「天狗の言うとったこと、ウチもほんまじゃやと思う。もうちょっと日頃からキリっとしとる方が、周りにも親切なんじゃない？」

少し距離はあったが、暁海坊のアドバイスは八重香の耳にも届いていた。「そんなに……!?」と更にショックを受けている様子の宮澤を置いて、八重香は再び本殿を目指す。

草の斜面を登りきり、岩場に足を掛けた。身軽に本殿の廻縁《まわりぶち》に着地した八重香に続き、宮澤も本殿に上がり込む。暁海坊は「幾重にも障壁がある」などと大仰なことを言ったが、本殿はほんの六畳程度の小さなものだ。

八重香は本殿の扉に取り付けられた南京錠《なんきんじょう》に、隠し場所から回収した鍵を差し込む。回し開けようとして、静電気のようなものにバチリと弾かれた。

「なっ……!?」

これが障壁か。思わず鍵を取り落として引っ込めた手を握り、八重香は唇を噛む。

（今まで習ってきた作法……）

本殿に入る時や、斎木島に渡る時に唱える祝詞がある。それしか心当たりはなかった。

「あやにあやにすくしくとうとおおみさきにますかみのみさきをおろがみまつる。かみきしらひげしほつちのおじとほかみえみため祓い給い清め給え」

ロクに意味も気にせず覚えた祝詞を奏上し、ぱん、ぱん、と二回柏手を打つ。ついで、

「おほかみおほかみみいつかがやくとうとしや」

と唱えながら深々と座礼するのだ。これを二回繰り返す。

（こんなん、意味も分からず唱えとって、ホンマに効果あるんじゃろうか……）

そんな不安や焦りを抱えながら唱えていたら、二度目の祝詞を噛んだ。やり直しだ。更に気持ちが焦る。

（だいたい、今わるさしとるのコイツなのに、なんで頭下げにゃいけんのん……!?）

焦りと苛立ちで荒い息を吐いた八重香の肩を、ぽん、と宮澤が叩いた。

「落ち着いて。呼吸から整えて。大丈夫、向こうは暁海坊が行ってくれたんだから。おれ達はオジに気付かれないよう、本体に近寄るのを最優先にしよう。おれが数をかぞえるから、それに合わせてお腹で息を吸って。いーち、にーい、さーん。そう、次は吐いて。いーち、にーい、さーん……」

落ち着いた声音が、八重香の苛立ちを鎮めていく。読み上げられる数に合わせて、軽くぽん、ぽんと叩かれる肩が心地好い。心のささくれをひんやりとした水が覆い、痛みを鎮めて

いくようだ。

「もう大丈夫かな。もう一回、お願いします」

少し笑んだような声とともに、八重香の肩から宮澤の手が離れる。振り返らないまま、目を伏せて頷いた八重香は再び祝詞を唱えた。今度は上手く行く。ほ、と肩の力を抜いて、八重香はもう一度南京錠に鍵を挿《さ》し込んだ。今度は弾かれずに鍵が回る。なんとなく荒い音を立てるのは気が引けて、そっと静かに鍵を外して床に置いた。静かに扉を開けて中に入る。

するど、借りていた提灯の明かりが消えた。

「もう、暁海坊の力は届かないみたいだ。電気は点く？」

尋ねる宮澤にうん、と返し、八重香は蛍光灯のスイッチを探る。神聖な場所に蛍光灯もなんとなし間抜けだが、夜の神事も多いのでないと不便なのだ。パチリとスイッチが入り、蛍光灯の白くまばゆい明かりが八重香の目を射た。いつも暗いと思っていた蛍光灯が信じられないくらい明るく感じる。それだけ、闇に目が慣れていた。

ほんの六畳ほどの小さな本殿の中央には祭壇があり、その更に中央に一抱えほどの木箱が鎮座している。手前には幣帛《へいはく》や三方《さんぼう》が並べてあった。諸々を退《ど》けようとして、幣帛に宮澤が弾かれる。名を呼ばれ、八重香は板張りの床に膝をついた。今度は一回で成功させる。

「よし。次は――あれが、御神体だね。木箱か……多分あの蓋もそのままじゃ弾かれると思う。八重香さん、お願いします」

穏やかに指示を出す宮澤を、あえて八重香は振り返らないようにしていた。

（ホントに、ウチよりこういうのに慣れとるんじゃ……）

そう実感させられると、最初の思い込みと態度が思い出されて非常にバツが悪いのだ。宮澤が全くそれを気にした様子がないのが、八重香にとっては逆に落ち着かない。さっさとひとつイジられて整理をつけてしまいたいのだが、宮澤はそういうタイプではないらしい。

（ああもう！　後、後！）

ひとつ首を振って己に言い聞かせる。今はそんな場合ではない。立ち上がった八重香は祭壇に近寄り、木箱を床に下ろしてもう一度祝詞を奏上した。木箱の蓋を開ける。中に入っていたのは――。

「やっぱり石じゃ……」

八重香は宮澤を振り向く。宮澤は驚いた様子もなく「そうですか」と頷いた。

「そうか、って……石なんて刀で斬れるん!?」

「普通の刀なら無理だと思うけど、これは神来山の霊力を吸った刀だからね。そして御神体は、神来山の一部だったものだ。山の力なら斬れると思う。木箱から出せますか？」

問われて、八重香は恐る恐る木箱に両手を差し入れた。石を掴み、木箱から持ち上げようとする。山の石というには角が取れて丸い。波に洗われたもののようだった。石に巻いてあった注連縄が八重香の二の腕に触れて、ばちん、と弾かれる。もう一枚あったのか、と八重香は内心舌打ちした。

宮澤が何か言う前に手早く祝詞を上げ、八重香は注連縄を外した。今度こそ石を取り出す。

相対する宮澤との間に石を置き、八重香は宮澤を見上げた。その秀麗な面には、静かな緊張がピンと糸を張っている。刀を構える姿は落ち着いて、刀を握るのに慣れた様子だ。

(——公務員なんは信じられんけど、やっぱり特別な人なんじゃ……)

「危ないんで、横に避《よ》けててもらえますか?」

すみません、とにっこり微笑まれて、大人しく指示通り脇に避けた。非常時の中でも余裕のある所作に、八重香とは、持てる力も知識も全く違うのだと実感する。

(ウチにこんな風な力があれば……ちーちゃんのこと、一人で守れたじゃろうか)

その時、八重香の胸に初めて、なりたい自分がおぼろな像を結んだ。

洞窟内に押し込められていた海水が、雪崩を打って海へ流れ出る。それに押し流された怜路は、パンツ一丁のまま新月闇の海上に投げ出された。洞窟の入口を堰のように塞いでいた横岩が既に沈んでおり、激突しなかっただけ幸いだ。しかし、何をおいても怜路はカナヅチである。浮力体が何もない状況で、まだ波の高い海に放り出されては為す術もない——かと思われたが、みたび千夏に救われて、どうにか怜路は肺に空気を送り込む。

「あの蛇、何者なんじゃろう……」

怜路の肩を支えながら、千夏が不安げに洩らした。怜路は荒い息の下、それでも笑いを含んだ声でその疑問に答える。

「……っ、だいじょぶだ。──アレは、ウチのペットだよ……なんか随分、普段よりでっけえけど。ウチの、っても、俺のじゃなくて、友達……の、きっと、助けに来てくれたんだ」

美郷以外の人間は、白蛇の体に直接触れていないとその言葉を聞くことができない。よって、今あの食いしん坊が何を考え、何と言っているか怜路には分からないが、オジを狙っていることは間違いないだろう。水流の勢いで随分洞窟からは離れてしまい、高い風波で上下動する視界に白蛇の姿は映らないが。

だが、助けが来た。そのことに怜路は、言いようのない安堵を覚える。白蛇が──美郷が、怜路を捜し、救おうとしてくれているのだ。そう思うだけで、今まで怜路を押し包んでいた行き詰まり感と孤独感が、一気に消え失せた心地だった。

（──って、状況は一等ヤベえんだけどな……！）

うっかりまともに波が鼻に入り、噎《む》せた怜路は慌てて気を引き締める。前後して、怜路と千夏の頭上にボンヤリと熱のない光が現れた。それは、白装束の老翁《ろうおう》だ。怜路は小さく舌打ちする。白蛇は撒《ま》かれてしまったらしい。

『要らぬ邪魔が入った。まあ、よい。斎木神よ──我が命に従え。そやつを海に沈めろ』

水面の上に立ったオジが千夏に命じる。怜路を支える千夏の体が強張った。細く、苦しげな呻り声が隣から洩れる。千夏がオジの命令に抗っているのだ。背中を支えていただけの小さな手が、怜路の皮膚に爪を立てる。このままでは拙いと、怜路は千夏から離れようとした。

「姉ちゃん、一旦放してくれ。大丈夫だから──」

――その時。

不意に、高い高い音色が響いた。

一瞬、笛の音かとも思われたそれは、夜闇を引き裂く鳶の鳴き声だ。

ピィ――ン　ヒョロロォォ――――！

見上げる空に、鈍く光る巨大な双翼が舞っている。

『――貴様！　何故姿を現した!?』

鳶に気付いたオジが、狼狽《ろうばい》した様子を見せる。答えるように高らかと、鳶の鳴き声が再び天から降った。

「トンビ……？」

空を見上げ、不思議そうに千夏が呟いた。一度大きく羽ばたいた鳶は鋭く滑空し、怜路の近くに舞い降りる。気付けば、鳶の翼を背負った大男が、オジとの間に割って入り、怜路に背を向けて立っていた。男はうっすらと狐火のような熱のない光を纏い、顔には烏天狗の面をつけている。

「なあに、ちとこの坊主には縁があってなあ。塩土老翁よ、ここは退《ひ》いてくれんか」

野太い壮年の男の声が、のんびりとオジに問う。それと裏腹に、苛立ちを露わにした様子でオジが答えた。

『それはできぬ！　そやつは島の為に必要な贄じゃ。我はこの島を守らねばならぬ!!』

「――人のための神か。哀れよのぉ……」

遠く思いを馳せる声音と共に、両手を腰に当て、仕方なさそうに首を振る烏天狗の仕草はひどく人間臭い。それに激昂《げっこう》してオジが吠える。

『黙れ!!』

オジの体は怒りに強ばり、震えている。よほど烏天狗が気に入らぬか、苦手な相手なのだろう。烏天狗の声に覚えがある気がして、怜路は必死に記憶を掘り返していた。——幸い、千夏の縛《いまし》めは解かれたらしく、まだその細腕は怜路を支え続けてくれている。

「遠からず、この島には誰も居なくなる。さすればお主のお役目も終わりじゃ。儂のもとへ還って来るが良い。——流れは止められぬ。お主がどれだけ抗おうとも、止められる流れではない。時代というのは変わるもんじゃ。万一変えられる者があったとして、それは儂らのようなモノではないよ」

烏天狗は語る。時代に流され、人が消える。それはどこの地方も同じだと。この国は末端から静かに衰退しているのだと。

「儂らに抗う術はない。山からも海からも人が消えてゆくのだと。他界《そと》の力が干渉できるところの変化でないことは、お主も分かっておろう。それでも抗わずには居れないことすらも氏子どもの求める塩士老翁の姿なれば、気の毒には思うが」

（人のための神……還る……なるほど、この烏天狗が『本体』か）

おおかた同じ山霊を根源とする、別の名の神同士と言ったところだろう。天狗の描かれる姿としては烏天狗のほうが歴史が古く、高鼻天狗は近世になって現れたとされる。

ばさりとひとつ羽ばたき、烏天狗がいまだ海水に浸かっている怜路の方を向いた。

「おう、怜路よ。儂を覚えてはおらぬようだな。薄情な坊主じゃ」

いやに親しげに、楽しげにそう言って、烏天狗が面を外す。その顔には、見覚えがあった。

「――ッ！　アンタ親父の!!」

友人、と名乗っていた得体の知れない連中の一人だ。養父からは山の仲間だと説明され、勝手に山を同じくする修験者か何かだろうと思っていた。怜路を山やら川やらに放り込んで、実地訓練でサバイバルを叩き込んだ人物である。思わず大声を出したせいで、体が沈む。慌てた怜路に烏天狗が大きく笑った。

「いかにも。我は蘆穂山《あしほやま》綜玄坊が朋友《ほうゆう》、神来山暁海坊である。相変わらず、泳ぎだけは覚えられぬようじゃのお。どれ、斎木神の娘よ岸まで運んでやれ」

暁海の指示に千夏が頷く。しかしオジがそれを阻むよう右腕を天へ振り上げた。

『させぬわ!!』

ざばんと大きく波が割れて、千夏が引き離される。支えを失い、波にあおられた怜路の腕を烏天狗が掴んだ。

「まったく、この爺《じい》も強情な。掴まれ、ずらかるぞ」

「アンタが野郎の本体なんだろ、倒せねェのかよ！」

空中に引っ張り上げられながら怜路は問う。少し苦く笑って、烏天狗は首を振った。

「人に祀られた神は強い。すっかり忘れられておる儂では、すぐに吹き散らされてしまうわい」

島と同名を冠する山を名乗った暁海、そしてその分霊らしきオジの大本は、恐らく島そのものだ。島の宿す霊気が凝って精となり、人に名付けられて神となる。名を与え、輪郭を与えるのは人間だ。人間が居なくともそこに島があるかぎり「島の霊」は存在するが、それは名も形も持たないただの力場のようなモノである。神としての霊威を得て強固な姿を保つには、人の信仰が――みずからを定義する力が必要なのだ。

『逃がさぬ……！　逃がさぬぞォォ……!!』

猛《たけ》るオジに呼応して、にわかに風が強まった。突風に煽られた烏天狗が、幾度か羽ばたいて体勢を整える。怜路の肩を担いだ状態では重く、バランスもとり辛いのだろう。

「耐えろよ怜路。折角、綜玄坊が惜しんだ命じゃ。容易《たやす》く手離すでないぞ」

「――惜しんだ？」

綜玄は、怜路の養父の名である。気まぐれに怜路を拾い、なんやかんやと生きる術を叩き込んではくれたが、ほんの五、六年も面倒を見たかと思えばふらりと消えて、帰って来なくなった。

「左様。それに面白いモノに気に入られておるではないか。あの時はなぜ綜玄が、五年以上の苦労をフイにしてまでお主を惜しむか分からなんだが……あれほどの大蛇に懐かれておるとは。今しばらく耐えろ、あの白蛇精は、お主の為に神を斬ると言い切ったぞ！」

白蛇精、と一瞬戸惑い、美郷のことだと思い至る。

――何か言葉を返そうとして、呂律《ろれつ》が回らないことに気付いた。ずるり、と烏天狗の肩に掴まっていたはずの右腕が落ちる。濡れた身体に風が吹き付け寒いはずなのに、不思議なくらいその冷たさを感じない。

（やべェ……冷えすぎたか……）

ぼんやりと、現実感なくその事実を受け止める。意識に靄がかかり始めていた。

「いかん……！」

慌てた声と共に、烏天狗が怜路を担ぎ直す。その隙を見逃さず、オジが突風を吹かせた。徐々に視界もぼやけ始める。体勢を崩した烏天狗と怜路にオジが迫る。その枯れ枝のような腕が振り上げられ、怜路の胴を掴む烏天狗の腕を狙った。もう怜路に力は残っていない。烏天狗の腕が離れれば、海に墜落するだけだ。

荒れる海鳴りが怜路の中を埋め尽くす。否、これは耳鳴りか。混濁する意識の中で、赤い高鼻天狗の面だけが正面から怜路を睨み付けている。そして――。

ぱんっ。と乾いた音を立てて、怜路の目の前で、赤い高鼻天狗の顔が縦真っ二つに割れた。

オジの御神体である、赤子ほどの大きさの石の前に美郷は静かに正座した。左手に鞘を握って真正面から石と相対し、そっと柄に右手を添える。

目を伏せれば、わずかにオジの気が石の周りを取り巻いて、最後の殻になっているのを感じる。だが、ここまで来れば八重香に頼むまでもない。むしろ触れれば、それがオジに伝わる可能性がある。一連の所作で斬り払ってしまうほうがよいだろう。

腰を上げながら素早く抜刀《ばっとう》し、右膝を立てながら一閃《いっせん》横に薙《な》ぐ。最後の殻が斬り払われた。そのまま脇を畳んで、最短軌道で頭上に刀を振りかぶりながら、鞘を放して左手も柄を握る。

刃が翻る。

素早く、静かに。流れるように滞りなく。刃が鍔《つば》から滑り出た勢いを殺さぬまま、刀を身体の芯の真上に掲げた。ただ垂直に、天から地へ。

「破《は》ッッ!!」

己の体重と気魄《きはく》も乗せて刀を振り下ろす。

――斬れる。神来山の霊力を吸って、ずしりと重いこの刀ならば。

両目を見開き、石の頂に狙いを定め刀身を沈めた。豆腐でも切るように抵抗なく刀が石を両断し、切っ先が板張りの床を噛む。

一拍の間を置いて、自身が斬られたことに気付いたように石がぱっくりと二つに割れた。

『ぎゃあああアアアアアアアアア――――ッッ!!』

もの凄まじい悲鳴が響き渡る。

空気そのものを引き裂くような断末魔が美郷の全身を襲った。それを払うように、袈裟《けさ》がけに血振りの所作を行いながら美郷は静かに立ち上がる。左右に割れて転がった石がぼろりと崩れ、一瞬で二つの礫の小山となった。

作法どおり納刀しようとして、鞘は足元に落ちていると気付く。ほ、と息を吐いて、刀の柄を握ったままの右手を下ろした美郷の傍らで、八重香がぽつりと言った。

「……ホンマに、切れた……」

「はい。斬れました」

返す美郷の声音には、安堵が滲んだ。本当に、高校卒業以来なのだ。八重香の手前でなければ、間違えて己の足を切る心配をしていたところだった。

よっこらせと腰を落として鞘を拾い、納刀したところで、にわかに人の気配が下から近づいて来た。複数人の足音と、男の声だ。

「そこに居《お》るのは誰な!?」

壮年の男の声が誰何する。お父さん！　と奥の八重香が小さく悲鳴を上げた。さすがにオジの断末魔が下まで響いたらしい。

刀を持ったままの美郷は、ゆっくりと背後を振り向いた。木階の下から美郷を見上げているのは、衣冠姿の宮司ともう一人――宮司よりも幾分か年若い、小柄な男だ。二人を睥睨《へいげい》する形で、美郷は口を開く。――暁海や八重香の助言どおり、少し強気に、目元を険しく、顎を上げて声を低めた。

「この島に友人と釣りに来ていた者です。友人が海に落ちたので海上保安庁を通じて、救助依頼をしていたはずですが――ご存知ありませんか」

その悲鳴——らしき異音を神木利彦が聞いたのは、無力感に打ちひしがれつつ浜から拝殿へ戻って、しばらくの後であった。

どの程度の時間経過があったかは曖昧だ。畳敷きの拝殿の手前では、兄の妻——八重香の母親である明恵が泣き崩れていた。他は、夕刻より拝殿に詰めていた宮役員の老人たちで、明恵の隣に寄り添う者、拝殿の隅に蹲る者と様々だったが、みな一様に憔悴《しょうすい》した様子で肩を落とし俯いている。奥の拝殿から文治の奏上する祝詞が響く他は、明恵のすすり泣きと誰かの重苦しいため息ばかりが室内に満ちていた。

(兄さんの神事を止めて、八重香ちゃんのことを知らせる度胸もないなんて……)

知らせようとした明恵を止めた役員たちも、うち一人の「もう手遅れじゃろう」の一言でその場に頽《くずお》れてしまった明恵も、みな、今までに経験したことのない事態の連続に怯え、疲れ果てていた。

何もかもが「異例」なのだ。斎木神と巫女が健在な間に次の「お告げ」が下るのも、神迎えをする当日、救難要請が入るのも。

救難要請が入った時——ちょうどそれは、利彦が八重香に今夜は出ないよう言い含めていた頃の話らしいが——既に文治は、拝殿の奥、数段高い幣殿へ上って神迎えの神事に入っていたという。誰も連絡を受けぬわけには行かないため、拝殿に控えた宮役員の一人が文治の電話を預かっていたそうだが、連絡を受け、すぐにはどうすべきか判断できなかったそうだ。

一旦救難要請の電話を切り、文治を呼ぶか、あるいは他の船主に声を掛けるか。——あるいは、その遭難者こそが「次の斎木神」である可能性を思えば、島の習わし通りに、誰も外へは出ないとするか。

古い時代のことは分からないが、海難救助の仕組みが整備されて以降、今回のような事態——すなわち、神迎えをする晩に島の周囲で遭難者が出たことはなかったという。よって、誰も今回の事態でどう動くべきか、知っている者がいなかった。それでも、遭難者を見殺しにして、手ずから水死者を作り神と迎えることは、流石にできない——そう、しばらくの議論のあと結論に達し、文治の次に大きな船を持つ者へ連絡をしたのだという。

(じゃけど、その人も神来島の住人……今夜海へ出るのは怖がった……そうしよったら、あの、大嵐じゃ)

どんな船も救助に出られないような、大時化《おおしけ》が突然島を襲った。——オジが、新しい斎木神になる遭難者を殺そうとしている。その様子が容易に想像され、拝殿の中に恐怖が満ちた。ちょうどそんな折、明恵と利彦は外出禁止を破って拝殿を訪れたのだ。夕食時間になって、明恵が八重香を自室まで呼びに行き、その不在に気付いたのである。明恵はまず、利彦の家に駆け込んだ。そして八重香不在を知った利彦は、八重香が訊ねてきたあの時、八重香を家まで送らなかったことを心底後悔したのだ。

(夕方の遭難者と、八重香ちゃんと……今回の神迎えはもう、『風習だから』で見過ごしてエエ範疇《はんちゅう》を超えてしもうとる……一体、何が起こっとるんじゃろう……)

そんな恐怖と後悔を抱えて、利彦もただ拝殿に座り込んでいた時だった。

まさに断末魔と呼ぶべき悲鳴が、奥から響いた。それも、人間のものとは思われない。人の声帯が出せる音ではない悲鳴だった。響いて来たのは拝殿の奥、上方。すなわち幣殿の方からであったが、それを兄の文治が出したものとは一瞬も疑わぬような、人間離れ——否、生物離れした断末魔であった。

「何……!?」

その場にいた全員が怯えた様子で顔を上げる。文治の祝詞も止まった。利彦は立ち上がる。他にその気力がありそうな者はいない。思い切って、幣殿の兄の元へ向かった。

「利彦!?　なんでお前がここに居るんじゃ！」

驚いた様子の文治は、まだ遭難者が出たことも、娘が時化た海へ消えたことも知らない。そのことに若干顔を歪めながらも、利彦は先に状況を尋ねた。

「それより、さっきの悲鳴はどっから？」

「……上じゃ」

「本殿いうこと!?」

文治の視線の先、幣帛や神饌を載せた三方、瓶子《へいし》などが置かれた祭壇の向こう。閉ざされた扉を見上げる。

「——行ってみよう」

利彦はそう言って、祭壇の設えられた場所まで続く階段に足を掛けた。おい、と慌てた様子で文治が止める。兄は保守的な人物だ。一方の利彦も、己が先進的とも行動的とも思ったことはないが、今、この異例尽くめの事態の中で、ただ漫然と「今まで通り」を続けていては駄目だという、強い危機感が胸の内にあった。いつもは頼りにしている兄の感覚も判断も、この時だけは横に置いて前に進むべきだとその危機感が告げる。

（あの時、僕が八重香ちゃんと一緒に出とったら。海まで出んでも、せめて家に送り届けとったら……）

その後悔がオジへの闇雲な恐怖を払い、ようやく目が覚めたのだ。どれだけ恐ろしくても、目を背け耳を塞ぎ、ただ闇雲に怯えて震えているだけでは何もできない。

「兄さんが神迎えに入ってから、色々あった。今回はそもそも、お告げからしていつもと違うとる。何も見ずに、知らずに居ったらその方が危ない気がするんよ」

本殿は神の坐す場所だ。一年のうちでも決まった日、決まった者しか開けて入ることは許されない。本来夜通し続けるはずの神事を止めて、祭壇を脇に押し遣り本殿へ繋がる扉を開けるなど、言語道断である。

それでも、真剣な利彦の様子に感じるものがあったのか、頷いた文治も笏《しゃく》を懐に収めて段に足を掛けた。

——そうして、幣殿最奥の扉を開けた、一段高い敷地に建つ本殿と幣殿の間に設えられた木階の先。扉を開け放たれ、明かりを灯された本殿に人の気配がする。

「そこに居《お》るのは誰な!?」

文治が誰何した。

応えて現れたのは、見知らぬ麗人だ。浮世離れして整った白い頬に、闇を吸ったような長い黒髪がかかっている。服装だけはごく当たり前のものだが、その恰好の方がむしろ、美麗な容貌と特徴的な髪型から浮いて見えた。もしも古式ゆかしい装束ならば、人でないものが降臨したと思い込んだであろう。

「この島に友人と釣りに来ていた者です。友人が海に落ちたので海上保安庁を通じて、救助依頼をしていたはずですが――ご存知ありませんか」

冷たい声音が訊ねる。その表情は言外に、「お前たちが見殺しにしようとしたのは知っているぞ」と告げるようだ。

「――っ、し、知らん！　何の話や！」

驚きと戸惑い、憤慨《ふんがい》がない交ぜの声音で、文治が反駁する。実際、文治の耳にはまだ何も届いていない。しかし本殿の麗人は、侮蔑《ぶべつ》するように目を細めた。その手元で、ちゃきりと高い音がする。音の出所へ視線を移した利彦は瞠目した。刀だ。

「私は巴市役所、危機管理課特殊自然災害係所属の呪術者です。こちらに来ていたのはプライベートですが、突然海に呑まれた友人を助けるため、この島の古い神――神来山権現から神刀をお借りしています」

利彦の視線に気付いたのか、呪術者を名乗る青年はそう言って刀を掲げて見せる。

（神来山権現……あの、山の天辺の――？）

その神社の存在は、利彦もうっすらと知っているだけだった。神社よりも、幼子を脅すための「天狗」の方が有名であろう。

「——ウソ吐かんでやお父さん。知らんワケないじゃろ」

そう言って、青年の前に出る小柄な人影があった。聞き慣れた声音に利彦は目を丸くする。

「八重香！　お前はそこで何をしよるんじゃ⁉」

「八重香ちゃん……！　無事だったん⁉」

文治と利彦の声が重なる。そもそも八重香の出奔《しゅっぽん》を知らない文治は叱責《しっせき》の声を、もはや今生での再会は叶わぬ覚悟をしていた利彦は安堵の声を。思わず膝から崩れた利彦を、文治が振り返る。その顔が「一体何があった」と利彦に問うていた。

「叔父さん……心配かけて、ごめん。ウチ、どうしても止めたかった。ちーちゃんが居らんくなるのも、お父さんや叔父さんが誰かを……島のために、ころ……して、しまうん、も」

口に出しづらそうに顔を歪め、拳を握りながら八重香が恐ろしい言葉を紡ぐ。それに何か反論しかけた文治を封じるように、刀を手にした青年が言った。

「この島の信仰と斎木神については、八重香さんからお聞きしました。ですが、友人は生きたまま、何者かに海に引きずり込まれた。あなた方の信仰を頭から否定する気はないですが、そのために友人を失うわけには行きません」

何も言い返せず、文治の横顔が口を引き結ぶ。険しい表情で睨み上げる文治と、冷たく見下ろす青年の視線がぶつかり合った。青年が、右手に持った刀を正面に掲げる。

「ですから――貴方がたの、神来白鬚神社の御神体はおれが斬りました。理由は、ここの祭神、塩土老翁がおれの友人を殺して斎木神にしてしまうのを止めるためです」

斬った!?　と、思わず口々に声が洩れる。目を剥いた兄弟に、青年がゆっくりと頷いた。利彦はその言葉が信じられず、思わず立ち上がる。白鬚神社の御神体は丸い大きな石だと聞いている。刀で斬れるようなものでは、ない。思いは同じだったのだろう。文治も木階に足を掛ける。「確認したければ、どうぞ」と、本殿入口の青年が半身を引いた。文治が先に本殿へ上り、利彦もそれに続く。

「――ッ、なんちゅうことを……!!」

文治が立ち尽くして絶句する。その後ろから覗き込んだ利彦もまた、言葉を失った。

そこには、岩ではなく――二山《ふたやま》の石塊《いしくれ》が散らばっている。

「じゃあ、あの悲鳴は……オジの……」

オジの断末魔だったのだ。納得してしまえば、利彦の胸に先に訪れたのは安堵だった。これでもう、怯えなくて済む。一方で、利彦の前に立つ文治は拳と肩を震わせていた。宮司として神社を守る立場の文治には、耐えがたい惨状であろう。衣冠を纏った背中が大きく膨らむ。狭い本殿の中に殺気が満ちた。八重香は眦を上げて文治を睨んでいる。青年は静かに刀を握ったままだ。

(まずい、止めんと――!!)

利彦は焦る。文治の気性は利彦よりも荒い。ここで文治が手を上げれば更に事態が拗《こじ》れてしまう。振りかぶられようとする文治の右腕を、利彦は掴もうとした。

「そこまでじゃ！」

大きな羽ばたきの音と、野太い声が闇夜から降ってきた。


「美郷、怜路はここじゃ。そちらの娘にしたように、魂鎮めの処置をしてやってくれ。あまり悠長にはして居れぬぞ」

切迫した声音と共に、ほぼ裸の怜路を肩に担いだ暁海が本殿の戸口へ降り立った。

「暁海坊！　――怜路!!」

戸口の前を塞ぐ二人の横をすり抜け、美郷はぐったりと意識のない怜路の冷え切った体を受け取る。本殿の奥に寝かせて脈を取り、その弱さにぞくりとした。黄ばんだ蛍光灯に照らされる顔が、別人のように白い。手早く髪を解いて数本を抜き、銜えて湿らせ纏めて怜路の手首に括りつける。両手を腹の上で組ませ、両の手首を髪で繋いだ。

（まだ生きてる。間に合う。落ち着け、呼吸を整えろ。――必ず、助ける）

寝かせた怜路のすぐ横に正座して二礼し、大きく二つ柏手を鳴らす。八重香にやったのと同じ術だ。

両手を合わせたまま、美郷は神歌を唱えた。

「清《きよ》く陽なるものは、かりそめにも穢《けが》るること無し。千早振《ちはやふ》る神の御末《みすえ》の吾《われ》なれば、祈りし事の叶わぬは無し。ひと、ふた、み、よ、いつ、む、なな、や、ここの、たり！」

　腹の上で組まれた両手を握った。深く息を吸い、握った手から己の気を相手に流し込むように観想する。現在の美郷は暁海の加護があるため、己が力尽きる心配はない。怜路が受け止められるありったけを流し込もうと強く念じた。

（――死なせやしない。絶対に!!）

「ふるえ！　ゆらゆらとふるえ!!」

　魂を繋ぎ止めろ。死の眠りに就きかけた身体を奮い起こせ。

　びくん、とひとつ怜路の体が痙攣し、再び弛緩《しかん》して深い呼吸を始めた。脈に力が戻ったのを確かめ、美郷はほっと息を吐く。

　これで、死の危機は去った。八重香同様、しばらくすれば目を覚ますはずだ。

　それにしても、寒々しい恰好である。下着一枚の姿になにか掛けてやろうと、己のシャツのボタンを外しかけたところで、八重香が上着を差し出してくれた。元々怜路のものである派手なスタジャンだ。

「ありがとう」

　別に、とそっぽを向いた八重香に笑って、ひとまず怜路の腹にジャケットを掛けてやる。自分よりも大きく、筋肉質で重たそうな怜路を抱えて移動する自信はないな、と暁海を見上げると、暁海がうむ、と頷いた。

「――さて、オジの氏子どもよ。お主らの奉《たてまつ》る神は、人間の命をひとつお主らの島の為に消そうとした。そしてこやつは、その命を生かす為にお主らの神を斬った。互いの言い分はあろうが、一人の命と島の未来とを賭けた勝負に、こやつが勝った」

暁海は腕を組み、八重香の父親と叔父を見回して言う。

「儂は神来山暁海坊と申す者。ゆえあってオジではなくこの若者に与《くみ》した。お主らの言う、オバケ神社の天狗じゃ！」

誇示するように背中に生えた鳶の翼を羽ばたかせ、Tシャツ G パンとごく当たり前の服装をした天狗は、がはははは、と豪快に笑った。対する二人は共に顔色をなくし、身を強張らせている。ただ神職、氏子として祭祀を守り続けていただけで、彼らはオジを実際に見たことがあるわけでも、呪術が扱えるわけでもないのだろう。空から舞い降りた、巨大な翼を背に生やした大男を眼前に、男たちは言葉を失っていた。

「やれやれ、餓鬼の頃に儂の名で親に脅されて、寝小便を垂れた頃の恐怖を忘れられぬか。なかなかどうして、儂もまだ捨てたモンではないのう——ああ、だからそんな恐ろしい顔をするな美郷。分かっておる」

調子に乗っている、文字通りの天狗をひと睨みすると、そんな言葉と共に肩を竦められた。

「お主らの氏神は負けた。よってヤツの行っておった神迎えも中止じゃ。余所者《よそもの》の若造に阻まれたと思うが業腹《ごうはら》なれば、儂が止めたと思えばよかろう。代わりに、巻き込んでしもうたあの二人を客人《まれびと》として迎えてやってくれ。お主らとて、この豊かで平穏な時世の生まれじゃ。まれびとを島の供犠《くぎ》にしたかったわけでもあるまい」

幾分優しい声音の諭すような言葉に、相対する兄弟は困惑の表情を浮かべながらも、少し緊張を解いた。まだ厳しい表情の宮司よりも先に、その一歩後ろにいた小柄な弟――八重香の叔父である利彦が、恐る恐るの様子で頷く。

「分かりました。――兄さん、取りあえず向こうの彼は早《はよ》う暖かい所に移さんと。僕らも、決して誰かが亡くなるんを望んだわけじゃありません。……これで、もう、恐ろしい風習が終わるんならそれでエエと思います」

「利彦！　それじゃあウチはどがなるんじゃ!?　オジが、ウチの神社の祭神が……!!」

一方の神来白鬚神社宮司、神木文治は弟の言葉に激昂《どう》した。その、絞り出すような問いは悲愴《ひそう》に響く。

「安心せい」

深く優しい声音で、暁海が言った。

「塩土老翁の神籠石《こうごいし》は砕けたが、たとえこれが石塊《いしころ》になろうと、砂粒になろうと、お主らに奉る気があればまたいずれ、神としての姿と力を取り戻すであろう。神が本当に死ぬのは、人に忘れられた時だけじゃ。しかし――利彦よ、ひとつ認識を改めてもらうことがある」

名を呼ばれ、驚いた様子で利彦が暁海を振り仰いだ。それを正面から見詰め、暁海が真剣な声音で続ける。

「氏子が氏神の支配を受けるのではない。氏神というモノは――そうだのう、氏子の心根と言ってしまえば嫌らしいが、お主らの、この世の捉え方、この世への関わり方に定義されるモンじゃ。氏子連中の……集合的無意識とでも呼ぼうかのう。じゃから、もしお主らがもはや神を信じぬのであれば、オジは二度と目覚めぬ。そしてもし、お主らが今までと変わらぬならば、また同じオジが目覚めるであろう。今までと同じに、外から流れ漂って来るモノを捕え、それに富や繁栄を呼び込めと支配するオジが。オジに他の姿を望むのであれば、お主らが変わらねばならぬ」

その言葉に、利彦、文治が緊張した表情を見せる。美郷は、冷たい板張りの床に、濡れたまま横たえられた怜路の体が冷えるのを懸念しながら、その胸元で組まれた手を握っていた。暁海は厳かに告げる。

「座して滅びを待つだけであってはならぬ。雛鳥《ひなどり》のように口を開けて、客人《まれびと》からの恵みを期待してはならぬ。己らは何も変わらずに、ただただ今のまま存続したいと願ってはならぬ」

「――厳しいことを、仰いますね」

思わず美郷は口を挟んだ。暁海の言いたいことは分かる気がする。過疎高齢化が深刻な地域に賑わいを取り戻すには、もはや今そこで暮らす住民の流出抑止だけではどうにもならない。神来島のような離島は特に顕著《けんちょ》であろう。どうやっても、他所から新しい人を呼び込む必要がある。その時障壁になるものは、立地や産業、経済など様々にあるが、大きな要素としてひとつ、「迎える側の態度」があると美郷は感じていた。

移住先の自治会に参加しなかったためうつし世《こちらがわ》の場所から追いやられ、毎夜女鬼の訪う場所に暮らす羽目になった移住者の男性がいた。新興住宅地の住民と元からの地域住民の間に壁があり、地域の禁忌《きんき》がうまく伝承されずに起きたトラブルがあった。美郷の仕事は、数限りなくそういった、「そこに暮らしてきた者たち」と「余所者」の間のトラブルを経験する。美郷自身も、己が余所者であると身に沁みて感じる瞬間はある。

他所から訪う者を受け入れるということは、すなわち自らも変化するということだ。自らは変わらず、ただ相手に変化を――自分たちの郷《ごう》の掟《おきて》に従うことを求め、訪う者をただ自らの共同体を支える活力にしようとするのであれば、そのまま、斎木神を呼び込み捕えて使役するオジの姿に等しい。

だが、高齢化や過疎化に苦しむ地域の人々が、悪意や利己心ばかりでそんな態度を取るわけでないのもまた、知っている。彼らもただ、不安であったり恐ろしかったり、ただ穏やかに暮らしていたいだけであったりするのだ。移住者が地域の資源や仕組み（たとえばゴミ収集場所の管理など）にタダ乗りすれば、維持している側に負担がかかる。氏素性《うじすじょう》の知れぬ相手が隣人となれば、生活の安全が脅かされないとも限らない。あまりに大きな変化が訪れれば、それはそのまま彼らが故郷《こころのよりどころ》を奪われることにもなるだろう。それでは本末転倒だ。

（だから、暁海の言うことは正しいけれど、とても厳しい）

都会ならば行政なり民間なりの「サービス」として、賃金を対価とした仕事として誰かに頼めることも、そのサービスが成立しないような田舎では自分たちでやるしかない。そのぶん、「互助《ごじょ》」が必要になってくる。いざという時、隣人の手を借りずともどうにかなるのであれば、隣人がどんな人間でも構わないだろう。無関心という名の寛容さを維持しやすい。

だが、何かの時にはお互いに無償で力を貸し、また乞わねばならないのであれば、隣人の人となりが気になって当然だ。

「厳しいか。そうだのう。だが何かを望むなら相応の、対価なり労力を払う必要はあろう」

泰然《たいぜん》と暁海は頷く。それはまさに、時代を跨《また》いで人々の暮らしを俯瞰《ふかん》し続けた神の態度だ。

（そうか……神来島にはまだ、この暁海坊がいる。島の人たちが『オバケ神社の天狗』を子供の頃に聞かされ、畏れて育ったのなら彼も十分に『この島の神』として機能するんだ）

現に今、暁海が彼らに与えているのは、彼らを見守る保護者としての「指導」と「赦し」だ。神来島の人々にはきっと幸いなことだろう。オジを斬ってしまった美郷も、心の隅で胸を撫で下ろす。

暁海の言葉にすっかり気勢を削がれ、男たちは今から何をすべきかと顔を見合わせる。美郷は一刻も早く怜路の安全を確保したいと、じりじりその様子を窺っていた。

ふいに、少しでも怜路を温めようと握っていた怜路の手が、ぴくりと動いた。美郷は真下に視線を落とす。まだ血色の悪い瞼が震えた。

「怜路！」

思わず大きく呼ぶ。かすかな呻き声と共に、うっすらと目が開いた。今は覆うもののない緑銀の眼が、焦点を結ばぬまま天井を映す。美郷はそこへ映り込むよう身を乗り出した。後ろに流していた長い髪が、肩から落ちて怜路の鎖骨辺りに触れる。それが刺激になったのか、「ひゃ」と抜けた声を出した怜路が大きく目を瞬いた。

「……美郷？」

萎えて掠《かす》れた声が美郷を呼ばわる。「うん、」と答える美郷の声音も、胸に迫った安堵感で無様に縒《よ》れた。

「目を覚ましたか。美郷、お主もよう頑張った。——さあ！　ひとまず今夜は撤収じゃ！　あまり夜更かしをしておると、儂が山に攫うてしまうぞ。そちらの二人にも温かな風呂と寝床を用意してやれ」

ぱんぱん、と大きく二つ手を叩き、暁海が移動を促す。利彦が申し訳なさそうな表情で美郷らに歩み寄り、怜路の様子を窺いに腰を落とした。文治は苦い顔ながらも、拝殿の者たちに指示を出すため本殿の外へ足を向ける。

そして、今までじっと黙って耐え、周囲のやり取りを聞いていた八重香が、衣服の裾を握って声を上げた。

「ねえ！」

全員の意識が少女に向く。

「ちーちゃんは⁉　ちーちゃんはどうなったん？」

彼女の目的は、大切な斎木神を奪われないことであった。未だその顛末《てんまつ》を聞いていないと、八重香が暁海へ問う。

「千夏も無事じゃ。明日にでもまた会いに行け。——今はそれよりも、先に謝る相手がおるであろう、お主」

母親のことであろうか。しかし暁海は、美郷と八重香の会話を聞ける場所にはいなかったはずだ。美郷は目を瞬いたが、それに気付いたらしき暁海は、面白そうに太い眉を片方上げて、己の耳を指差した。

「儂の耳はよう音を拾うでな。こちらまで胸が痛みそうなすすり泣きが聞こえておるぞ」

八重香がその言葉に顔色を変える。利彦が「八重香ちゃん」と声を掛けた。

「明恵さん、八重香ちゃんがおらんことに、夕ご飯を呼びに行って気がついて――それからずっと心配しよってんよ。まだ下に居ってじゃと思う。行ってあげんさい」

頷いた八重香が、文治を追い越して本殿を飛び出す。ドタドタと木階を下りる音があっという間に遠ざかった。その背を追いながら叱責する文治の声も、すぐに遠くなる。怜路はと言えば、魂鎮めのための髪を千切って美郷の手を借りながら体を起こし、腹に掛けてあったジャンパーを着込んでその一部始終を見守っていた。

「あれが『八重香ちゃん』か……」

聞こえた呟きに首を傾げれば、斎木島で千夏から名を聞いたと教えてくれる。

「お二人も、とりあえず僕の家に。狭いし散らかっとりますが……ひとまずそちらで、あとは本家の方が落ち着いたら客間を支度しますんで。もう時間も遅いですし、冷えますから」

立ち上がった利彦が促してくれる。頷いて膝立ちになりながら、美郷は時刻を確認しようとスマホをポケットから取り出した。が、どのボタンを何度押しても画面は真っ暗のままだ。

（――ッしまったあぁぁ!!　水没っ！　しかも海水!!）

美郷のスマホに防水機能などと高価な機能があるはずもない。一気にどっと疲労感が押し寄せ、再びその場に座り込む。肩を落とした美郷を覗き込み、怜路が「あー」と声を上げた。

「何つんだっけ、こういうの。安物買いの銭失い？」

「るさい！　海ポチャする予定なんてなかったんだよ!!」

一方の、頭からずぶ濡れの怜路は、衣服もスマホも、果てはアイデンティティたるサングラスも失った様子だ。いつもの調子で反撃しかけて、その現実に気付いた美郷は言葉に詰まった。それに、よいしょと立ち上がった怜路が、ぺたんこの髪を掻き上げて軽く笑う。

「ま、『命あっての物種』ってなァ、こーいう時に使うんだろうよ」

その、あまりにいつも通りの「狩野怜路」ぶりに、いよいよ安堵で力が抜けた。座り込んだまま動かない美郷に、利彦に続こうとしていた怜路が立ち止まる。

「おい？」

「あっ、いや、ゴメン。なんか……立てない」

ははは、と間抜けに笑って美郷は答えた。怜路が「はあ!?」と慌てる。緊張が解けて、一気に押し寄せた疲労感で、美郷はへたり込んでしまっていた。

「無理もない。儂の力も操って、相当に経絡《けいらく》に負荷を掛けたはずじゃ。どれ運んでやろう」

言って、暁海が美郷の両脇を掴む。まるで子供のように軽々と持ち上げられてしまい、美郷は結局、暁海の肩に担がれて利彦の家まで運ばれることとなった。

6. 嵐の後

「なンでェ、美郷ォ。魚全部オッサンにやっちまったのかよ」

翌日、日が中天を越して傾き始める頃。干潮で陸続きになった斎木島へと砂州を歩きながら怜路はぼやく。結局昨晩はその後もバタバタと落ち着かず、日付が変わる頃にようやく就寝して、目が覚めたのは昼を過ぎてからだった。先に目を覚ました美郷が午前中、マリンパークに置き去りにしていた荷物を回収した折、釣果《ちょうか》を全て暁海に渡してしまったらしい。

昨夜は利彦の家で簡単な食事を貰い、隣に建つ神木本家の風呂を使って、そのまま布団を敷かれた客間に通された。衣類も下着とスタジャン以外は全て借り物である。当然、いつも使っている整髪料も手元になく、髪も洗いっぱなしのままだった。

恰好はともあれ、有り体《あてい》に言って死にかけたはずの怜路は思いのほか元気だ。昨晩も問題なく食って温もって寝たのだが、美郷の方は利彦の家に運ばれてからもほとんど動けず、食事も喉を通らない様子で小一時間ぐったりと横たわっていた。

（それだけ無茶させちまったってことだよなァ……）

美郷の長い髪を括り付けられていた手首に視線を落とす。肉体に魂を繋ぎ止める、鎮魂術だったらしい。髪を通して美郷から霊力――生命力が流れ込み、手首を温めるのを感じた。

「だって、その日の内に帰れなかったのに生魚が一杯あっても……」

その美郷はと言えば、眉をハの字にした情けない顔で、ごにょごにょと言い訳をしている。翌日午前に全快していたのは何よりだが、寝こけている怜路に遠慮して一人で動き回った結果、釣りに慣れていない美郷では魚をどうしたものか判断がつかなかったらしい。水くさい話である。

「クーラーボックス入ってンだから今日くらいもっただろ。あとは氷入れるなり冷蔵庫借りるなり……」

昨夜の釣果は全て、隣を歩く厳ついオッサン――もとい、暁海の腹に収まったという。かなり型の良いアジが多くあった。全く惜しいことだ。

「こら怜路！　釣りに来たつもりでまんまと釣られて海に溺れた痴《し》れ者がぐずるでないわ！　骨を折ってやった儂へ奉納したつもりでおらんか」

ごつ、と後ろ頭を小突かれ、怜路は小さく舌打ちした。言われていることは正論なのだが、どうもこの顔を相手に殊勝《しゅしょう》になれない。暁海のもとへは子供の頃から定期的に養父より預けられ、徹底的にしごかれてきた。怜路に幾人かいる「師」の一人だが、中でも一等酷い目に遭わされてきた相手だ。

ふふっ、と横で美郷が笑いを漏らす。「怜路、小学生みたいだねえ」と感慨深げに言われて一気に羞恥《しゅうち》で顔に血が集まった。空は快晴、風もなく穏やかな海も秋の日差しを照り返す。

気温は歩けば汗ばむほどだ。服の下に籠る熱を逃がそうと、襟元を緩めて手で扇いだ怜路に、暁海と美郷が爆笑した。

「ちょっと！　なんしよるん!?　はよ来んさいや!!」

先頭を前のめりに歩いていた八重香が、振り返って眉を吊り上げた。彼女が「斎木神」としての千夏の巫女、そして千夏の新しい「妹」だ。昨夜、オジを倒せたのは彼女の尽力もあってのことだと聞いた。美郷が「すみません」と返事して、小走りにだいぶ離されていた距離を縮める。

殿に残った怜路は、同じくのんびり歩く暁海をちらりと見遣った。もう背はほぼ並んでいるのだが、つい斜め上にその顔を探してしまう。怜路にとっての暁海は、そういう相手だ。

「――なァ。アンタが天狗だってことは、他の奴等もだったのか？」

怜路の養父は天狗を名乗っていた。実際妖術のようなものも見たし、それは信じていた。だが、他にも人外の者が交じっていたとは気付いていなかったのだ。

「まあ、全員ではないがな。綜玄がよくお主を預けておった男は普通の人間じゃ。儂らではどうしても、今の時代の知識を教えるのは難しいからのう」

養父の綜玄がふらりとどこかへ消える時、まだ小さかった頃の怜路をよく引き受けてくれた男がいた。塾講師だというその男に、怜路は中学卒業までの概《おおむ》ねの一般教養を教わったのだ。xだのyだのが何だったかはもうほぼ覚えていないし当時理解していたとも思わないが、その存在は知っている。存在を知っていることが、社会に溶け込む上で役に立った。

「ふーん。……あと、親父が俺を惜しんだ、ってアンタ昨日言わなかったか？」

その文脈は、ただ行きずりで川に流された子供を拾ったことを指しているようには思えなかった。意図を探るように怜路は、暁海の目を覗き込む。その間を隔てるサングラスは今はない。晴れやかな秋の、これぞ行楽日和《びより》といった明るい光景が眩しく怜路の視界を埋め尽くしている。

（こうやって、異形にゃ視えねえんだもんなあ）

天狗眼と養父が呼んだこの眼は、よりにもよってその天狗を見分けられないらしい。考えてみれば間抜けな話である。

「おお、言ったぞ。覚えておったか。——綜玄は、お主に己の跡を継がせようとしてお主を拾い、親許にも返さず育てたのじゃ。まあ二親は一緒に流されたようじゃが、祖父母はまだ生きておったであろう？」

確かに、怜路の祖父母は件の事故の後も十年近くあの狩野の家に暮らしていた。記憶を喪っていた怜路には当然与《あずか》り知らぬことだったが、今さら言われてみれば確かに、ただ人助けであれば家に帰せばよかったのだ。複雑な気持ちで頷いた怜路に、うむ、と腕を組んで暁海が続けた。

「儂ら天狗にも寿命がある。綜玄は相当に古い天狗でな、遥か昔に山へ分け入り修行をし、通力を得て天狗になった。生きながら異形と相成《あいな》った者ゆえ肉体がある。肉体があれば、こうして難なく人に紛れ、祀る者が居らずとも形を保って己の山を離れ、ふらりふらりと歩き回れる。じゃが、どれだけの通力を得ようと肉の体はいつか滅びるものじゃ。ゆえに、時折天狗は代替わりをする。かつては山に寺院があり、中でも最も験力《げんりき》の強い行者が後を継いだものじゃが、もうそのような仕組みも途絶えた山が多い。綜玄の山もそうじゃった。ゆえに、綜玄は己が跡継ぎとして、お主を拾い育てて鍛えた」

何から何まで初耳である。綜玄は、「自称・天狗」という以上のことを全く怜路に語らなかった。その「綜玄の山」なるものが何処《どこ》にあるのかすら、全く怜路は知らない。ぽかんと話を聞く怜路を面白そうに見遣り、暁海は語る。

「時間にして、六年そこそこか。天狗はおのおの自由に出歩けるゆえ、昔から互いに行き来して連絡を取り合うものじゃ。皆、綜玄の寿命が近いことは了解しておった。お主を跡目として育てておることもな。じゃから、あやつがお主を東京に置いて、一人で消えた時は皆目を剥いたものよ」

はっはっは、と懐かしむように笑いながら暁海が明かす。確かに怜路の養父は、怜路を拾って六年後、怜路がどうにか一人で食って行けそうになった頃合いに姿を消した。それまでも怜路を置いてふらりと数日から数か月消えることがあったので、その延長線上のどこかで野垂れ死んだのだと思っていた。――それが、寿命だったのか。

「じゃあ、俺の命を惜しんだっつーのは……」

どこか呆然と尋ねた怜路に、暁海が頷く。いつの間にか、二人の足は止まっていた。

「人間としてのお主を惜しんだ。儂らはそれを、あやつの山に残された書き置きで知ったのじゃ。お主にも伏せろと書いてあったのう。まあもう知っても良い頃合いだったのじゃろう。お主を人として遺《のこ》すは綜玄坊最期の頼みとして、我らにも協力を乞う遺言書であったよ。よほどお主が可愛かったのじゃろう――天狗として、人の理から外れ何百年も永《なが》らえるを強いるに忍びなかったようじゃ。あやつは最後の最期で、人の親になりおった」

故人を懐かしむ声音に、口元が震えた。どうして、何も、と頭の中に向ける先のない疑問が渦巻き混乱する。

「――ッで、ンなこと……！　あンのクソ親父ッ……！」

拳を握り締める。今更知って何になる。もう居ない相手には何も聞けないし、何も届かない。――置いて行かれて、恨んだのだ。仕方がない、どうせそんな奴だったと言いながらも帰りを待って、待って、いつしか諦めた。

「はっはっは、言うてやるな。あやつが面倒臭い男じゃったのはお主が一番よく知っておろう。お主に、背負わせたくなかったのよ。それで奴一人で背負って消えた。お主は実の血など繋がってもおらぬのに、よくよくあやつの性《さが》を継いだようじゃが、そういう所だけは似るでないぞ」

ニヤリと人の悪い笑みで釘を刺され、「しねーよ」と怜路は返す。居心地悪く視線を逸らし、眩《まばゆ》い瀬戸内海に目を細めて怜路は呟いた。

「俺が消えたら日干しになりそうな下宿人が居るからな。野郎のお世話しなきゃなんねーの」

潮騒にかき消される小さな呟きを、それでも耳聡く拾ったらしい暁海が高らかと笑う。

（それに――……あん時、親父は）
十二、三の頃のいじけていた怜路に言葉をくれた。技能を身につける意義を。昨晩朦朧《もうろう》とする意識の中で思い出したそれはきっと、天狗として山を継がせるためなどではなく。
『天与の資質に見合うだけの技能を持て。ソイツが一番の早道だ……お前が持って生まれた才を十分使いこなせる奴になりゃあ、周りにも相応の奴が集まってくる。そん中でこそ、お前も〝普通〟に生きられるってモンよ』

真相は分からない。最初から最後まで同じ目的で、怜路の面倒を見ていたとも限らない。

――死者との対話は叶わない。だから、意味付けは怜路が怜路の中で行ってもよいのだ。

そんなことを思いながら見渡す世界は明るく、どこまでもきらきらと輝いて見えた。


『八重香さん。あの……余計なお世話かもしれないんですが、ひとつお話があるんです』

美郷がそう八重香に声を掛けたのは、今日の午前中、まだ怜路が爆睡していた間だった。話の内容は提案だ。改めて神木家の人々と自己紹介しあった中で、神木文治と美郷は――文治はごく一般の神職養成課程卒で呪術の勉強はしていないが、大学の同窓生であることが判明した。そして、文治は八重香を同じ大学に進学させたいこと、八重香本人はそもそも、地元を離れての大学進学を渋っていることを聞いたのだ。

『おれは文治さんと同じ大学の同窓生です。それで、八重香さんもウチの大学に来ませんか？　八重香さんは、できるだけこの島から離れずに、千夏さんの巫女として彼女と一緒に過ごしたい——ですよね。それを否定したいわけじゃないんです！　ただ、あそこなら……勉強すれば、八重香さんが自らの手で、自分の守りたいものを守る力を得られる場所です』

昨晩八重香が嘆いた通り、人はみな身勝手に出来ている。だから、八重香に己の守りたいものがあるのなら、自ら守るための力と知識を持つ方がよいのではないか。そう考えたのだ。見た限り、八重香の呪術者としての生まれ持った力、才能はそう大きなものではない。本当に、ただ「斎木神の巫女」としての力しか扱えないのが現状であろう。そういったものは比阪恵子のほうがよほど大きかった。

だが、恵子はこの世界を、呪術やもののけと関わり合って生きることを望まなかった。そして八重香は逆だ。持てる力は小さくとも、斎木神という人外のモノと共に在ることを望んでいる。ならば、そのための方法を、手段を知れる場所へ案内したかったのだ。

美郷はこうも言い添えた。

『ゆっくり考えて決めてください。誰かの意見や模範解答じゃなくて、八重香さん自身の望む道を。色んな人が色んな道を、さもこれが「正解」みたいに言うかもしれないですけど——でも、その中に、八重香さんと同じ世界を見て、同じ人生を歩いている人はひとりもいませんん。だから、八重香さんの「正解」を決められるのは八重香さんだけです』

美郷自身、この短い人生の中で選んできた選択肢の、全てが模範解答だったとは思わない。

だが、その時その時に自分の意思で選んできた自負はある。自分で選んだ自負さえあれば、多少の反省は残ってもいいのだ。その時の選択が正解だったか不正解だったか、決めるのは未来の己なのだから。実は『正解・不正解』の部分は、後からいくらでも修正が利く。

八重香の結論を急がせるつもりはない。だが、本当に八重香が望んでくれるならば、美郷は大学時代に己が身を置いた寮に――神職養成課程の学生の中でも、呪術者としての修行を積む者だけが入る学生寮に、紹介状を書くつもりだった。

（あの寮、卒寮生からの紹介がないと入れないからな……）

美郷には、高校時代の恩師が伝手《つて》を使って紹介状を持たせてくれていた。入学当初は呪術に関わる気がなかったため、仕舞い込んで一般の学生寮に入ったのだが、白蛇を呼び出した後に引っ越したのである。

なにやら話し込んでいる怜路と暁海を後ろに置いて、美郷は八重香の背を追う。八重香の斎木神、そして怜路の姉である千夏と会って今後を話し合うためだ。

美郷らが辿り着いた洞窟の中は、オジの作り出した高波でごっそりと洗い流されていた。洞窟入口の潮溜まりに、祠だったものの残骸が浮いている。洞窟に辿り着き、その有様を見た八重香は呆然と立ち尽くしていた。美郷はそれを追い越し、中に入って様子を見る。何の気配もない。

「やっぱり、中は酷いですね……」

暁海や怜路からこちらの顛末を聞いて予想はしていたが、実際に見るとショックなのだろう。八重香からの返事はない。

「千夏さんはウチの白蛇が保護してるそうです。もう来てるかと思ったんだけど――何やってるんだろう、あいつ」

そう言って美郷は、背後を振り返る。オジが降臨すると言われていた岩山の足下には、切れた注連縄が絡みついて砂に汚れていた。

美郷の白蛇は、結局あの後帰って来ていない。暁海が怜路を連れて神社に戻る際、千夏を保護するよう白蛇に頼んだという。白蛇はそれを了承し（おそらく千夏は恐ろしい思いをしたであろうが）この場所で落ち合うよう決めていたのだ。暁海に悠長に相談や指示をする余裕はなかったらしく、夜中、夢うつつに白蛇と交信した美郷が「どこいく？　なにする？」と、暁海の力で楽しそうに海中を泳ぎ回っている白蛇に訊ねられて、ここを指定した。

千夏の本体は、一抱えほどの甕《かめ》だという。正確には、その甕に入れられた亡骸だ。それが高波によって海に浚われてしまったのだろう。

「ホンマに――ううん、なんでもない……」

昨夜も白蛇に慄《おのの》いていた八重香が、疑わしげな声を上げかけてそれを取り消す。あまり蛇が得意でないらしい上に、現在の白蛇はとにかく巨大だ。無理もないと美郷は苦く笑った。

「――朝言うとったこと、考えてみる」

代わりに、ぽつりと八重香は言った。

「ウチがちーちゃんを守れるように。伝統とか、習慣とか、作法とか、今まで全然興味なかったけど……何も知らんと何もできん、って思ったけ」

そっぽを向いて、足下に視線を落としながらの言葉に、美郷はただ「そうですか」と答えるしかできない。ただ、その声音には隠しようもない安堵の吐息が混じっていた。

（よかった――それなら将来的には、八重香さんが専門職として神来島を見守ることができる。しばらくは怜路が通う、って言ってたけど……）

昨晩千夏は、このまま斎木神としてここに残ることを望んだという。怜路はその意思を尊重したいと言っていた。怜路ならば千夏とも、そして暁海とも縁があるため、呪術者としてこの特異な島を見守るのには適任かもしれない。だが、神来島と巴市はいささか距離がある。本来ならばご当地、竹原市の特殊自然災害《もののけトラブル》担当部署に面倒を見てもらいたいところだ。

（なんだけど、どうも竹原は離島まで手が回ってないみたいだもんなあ……）

美郷も職場の噂に聞いた程度だが、竹原市の特殊自然災害担当部署は相当に規模が小さい――現在は、市全体で二名程度らしい。それも本庁に一名、支所に一名という配置で、組織と呼べるものでないと聞く。神来島は平成の大合併時に新しく竹原市に編入された、それ以前は単一の自治体だった島だ。文治から聞いた話によれば、人手不足に物理的距離も相俟って、竹原市側は合併以後も「神来島のことは神来島で」と不介入のスタンスでいるらしい。

県内の他市町に比べても、巴市は人口に比して特自災害部署の組織が相当大きいと聞くし、瀬戸内海の島嶼部には同様に、自治体の管理の手が回らないまま、ひっそりと衰退している祭祀は多いだろう。

神来島そのものの行く末も今や不透明ではあるが、オジ不在となった以上、千夏と八重香は、おそらく最後の斎木神とその巫女になる。今後も様々な変化に晒されていくであろう神来島に、常駐の専門家が居てくれるならば——当の巫女自身が知識や技術を身につけてくれるならば、それに越したことはない。

すっかり業務モードの頭でそんな思いを巡らせていると、ようやく後続の二人が洞窟入口に顔を出した。続いて、引き潮の砂州を這って砂まみれになった白蛇が、洞窟の入口に突き出した横岩を乗り越えてくる。相変わらず巨大だ。

（……これ、ちゃんと戻るんだろうな……？）

一抹の不安を抱えながら、美郷は白蛇を出迎えた。その周囲に、千夏らしき人影はない。

——白太さん、ぺっ、する？

閉所では非常に圧迫感のある大きさをした白蛇が、サイズに似合わぬあざとい仕草で小首を傾げた。最近、ますます「白太さん、可愛い」と増長している様子である。たまには八重香のような普通の反応を見て、冷静になるべきかもしれない。美郷の周囲には、白蛇を甘やかす人間が多すぎるのだ。

「ぺっ、って何を——え、もしかして……」

白蛇の声は、美郷以外の人間には聞こえない（しかし視界に入ったリアクションからして、暁海にはどうやら聞こえていたようだ）。ひとまず何か呑み込んでいるなら吐け、と美郷は命令した。

（けど、まさか千夏さんの本体の保護って――!!）

白蛇の太い首が下からうねり、首から口にかけてが膨らむ。ぺっ。と白蛇が吐き出したのは、まさに千夏の入った甕だった。口に封をされたままの甕が、砂地の上をごろごろと転がる。白蛇を恐れて洞窟の壁面に身を寄せていた八重香の悲鳴が、幾重にも洞内に反響した。

「ちーちゃん!!」

それに、甕からにゅっと半透明の腕が生えて応《こた》えた。どうやら千夏は無事なようだ。こっそり中身を食っていたらどうしようかと、一瞬肝を冷やした美郷は心底安堵する。八重香が甕に駆け寄って、その甕から生えた手を握った。ずるりと引きずり出されるように、千夏が姿を現す。なるほど、目元が怜路とよく似た少女だ。怜路は八重香よりも一歩後ろで、所在なげにそれを見守っていた。

――他にもぺっ、する？

八重香らを避けて少し端に寄った白蛇が、反対側に首を傾げた。

「え、まだ何か……」

と、問い返す暇もない。勝手に白蛇は、ごそごそと何やら吐き戻し始めてしまう。そして、出るわ出るわ――怜路の靴に始まり、ライフジャケット、ズボン、シャツ、スマートフォン。ご丁寧に夜中の間、全て集めて回ったらしい。たまにこうして白蛇は、美郷が命令せずともその願望を共有して勝手に動く。あるいは、千夏に指示されたのかも知れない。

そして最後、いよいよ白蛇は怜路の大切な大切なアイデンティティ――と、美郷が勝手に認識している、薄く色の入ったサングラスを吐き出した。

かしゃん、とサングラスが地面に落ちて、小さな音を立てた。これで終《しま》い、やりきったとばかりに白蛇が鎌首を仰け反らせる。

——白太さん、えらい？

ドヤる白蛇に、美郷が返事をするまでもなかった。

「うおお白太ッッさんッッ!!」

怜路が、感極まったような奇声を上げて横合いから白蛇に抱き付いたのだ。

「お前全部捜し出してくれたのかーっ！　可愛い！　尊い!!　愛してる!!」

——怜路おやついっぱい。白太さんすき。おやつちょうだい！

餌付けされている。多分、本体《みさと》も含めてだ。釣りにノコノコついて来た美郷も、当然のように怜路のアジ料理を期待していた。

「おやつ一杯食おうな!!　もののけバイキング時間無制限やろうな！」

「ちょ、何勝手にとんでもない約束してるんだよ！」

本当に、美郷の周囲……特に怜路は白蛇に甘すぎる。慌てて美郷は、怜路を白蛇から引き剥がした。八重香や千夏、暁海はと言えば、それをおのおの遠巻きに眺めている。中でも千夏は、楽しそうにくすくすと笑っていた。

「よかったね、白太ちゃん。怜ちゃんからいっぱいお礼もらいんさいね」

どうやら白蛇とも仲良くなってくれたらしい。「しろたチャン……」と怜路が驚いたように呟いた。白蛇は一人称「白太さん」で喋るため、あえて「ちゃん」付けする人物は千夏が初めてだ。白蛇に全く動じた様子がないのは——狩野家の血、なのかもしれない。

「和やかで何よりじゃのう」

　腕を組んで暁海が笑っている。笑っていないで、早くこの白蛇を元の大きさに戻してくれ——と美郷は抗議しかけて、怜路の改まった声に動きを止めた。

「姉さん」

　他の者もみな、怜路を注視した。白蛇の傍らで、怜路は千夏へと顔を向けている。千夏の順応力の高さに、呆れと戸惑いを見せていた八重香の顔にも緊張が走った。

「もう一回、改めて聞かせてくれ。姉さんは、これからどうしたい？　教えてくれ。姉さんは何ができたら嬉しくて、何をされたら悲しいか。俺たちは専門家《プロ》だ。俺は、可能な限り姉さんの希望に添いたい」

　真剣で、静かで、優しい声音だった。弟としてではなく、専門家として。だが、誰より大切な相手の意思を、最大限尊重したいと。訊ねられた千夏が、眩しげに目を細めて微笑む。奥に立つ暁海も感慨深げな笑みを浮かべていた。

　意を決した表情で、八重香が怜路に続く。

「ウチも——。ちーちゃん、ウチも知りたい。ちーちゃん自身の望みを。ウチには外の世界を知りんさいって言ってくれるけど、ちーちゃんはどう？　ずっとここに居るんはしんどくない？　……ちーちゃんの家に、帰りたいとか……ない？」

八重香ちゃん、と千夏が目を丸くした。彼女の弟妹はとても大人びた顔で彼女を思い遣り、守ろうとしている。突然それを目の前で見せられて、驚いているのだろう。目をぱちぱちと瞬いて沈黙した千夏が、はにかみ笑いを浮かべて少し俯いた。

「ウチは……昨日も言ったけど、このまんまでエエんよ。どこかに行きたいって気持ちもべつにないし、家もね、そんなに思い出せんのん。怜ちゃんのことは、ちょっとだけ思い出したけど全部じゃないし――今のウチはもう、八重香ちゃんの『ちーちゃん』であって、『狩野千夏』とは別なんじゃと思う」

既に、彼女が斎木神となってから十六年が経過している。生前の記憶の大半は時と潮に洗い流されて、ただ、彼女を今の彼女たらしめる『核《いつきがみ》』――弟妹を大切に思う姉としての輪郭だけが維持されているらしい。その言葉を聞いた怜路が、美郷の側……千夏から見えない方の拳をぎゅっと握る。

「じゃけえウチは、八重香ちゃんが幸せで――それから、ウチのことをずっと忘れずに、好きでおってくれたら嬉しいって思うん。ずっとここで、八重香ちゃんが幸せになるのを願えて、ウチがそう願っとることを、八重香ちゃんが忘れずにおってくれたらいいなって」

そこで千夏が一旦言葉を切った。白く細い指が体の前で組まれる。躊躇うようにその指を組み換えた後、千夏は続けた。

「でも――八重香ちゃん、大きゅうなったよね。ウチともう変わらんくらい？」

その言葉に、びくりと八重香が竦んだ。おずおずと頷いた八重香に、千夏が微笑む。

「ウチはもう、大きくならんのん。ここからも動かれん。もし八重香ちゃんにやりたいこととか、好きな人が出来たりして島を出とうなった時、ウチが枷になってしまうんは……」

ぶんぶんと八重香が首を振る。そんなことはない。そんなものを望む日は来ない、と。

「悲しいのは……たぶん、忘れてしまわれること。それから、『もう要らん』って言われたり、ウチがおったら八重香ちゃんの邪魔になったりすること。八重香ちゃんの枷になるくらいなら、消えんといけんと思う。でも消えて、忘れられてしまうのは悲しいけ――」

たとえ己が消えることになっても。どうか覚えていてほしい。貴方の幸せを願う存在として、その心の中に置いてほしい。そう続ける千夏に、堪えきれなくなった様子で八重香が抱きついた。

「そんなん、絶対ない！　絶対ないけ!!　ちーちゃんがいいなら、ずっとここにおって。ウチが守るけえ。ウチ、決めたん。大学に行く。行って、ウチも専門家になって帰って来る。そしたらウチがちーちゃんを守れる。じゃけえ、ずっとウチと一緒におって」

神に仕える巫女とは、基本的には未婚の女性である。今その約束をするのは、年若さゆえの向こう見ずだ――そう言ってしまうのは簡単だった。だが彼女は生まれた時から斎木神の巫女であり、千夏は八重香にとっての神であり、姉であり、友である。その関係は、他人の基準と都合で奪ってしまえるものではない。

抱きつかれた千夏が目を丸くする。美郷はそっと言葉を添えた。

「八重香さんが推薦で行けそうな大学、おれの母校なんです。おれから紹介状を書けば、八重香さんも呪術分野の勉強ができると思います」

「ほんまに、エエん……？」

恐る恐るといった様子で、八重香に千夏の腕が回る。その指先が、震える肩に触れた。

「うん。ウチ、初めて、こんな風になりたいって思うものができたん。じゃけえ、その道に進む。ウチが大切にしたい人を、守れる力が欲しいけ。他の誰かには間違っとっても、ちーちゃんとずっと一緒だった八重香は、ウチひとりだけじゃ。じゃけえ、ちーちゃんの八重香の『大切』も『正解』も、ウチが決める」

八重香の名を呼んで、千夏がそっと目を閉じた。その頬を一筋、涙が流れる。「ありがとう」とその唇が、音のない言葉を紡いだ。

ほんの少しの間、洞窟の中に沈黙が落ちる。穏やかな瀬戸の波は音も立てず、聞こえるのは島の上に乗った森で囀る小鳥と、蝉の鳴き声だけだ。

「――俺も姉さんも、これ以上はもう何も思い出せねえのかもしんねえ。俺の故郷は東京で、姉さんの居場所はここで、もう、それでいいんだろうと思う」

怜路が静かな声で言った。普段からは想像できないくらいの、落ち着いた声音だった。八重香と千夏が、体を離して怜路を見る。

（そうか……これは怜路にとっては、お姉さんとの訣別《けつべつ》なんだ。ただ肉親として姉を慕う弟のままじゃ、今の千夏さんの最適解を冷静に見付けられないから）

せっかく思い出して、再会したのも束《つか》の間《ま》のこと。既に千夏も怜路も、お互いの知らぬ自分で——巴の狩野家の姉弟ではない者として、ここに立っている。思わず美郷は、怜路の肩に手を置いた。代わりに自分が居るなどと言うのはおこがましいが、独りになったわけではないと伝えたかった。

向こうを向いた横顔が、少し笑った気がした。肩に乗せた手を、その腕で取られる。そのまま引き寄せられた。

「そうだ、見てくれ姉ちゃん。コイツが俺の相棒。俺と、同じ世界《モノ》が視える奴なんだ」

思い切り、肩に腕を回されて紹介される。突然のことに「ど、どうも……」としか返せない美郷に、八重香は呆れ顔をし、千夏と暁海は大いに笑った。

——おやつ！　おやつちょうだい！

暁海に頼んで、ようやく通常サイズに戻してもらった白蛇が、並んで歩く怜路と美郷の肩を行き来しながら騒ぐ。場所は神来白鬚神社の、境内から少し離れた駐車場、帰り支度の諸々が一段落して、やっと車に乗り込むところだ。辺りはそろそろ夕暮れ時で、予報に反して一日よく晴れた空を跨いだ太陽が、名も分からぬ瀬戸の島向こうに赤く沈みつつあった。

神木家の人々とは玄関先で別れたので、見送りは暁海のみだ。ヒグラシの鳴く声が辺りの山から、美郷らを囲むように谺《こだま》している。フェリー最終便に乗って帰る時間になってしまったので、明日から始まる一週間はキツいことだろう。

「あーあー昨日釣ったアジがあればなあ！」

白蛇のおねだりに、カナヅチ大家がわざとらしく答えた。

「ええいうるさい、ペタンコ頭！　ていうかアジは白太さんのおやつにはならないよ」

美郷はこめかみに青筋を浮かせて言い返す。それに怜路が「うるせー！」とわめいた。白蛇が回収したので、衣類一式は靴からサングラスまですべて戻って来たが、さすがに整髪料までは調達できなかった。それゆえ怜路はいまだ、洗いっぱなしのナチュラルヘアである。

美郷と怜路のやりとりを愉快そうに眺めていた暁海が、不意に美郷と白蛇を呼び止めた。

「これ、美郷。白太さん」

お詫びの品々や土産で大量になった荷物は、大半を怜路が抱えている。それらの積み込みを怜路に任せることにして、美郷は暁海を振り返った。車まではまだ少し距離があったため、怜路の足音が遠のいていく。

「何ですか？」

「白太さんのおやつにこれをやろうと思ってな。サングラスの礼じゃ」

言って暁海が差し出したのは、昨晩借りた刀だ。神社本殿から撤収する時に暁海に返したものである。その鐺《こじり》――鞘の尻を暁海は、美郷の肩に巻き付いた白蛇へ向ける。

「えっ!?　ちょっ、待って……！」

と焦って止める間もない。おやつ、という単語に反応して素早く大蛇化し、暁海へ寄って行った白蛇の口に、いともあっけなく刀は呑み込まれた。唖然としている美郷の前で、暁海が白蛇の頭を撫でる。

「よしよし、どうじゃ美味いであろう。刀の力を全て吸い取るのではないぞ。吸い取った分だけお主の力をその中に注いでみよ。そして、美郷の求めがあらばそれを柄から吐き出す」

べっ、と白蛇が器用に、暁海に指導されたとおり刀の柄を口から出した。

「これはお主の刀として使うが良い。白蛇に刀で相性も良さそうじゃ」

「しかし、これは暁海坊に奉納された刀では……」

戸惑う美郷に暁海が「いやいや」と首を振った。

「べつに儂のために打たれた刀ではないからのう。一応今まで面倒を見ておったが……良い機会じゃ、お主が持って帰れ」

いやそんな、と困惑しきりの美郷に、良いではないかと暁海が笑う。

「お主は上手くこれを使いこなした。武器はある方が良かろう」

「何故そこまで……そんなにして頂く理由がありません」

なおも食い下がる美郷に、暁海は「礼をさせてくれ」と言った。

「儂も綜玄の健在な頃はよく怜路を構いに行っておったのだが、あれが消える際に、我ら他の天狗も、以降は干渉無用と遺しおってな。仕方なし連絡をせずにおったのだが、綜玄の奴め、結局儂らのことも含めて一切、天狗の何たるかを怜路に言うておらなんだらしいな。怜路は狗神を憑けてしもうた時に、儂らを捜すこともなく姿を消してしもうた。――多少、陰から様子を見たりもしてはおったのだが、もう十分独り立ちしてやっておったから、油断して目を離した隙のことじゃ。我らもずっと山を離れて出歩いておるわけには行かぬしなあ」

　刀を腹に収めてしまった白蛇が、満足そうに美郷の肩へ帰って来る。なるほど、怜路の養父はほとんど己の身の上を怜路に語らなかったと聞いていたが、天狗仲間にも干渉を禁じて消滅したらしい。

「ということは、だから最初からご自身で怜路を助けず、白太さんに力を？」

「まあのう。まさか怜路が来ていると思わず、初動が遅れたのもあるが。それに——怜路が人であるからには、やはり救うのは人でなくばなるまい。まあお主が人であるかは微妙な線とは思うが——」

　言われて、美郷は反射的に表情を険しくする。それを愉快そうに笑って暁海は続けた。

「綜玄は怜路が、奴を追って天狗道に身を堕《お》とすことを案じておった。綜玄の肉体は消えてしもうたが、『蘆穂山綜玄坊』の天狗としての妖力は、まだ蘆穂山に在るままじゃからのう」

　そう、暁海が美郷に差し出して見せたのは、暁海自身の天狗面だ。

「天狗になる者は、その山の力の凝りである面を継承する。これを受け取るに値する術者になるまで修行を積んで、面をつけることで山の力を自身に宿らせ天狗に成るのじゃ。——今言うたことは、儂から怜路に伝える気はない。もし怜路が知るべき時が来たら、お主があれに伝えてやれ」

　なぜ、と美郷は首を傾げた。

「おれが、ですか」

「ああ。今のあやつならば、儂が姿を見せて綜玄を語っても、ヤツの面影を追うことはあるまい。お主を見てそう思ったのじゃ。――狗神からも、お主とこの蛇が救ってくれたのじゃろう。無用の遠慮はするな、今後もお主は、きっとお主の守るもののために刃を必要とする日がある」

そこまで言われれば、受け取るより他にない。銃刀法も周囲も気にせず持ち歩ける刀だ。あれば心強いのは間違いない。ありがとうございます、と美郷は深々頭を下げた。

「こちらこそ世話になった。気を付けて帰れよ、お主もまた遊びに来い」

わかりましたと頷き、美郷は既にエンジンのかかっている車へ向かう。空の端に、そろりそろりと薄暮が近寄っていた。ライトをつけて車が発進する。

「オッサン何だって？」

「また遊びに来いってさ」

シートベルトを装着しながら返した美郷に、運転席の怜路が「ケッ」と顔を背けた。美郷はそれに苦笑いする。港までは車で十分とかからない。対向車が来れば離合の余地もなさそうな細い車道を、車はゆるゆると走る。つるべ落としの秋の夕暮に、あっという間に山の中は薄暗い。

「調子いいぜ。オヤジが行方を眩《くら》ました途端、テメェも連絡寄越さなくなってたクセによ」

運転しながら、ぼそりと怜路が漏らす。ほんの小さな島のフェリー発着場までの短い距離だ。車は山道を抜けて再び海岸に出る。助手席からは、遠く背後に斎木島も見えた。

「あはは、遠慮したみたいだよ……お前を、天狗道に引っ張り込まないように、って」

この程度は伝えておいても良いだろう。そう、嘘ではない言葉を口にした美郷に、怜路が深々と溜息を吐いた。「馬鹿じゃねえのか」とぼやいている。

「――まあ俺はしばらく通うけどな」

怜路の言葉に、美郷はうん、と頷いた。八重香が一人前の呪術者になるまでは、怜路が神来島に通う。

「もう、俺の姉ちゃんじゃねえけど……アイツが大学卒業するまでは、俺が請け負うって決めたから」

ぼそぼそと言う怜路に、もう一度うん、と美郷は相槌を打った。過去を取り戻すと同時に、訣別の時が待っていた。思い出すことは同時に「もう帰れない」ことを確認することだった。過去はもうどこにもない。「今」しか存在しないのだ。

車が港に入る。美郷が車を出て、乗船券を買う。フェリーがやってくるのを、待機場所で待つ。薄暮の海、薄紫色の空を海と島々が切り取った、切り絵のような世界に煌々と光を灯して、フェリーが現れる。

「ウチに帰ろう。おれは千夏さんにはなれないけど、一緒に酒を飲むことはできるよ」

美郷が思い付いた精一杯の言葉に、怜路が嬉しそうに破顔《はがん》した。

あとがき

この度は、陰陽師と天狗眼第3巻をお手に取ってくださり、ありがとうございます。応援くださる皆様のお陰で、シリーズ三冊目を刊行することができました。また、2巻発売後にコミカライズの連載も始まり、コミックス第1巻も発売中です。

さて、3巻は『白太さんの家出』と表題作『潮騒の呼び声』の二本立てでお送りいたしました。『潮騒の呼び声』は、WEB連載時の倍になるくらいの大幅加筆にてお届けしております。今回もたっぷり楽しんで頂けますように。

2巻『冬山の隠れ鬼』は主に美郷の過去が絡んで参りましたが、『潮騒の呼び声』は怜路の過去が大きく関わります。これまでの彼の歩みが報われる物語になっていればなあと思います。また、『白太さんの家出』では、1巻巻末の番外編だった『ノーマル・ライフ』のヒロイン、比阪恵子も再登場します。舞台は二話とも瀬戸内海の見える場所になりました。

なお『白太さんの家出』作中に登場した狸や仁王像については、狸は『【新版】日本の民話23　安芸・備後の民話　第二集』（未來社　刊）を参考に、仁王像は『尾道の民話・伝説』（尾道民話伝説研究会　刊）等を参考にいたしました。資料を拝読しながら、尾道という土地の歴史の厚みや文化の豊かさを改めて感じました。また、ロケハンしに尾道へも行きました。レモンケーキはとても美味しいです。

そして今回も、沢山の方に支えられての刊行となりました。斎木島の洞窟を考えるにあたり、参考となるお写真を提供してくださいました、旅行写真家・道民の人（Twitter:@North_ern2）様。地元民として、ご自身が考えられた竹原市もののけトラブル対応部署事情の素案利用をご許可くださり、神来島の描写もチェックしてくださった南雲遊火（Twitter:@asoka_nagumo）様。大変お世話になりました。ありがとうございます！

また、今回も素晴らしい装画をくださいましたカズキヨネ先生、装丁デザインを頂きました大岡喜直様。本当にありがとうございます。毎回ながら、「これが書店に並んでいたら、内容知らなくても表紙買いしてしまうなあ……！」と感嘆しております。そして、担当編集の尾中様。この度もページ数を盛大に計算間違いするなどお騒がせいたしました。毎度伸び伸びと書かせて頂き、懐の深さに大変感謝しております。

さて、神来島を「竹原市唯一の有人離島」といたしましたが、現実の竹原市には有人離島は存在しません。完全に架空の島といたしましたが、歌峰は山育ちで島暮らしに馴染みがないので、雰囲気を探索しに大崎上島町へ足を運びました。その時フェリー待合の売店で買ったイチジクがとても美味しかったです。皆様もぜひ、瀬戸内海の島においでくださいませ。

今すぐ地方の過疎化を止める特効薬はないと思いますが、この物語も、地方への関係人口を増やす切っ掛けになれば、とても幸せに思います。

２０２３年５月吉日　歌峰由子

ことのは文庫

陰陽師《おんみょうじ》と天狗眼《てんぐがん》
—潮騒《しおさい》の呼《よ》び声《ごえ》—

2023年5月27日　初版発行

著者　歌峰由子《うたみねよしこ》

発行人　子安喜美子

編集　尾中麻由果

印刷所　株式会社広済堂ネクスト

発行　株式会社マイクロマガジン社
URL：https://micromagazine.co.jp/
〒104-0041
東京都中央区新富1-3-7ヨドコウビル
TEL.03-3206-1641 FAX.03-3551-1208（販売部）
TEL.03-3551-9563 FAX.03-3551-9565（編集部）

本書は、小説投稿サイト「エブリスタ」（https://estar.jp/）に掲載されていた作品を、加筆・修正の上、書籍化したものです。
定価はカバーに印刷されています。

本書はフィクションです。実際の人物や団体、事件、地域等とは一切関係ありません。
ISBN978-4-86716-423-5　C0193
乱丁、落丁本はお取り替えいたします。